핫키엔수필

**百鬼園随筆**
内田百閒
1933

百鬼園随筆

우치다 햣켄 지음 — 홍부일 옮김

## 햣키엔 수필

연암서가

지은이 **우치다 햣켄**(內田百閒, 1889-1971)

본명은 우치다 에조(內田榮造)로 별호는 햣키엔(百鬼園)이다. 오카야마에서 양조장집 외아들로 태어난 그는 도쿄대학 독문학과에 입학해 나쓰메 소세키의 문하에서 아쿠타가와 류노스케, 스즈키 미에키치, 고미야 도요타카, 모리타 소헤이 등과 친교를 맺었다. 도쿄대학 졸업 후 육군사관학교, 해군사관학교, 호세이대학에서 독일어 교수를 역임했다.

1934년 호세이대학 교수직을 사임한 뒤 문인으로서 본격적인 창작 활동을 시작했다. 초기 소설로 『명도(冥途)』, 『뤼순 입성식(旅順入城式)』 등 뛰어난 작품이 있고, 『햣키엔 수필』을 통해 독자적인 문학세계를 확립한 그는 해학적 풍자와 유머 사이로 인생의 심원한 단면을 내비치는 독특한 작풍을 선보인다. 다른 저작으로 『속 햣키엔 수필』, 『햣키엔 하이쿠집』, 『노라야』, 소설 『실화 소헤이기』, 『바보 열차』 등이 있다.

옮긴이 **홍부일**

서강대학교 철학과를 졸업하고 현재 한국고전번역원 고전번역교육원 연수과정에 있다. 일본 교토에 거주하면서 아쿠타가와 류노스케, 엔도 슈사쿠, 요시다 겐이치, 이시카와 다쿠보쿠 등의 일본 근대 문인에게 관심을 가지게 되었다. 한일 간 문학 교류 중 특히 경술국치 시기 문인들 간의 교류를 현대 한글로 옮겨 보려 노력하고 있다.

# 햣키엔 수필百鬼園隨筆

2019년 4월 10일 초판 1쇄 인쇄
2019년 4월 15일 초판 1쇄 발행

지은이 ㅣ 우치다 햣켄
옮긴이 ㅣ 홍부일
펴낸이 ㅣ 권오상
펴낸곳 ㅣ 연암서가

등 록 ㅣ 2007년 10월 8일(제396-2007-00107호)
주 소 ㅣ 경기도 고양시 일산서구 호수로 896, 402-1101
전 화 ㅣ 031-907-3010
팩 스 ㅣ 031-912-3012
이메일 ㅣ yeonamseoga@naver.com
ISBN 979-11-6087-045-9  03830

값 15,000원

# 역자 서문

1933년 당시 일본은 급격한 인구 증가로 인구 규모 세계 6위에 다다름과 동시에 청일전쟁, 러일전쟁 승리 이후 제국주의 정책을 통해 본격적인 근대화와 급격한 경제성장을 이루어 휘황찬란하게 도약하는가 싶더니 14만 명 이상이 사망, 행방불명되고 국민총생산의 3분의 1에 맞먹는 피해를 남긴 1923년 관동대지진, 그리고 뒤이어 1929년 뉴욕 주식시장에서 시작해 전 세계로 퍼져 나간 경제 대공황의 여파를 받아 상공업이 무너지고 불황에서 헤어날 기미가 보이지 않는다. 무항산(無恒産)이면 무항심(無恒心)이라더니 곳곳에서 극우 운동, 암살, 쿠데타가 벌어지고 내각은 사회적 비용을 줄여 군비에 예산을 집중하여 군국주의 노선 아래 문인과 지식인을 억압한다. 여기까진 누구나 대충은 알 법한 내용이다. 그리고 지금으로부터 약 85년 전인 1933년, 이렇게나 혼란스럽던 시월 어느 날 우치다 햣켄(內田百閒)의 『햣키엔 수필(百鬼園

隨筆)』이 출간되어 뜨거운 반응을 이끌며 중쇄를 거듭, 이른바 수필 붐을 주도한다.

우치다 햣켄은 지폐에도 등장했던 대문호 나쓰메 소세키(夏目漱石) 문하의 제자이자, 같은 소세키 문하의 후배 동료 그리고 현재 일본 최고 권위 문학상의 주인공이기도 한 아쿠타가와 류노스케(芥川龍之介)가 직접 글을 써서 소개했을 정도로 존경해 마지않던 선배 작가이다. 그는 고등학교 시절부터 정형 단시조인 하이쿠를 통해 문학적 소양을 단련한 시인이자 1921년 단편 소설집 『명도(冥途)』를 발간하고 나쓰메 소세키 사후 소세키 전집 편찬 작업에 참여한 작가이기도 하다. 이후에 『뤼순 입성식(旅順 入城式)』, 『안작(贋作), 나는 고양이로소이다』 등 소설을 꾸준히 집필하기도 했지만 역시나 햣켄 하면 수필이라는 게 보통의 인식이다. 일본에서 수필의 미덕이라 여겨지는 경묘쇄탈(輕妙酒脫), 이른바 '가볍고 묘하고 소탈하고 꾸밈없다'는 덕목을 한층 더 높은 경지에서 능수능란하게 다뤘던 수필가이다.

여기까지 읽은 독자가 페이지를 넘겨 본격적으로 수필을 읽기 시작한다면 이내 곧 말문을 잃을지도 모른다. 어느 한국의 수필가는 우치다 햣켄의 수필을 두고 "하여튼 어처구니없는 일화들이지만……." 하고 평하기도 한 만큼 과연 어떻게 그토록 장엄하고 혼란스러웠던 시대에 수필 붐씩이나 이끌었는지 의문이 들 법도 하다. 한일 양국 사이의 문화 차이라는 아득한 간극도 존재하거니와 상상하기조차 벅찬 85년이라는 시간이 더해져 이 수필집이 그저 맹랑하고 오묘하기만 한 책으로 멀어질까 걱정이 들기도 한다. 그리하여 여러 방침을 세워 두고 조심스럽게 2019년의 한국으로 안착시켜 보려 노력해 보았지만, 연간 6천만 원의 연금을 마다하고 "싫으니까 싫다"고 외치며 예술원 회원 추천을 거부한 우치다 햣켄이라면 이런 시도도 "싫다!" 하고 외칠지도 모른다. 그럼에도 깃발이 무너지지 않도록 조심스럽게 모랫더미를 긁어내듯이 최대한 작품 자체를 해치지 않고서 우치다 햣켄이라는 인물을 다각도에서 소개함과 동시에 세워 두었다는 그 방침들을 미리 일러두어 귀하신 독서를 풍부하게 해보고자 한다.

그의 어휘 내지 문체는 스승이었던 나쓰메 소세키의 영향을 받아 담박하고 간결한 표현 아래 내밀한 묘사를 특징으로 하는 한편 하이쿠 시작(詩作) 등의 영향을 받아 고어(古語), 아어(雅語), 다의적 한문 표현 또한 빈번히 등장한다. 일본인조차도 좌절하게 만드는 한자 표현과 고사성어는 물론, 경우에 따라서는 자신이 직접 한자를 조합하거나 중첩하여 의미를 증폭시킨 표현 등이 아직까지도 원문 그대로 존중 보존되어 간행되고 있다. 문장 표현 또한 어느 문단은 단 세 글자뿐인 한 문장으로 끝나는가 하면 어떤 문단은 한 문장이 몇 줄씩이나 이어지거나 같은 의미의 조사가 중언부언 달라붙어서 오탈자가 아닐까 의심이 들어도 작가 스스로 이를 해명해 놓지 않아 영 개운하지가 않다. 본인의 호인 '햣키엔'(百鬼園·백귀원)조차도 그 뜻을 어느 누구에게도 알려주지 않아 누가 추측해 말해도 한사코 부정했다고 하니 어쩔 수가 없다. 역자는 이러한 딱딱한 한문 어휘와 고어의 거친 질감을 한국어 발음과 문장 안에서 최대한 살린 한편 문장 구조는 현대인이 읽고서 이해하기 무리가 없도록 언어상 표현 방식의 차이를 고려하여 현대 문법에 맞게

번역에 힘써 보았다. 비록 이러한 어휘와 문장에서의 난점에도 불구하고 문단 초두에서 말했듯이 그의 수필 속 표현과 서술 자체는 대단히 담박하고 간결하여 그 의취(意趣)를 수월하게 따라갈 수 있다. 그래서 그의 탁월한 문장력에 더더욱 감탄하게 될 것이다. 그러므로 이러한 문체상 특징과 난점을 고루 참고만 하시고서 가벼운 마음으로 페이지를 넘기면 될 법하다.

그렇게 단어와 문장을 척척 따라서 글을 읽어 나가다 보면 깊은 미로를 헤매는 와중에도 기시감이 불쑥불쑥 솟아나 보물찾기를 하는 듯한 기분이 든다. 반복적으로 등장하는 여러 소재와 인물들은 핫켄의 본인의 기괴한 성격과 그 일화를 단단하게 드러내는 한편 다른 글들을 읽어낼 실마리를 제공한다. 가령 미리 살짝만 보여드리자면, 반복 등장하는 그의 고향 오카야마(岡山)의 어린 핫켄과 할머니는 독자로 하여금 어떤 상황에서 어떤 반응과 어떤 사건이 벌어질지 들떠 예상하게 하는 한편 요코스카(橫須賀) 해군학교와 군함, 비행기들은 켜켜이 맞물려 쓸쓸하고 섬뜩한 복선을 설치하는 것이다. 분명 책 제목에 떡 하니 '수필'이라 쓰여 있긴 하나 이 안에는 소설이나 사설(私說)도 다수 포함되어 있다. 분명 동일인물 같은데도 글마다 이름이 달라지거나, 묘하게 상황이 바뀐다거나, 이전의 사실이 비틀리기도 하지만 그 여백에 대한 설명이 책 속 다른 글들에 차곡차곡 쌓여 있다. 여기에 이게 작가의 생각이겠거니, 하고 뭔가를 덧붙여 나가는 경험이야말로 작가가 철저하게 공백으로 남겨 두면서 독자에게 선사한 문학적 배려이다. 그래서 다분히 엉뚱하고 기발한 이야기인데도 어쩐지 그 배후에 초연한 듯한 분위

8

기가 맴돈다. 이에 빠져 읽노라면 아주 천천히 책 한 권의 햣켄이라는 인물이 아련하게 완성되어 간다. 그러므로 글 하나하나에 너무 힘을 쏟아붓다가 서둘러 지쳐 버리기보다는 완성되어있는 한 권의 내밀한 세계를 천천히 완상하며 음미해 보는 쪽을 추천한다.

그 경묘쇄탈한 세계를 좀 더 자세히 살펴보자면 대개는 가볍고 유쾌하겠지만 몇몇 작품에서는 왠지 모르게 으스스한 분위기를 자아내기도 할 것이다. 앞서 언급했듯이 우치다 햣켄은 소설을 발표하기도 했는데 그중에서도 유명한 작품이 『명도』, 『뤼순 입성식』 등의 기담소설이다. 처음 발표되었을 때는 기존의 기담 문법과 다른, 너무나 독특한 작풍으로 인해 그다지 주목받지는 못했지만 그 진가를 점점 인정받아 이제는 명실상부한 그의 대표작이 되었다. 정체를 알 수 없는 여운과 귀기를 통해 불안감과 공포를 자아내기로 유명하여 특히 『명도』는 『Realm of the dead』라는 제목으로 1992년, 간행된 지 70년 만에 서구권에서 번역 출간되었다. 그 기담 소설들을 이 수필집 몇몇 작품 속에서 미리 맛볼 수 있다. 한편 그가 반복적으로 내비치는 주제 중 하나로 죽음 그리고 이별에 관한 단상이 있다. 이 작품집에서 작가 본인이 대놓고 죽음에 관해 논한 단편도 적지 않고 실제로 그의 삶에서 죽음에 대한 사색은 묵직한 위치를 차지한다. 스승인 나쓰메 소세키의 임종을 직접 지킨 것도 우치다 햣켄이었고, 절친한 후배였던 아쿠타가와 류노스케를 먼저 저세상으로 보내야 했던 것도 우치다 햣켄이었다. 이 수필집을 내고서 3년 뒤 당시 24살이었던 장남이 사망하는데도 계엄령으로 인해 직접 임종을 지키지 못하게 되는 등 죽음과 이별, 그리고 그 쓸쓸함에 대한 그만의 감수성과 그 감상은 말년으로 갈수록 더욱 깊어진다. 이 수필집에서도 햣켄의 쓸쓸하고 음울한 감성의 일면을 열 게나마 느낄 수 있다.

햣켄 본인이 직접 영화 제작에 참여한 적도 있긴 하지만 우치다 햣 켄이라는 인물을 소재로 한 영화가 만들어져 더 큰 화제가 되기도 했 었다. 말년의 대표 수필집인『노라야』, 『마다카이』 등을 바탕으로 일본 영화의 거장인 구로사와 아키라(黒沢明)가 1993년 〈마다다요〉라는 영 화를 유작(遺作)으로 남겼기에 같이 소개한다. 우치다 햣켄과 그 제자 의 일화들을 담아낸 작품은 비록 평이 갈리긴 해도 작가의 생생한 일 화를 역동적인 영상으로 만나보기에 충분하다. 덜 알려지긴 했지만 스 즈키 세이준(鈴木清順) 감독의 영화 〈지고이네르바이젠〉 또한 우치다 햣켄의 소설『사라사테의 음반』을 원작으로 하여 아오치 교수를 주인 공으로 내세운 탐미적 예술 영화이다. 이 외에도 비행기 탑승에 조예 가 깊었던 햣켄은 호세이대학 항공연구회 초대 회장으로 취임하여 직 접 비행 계획을 짜서 실행에 옮기기도 했다. 작품 곳곳에 등장하는 그 의 기차 사랑은 그의 기행 수필이자 또 다른 베스트셀러인『바보 열차』 에서 꽃을 피워 많은 여행 작가들에게 찬사를 받았고 이를 통해 만년 에 도쿄 역 일일 역장으로 발탁되기도 했다. 사족으로『바보 열차』는 이 수필집, 그리고『노라야』와 함께 우치다 햣켄의 대표작 격으로 늘 꼽힌다. 음악에 조예가 깊었던 그는 이 수필집에도 등장하는 맹인 음 악가 미야기 미치오(宮城道雄)를 사사해 직접 고토(琴) 연주회를 열기도 하여 이에 관한 수필이『연주회 다음날』이라는 제목으로 이미 약 40년 전 국내에 번역 출간된 적이 있다. 『연주회 다음날』에도 고향인 오카야마에 대한 추억, 고리대금업자와의 갈등 아닌 갈등, 일등칸 기차에 대한 변론 등이 같이 실려 있어 익히 알고 있는 햣켄을 아주 그리웠던 것처럼 다시 한 번 만날 수 있다.

2019년은 우치다 햣켄 탄생 130주년이 되는 해로 그의 고향인 오카야마 문학 기념관에서 미공개 일기 공개, 유품 전시회 등등 다양한 행사가 준비 중이다. 오카야마 현에서는 우치다 햣켄 탄생 100주년을 기념하여 1990년부터 오카야마와 연고가 있는 문학작품을 대상으로 우치다 햣켄 문학상을 시상하고 있다. 그가 꾸준히 관심받고 모두의 기억 속에서 사라지지 않는 것은 그의 글과 햣켄이라는 인물이 가벼워 보일지는 몰라도 그 깊이가 결코 얕지 않기 때문일 것이다. '싫으니까 싫다'라는 당돌한 이유로 예술원 회원 추천을 거절하고 전쟁이 임박하여 강요되던 문학보국회 가입을 거부하며 군국주의와 거리를 둔 점은 그의 또 다른, 그러나 분명 충분히 납득 가능한 그의 면모이다. 소설가 가와카미 히로미(川上弘美)는 햣켄에 대해서 "스스로 정한 규칙이 비록 세상의 상식과는 어긋나서 때론 우스워 보이고 때로는 얼토당토않거나 때론 고루하고 완고해져도 그러한 그의 뚝심 덕분에 기어코 잊히지 않는다."고 말한다. 그래서 그렇게 기억되다가 이렇게 85년이라는 긴 시간을 지나 바다를 건너오게 된 것이 아닐까 조심스럽게 고개를 주억거려 본다.

그런 한편 역자로서는 역시나 걱정이 끊이지 않는다. 번역 작업 중의 여러 난관과 좌절, 고초와 피눈물이야 이미 책이 나온 이상 '그랬었나?' 하고 까먹어 버리면 그만이겠지만 한 권의 책이 완성된 이상 이 책이 어떤 의미를 가지고서 서가에 꽂히게 될지 머릿속에서 고뇌가 멈추지를 않는다. 작업 내내 직접 햣키엔 선생을 찾아가서 물어보고 졸라대고 싶던 적이 한두 번이 아니었지만 선생께선 이미 극락왕생하여 저 하늘나라를 공중활주하고 계시기 때문에 남겨진 독자분들과 함께 그 의미를 계속 찾아 나서야 할 것 같다. 85년이 지난 지금 우리 시대는 어떤 시대일까, 그리고 무슨 책이 나와서 어떤 붐을 이끌까. 이 책은 그렇게 여전히 좋은 책이 될 수 있을까 등등. 단 하나도 설명해 주지 않은 채 햣키엔 선생께선 저 멀리서 시치미를 뚝 떼고만 있다. 그래서 솔선하여 독자분들의 감상에 앞서 그 의미를 조심스럽게 사색해 보았다. 처음 우치다 햣켄을 알게 된 건 일본의 유명 소설가인 모리미 도미히코(森見登美彦)가 "나는 슬럼프가 왔을 때, 인생으로 공허감이 밀려와 아무것도 할 수 없을 때 우치다 햣켄을 읽는다."고 밝힌 짧은 글을 읽고 나서였다. 그 아주 처음의 궁금증으로부터 되돌아보자니 번역을 마친 사람으로서 충분히 공감하면서도 역시나 그 이유는 아직 잘 모르겠다. 그냥 좋으니까 좋은 게 아닐까. 85년이 지난 2019년, 여전히 뒤숭숭하니 살기 힘든 어느 날 그렇게 생각해 본다.

2019년 2월 13일
역자 씀

# 차례

## 빈핍한 다섯 빛깔 튀김 |貧乏五色揚|

# 일곱 가지 나물죽 |七草雜炊|

# 단장 스물두 편

## | 短章 二十二篇 |

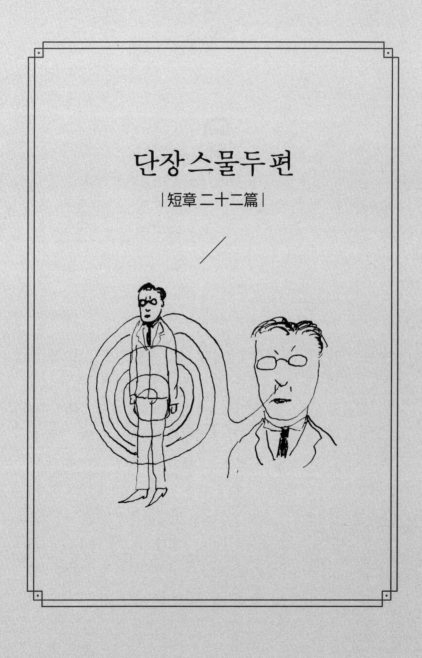

# 호박琥珀

호박은 소나무 수액이 땅속에 묻혀 몇 만 년 정도 후 돌이 된 것을 말한다, 하는 내용을 학교에서 배우고서 나는 집으로 돌아왔다. 우리 집은 그 당시 양조업을 하고 있어서 술을 통에 채워 넣어 멀리 실어 보낼 때 통의 틈새에서 술이 새지 않도록 통구와 뚜껑 주변에 발라 굳힐 송진이 늘 창고 구석에 쌓여 있었다. 호박에 대해서 배우고 돌아온 날, 마침 세토내해 쇼도 섬(小豆島: 햣켄의 고향인 오카야마에 접한 내해인 세토내해에 있는 섬으로 세토내해에서 두 번째로 큰 섬)에 술 몇 통인가를 출하하느라 창고 입구엔 나무 향이 나는 새 술통이 여럿 굴러다니고 창고지기들과 가게 사람들이 바쁘게 움직이고 있었다. 나는 아무에게도 들키지 않기 위해 창고와 창고 사이 차가운 공터에 쪼그려 앉아 질퍽질퍽거리는 시커

먼 흙을 퍼내기 시작했다. 네다섯 척 정도 깊이까지 파내려 봤지만 그 아래로는 기와 조각과 돌멩이 따위만 층층이 쌓여 있고 도무지 구멍이 깊어지지 않았다. 더 깊이 파내기를 거기서 단념하고 모두가 일하고 있던 창고 앞으로 나가보자 송진 타는 냄새가 피어오르고 있었다. 나는 부엌에서 밥그릇을 들고 나와 송진을 끓이고 있던 창고지기에게서 조금 부어 받은 뒤 황급히 원래 장소로 돌아와 걸쭉걸쭉한 송진을 구멍 아래로 부어 넣었다. 그리고 그 위에 흙을 덮어 원래 모양으로 돌려 놓고서 나는 내 방으로 돌아왔다.

대단하고 비밀스러운 작업을 완수한 뒤처럼 피곤함을 느끼며 나는 어쩐지 진정할 수 없었다. 일어났다가 앉았다가, 방을 나갔다가 들어왔다가 하던 사이 저녁이 되었다. 이제 송진이 호박이 되기를 기다리기만 하면 된다. 그러나 몇 만 년씩이나 이렇게 빈둥빈둥거리며 기다리고만 있을 순 없다. 밤이 되어 어두워지고 몰래 창고 사이로 가보자 어둑한 하늘 아래 창고 지붕 기와가 엷은 빛을 뿜고 있을 뿐, 발밑으론 아무것도 보이지 않는다. 칠흑 속의 지면을 슬금슬금 내딛던 중 한쪽 발이 부드러운 흙덩이를 스륵 하고 밟았다. 그 순간 나는 숨이 멎을 정도로 화들짝 놀라 불이 켜져 있던 부엌으로 황급히 돌아왔다. 어쩐지 발아래가 바들바들 떨리는 것 같았다. 구멍에 관한 일은 어느 누구에게도 한마디 하지 않고 숨을 꼭 참는 듯이 잠잠한 마음으로 그날 밤 잠들었다.

다음 날 학교에서 돌아와 누군가 보고 있는 건 아닌지 구멍이 있는 공터 주위를 두세 번 둘러보았다. 마음에 걸리고, 불안하고, 몹시도 기다려져 예습도 공부도 아무것도 할 수 없었다. 저녁이 되고서 도저히 기다릴 수 없다고 결심해 마침내 발굴하기로 하고 구멍 안으로 손을 비집어 보자 송진은 겉면에 모래가 온통 달라붙은 채 딴딴한 덩어리가 되어 있었다. 나는 아마도 광석이다 싶은 그 덩어리를 방으로 가져와 램프 아래에서 모래를 문질러 떼어냈다. 잘되지 않아 작은 칼로 깎아내려 하던 찰나 모퉁이에 흠집이 나버려 파편이 책상 위로 흩뿌려졌다. 파편이 램프 불빛을 받아 반짝반짝 빛나는 모습을 계속 바라보았지만 그렇게 아름답다고는 생각이 들지 않았다. 무엇보다도 송진 냄새가 물씬물씬 고약하게 풍겨오는 걸 견딜 수가 없어서 파편도 덩어리도 화장지에 감싼 채 휴지통에 던져 버렸다.

# 배웅

소세키 선생의 아들인 준이치(夏目純一) 군이 유럽으로 떠난다기에 배웅을 하려고 저녁 급행열차를 타러 나섰다. 몇 년 전 일이었던지 벌써 꽤 지난 일이라 기억이 나지 않는다. 지팡이를 짚고서 어스름한 고코쿠지(護國寺 : 도쿄에 있는 사찰이자 전차 역명) 앞 휑하니 뻗은 길을 걸어가는데 건너편 약국에서 비쳐오는 빛줄기 사이를 가르고 남자가 급히 당황한 몸짓을 하며 달려 나갔다. 밝은 곳에서 사라져 어두운 곳 어디로 가는 건지 알 수 없었지만 뭔가 사정이 있어 보인다고 생각한 순간 문득 고개를 들자 고코쿠지 쪽 하늘 한 곳이 환해져 붉은 연기가 그 아래로 총구처럼 피어오르고 있었다. 화재인가 싶어 나는 서둘러 가보았다.

　내가 산문(山門) 앞에 나서자 마침 안쪽에서부터 빗장들이 겹겹이 열려 있었다. 조그만 순경이 칼을 쥔 채 혼자 달려 들어갔다. 눈앞이 번쩍하고 밝아지는 것 같더니 정면 돌층계 위쪽 오른편 나무 수풀 안에서부터 큰 불길이 찢어 발겨져 어두운 하늘로 솟아올랐다. 그러자 근처가 갑자기 붉디붉게 물들기 시작해 기둥 갈라지는 소리가 따닥따닥하고 들리기 시작했다.

펌프가 와서 커다란 호스에서 물줄기가 솟아올라 호스 앞을 붙들고 있던 두 명의 남자 중 한 명이 엉덩방아를 찧었다. 물보라를 뒤집어쓴 전나무와 삼나무 줄기가 화염에 비쳐 기름을 바른 듯 번들번들 빛났다.

점점 사람들이 몰려오기 시작했다. 순경과 소방관이 무리를 몰아내고서 돌층계 위로 차례차례 올라왔다. 그 이후에 온 사람들은 더는 산문으로 들어갈 수 없었을 것이다. 안쪽에 있는 구경꾼들은 완전히 굳은 채로 화염의 손길을 바라보며 신기로이 누구도 말을 잇지 못했다.

불길이 더욱 거세지면서 근처에 서 있던 나무 사이로 바람이 인 듯 커다란 나무가 한 그루씩 뒤뚱뒤뚱 이리저리 흔들리기 시작했다. 그 틈새를 비집고서 불꽃 뭉치가 뿌리부터 찢어 갈겨 올라갔다. 낮게 드리운 구름이 새빨갛게 타들어 갔다. 근처 사람들의 얼굴이 전부 긴토키(사카타노 긴토키坂田金時 : 미나모토노 요리마쓰源頼光를 호위하던 사천왕 중 하나로 혈색이 붉고 토실토실했던 영웅적 인물)처럼 빨갰다. 불꽃의 밑바닥에서부터 시시때때로 쾅쾅하는 소리가 났다. 불타던 본당 회랑 위로 가느다란 불길이 물 흐르듯 스르르 스르르 흘러갔다. 순식간에 불길이 옆으로 퍼져 나가더니 처마 아래로 불기 시작한 붉은 연기와 서로 뒤엉켰다. 그리고 전체가 하나의 커다란 불덩어리가 되어 기우뚱기우뚱 흔들리기 시작했다. 겁이 나면서도 불쑥 기차 시간이 머릿속을 스쳐갔다. 그러나 돌층계는 사람들로 가득 막혀 있었고 산문 근처는 펌프에 순경들이 줄지어 서 있어서 빠져나갈 수도 없어 보였다.

불타 내려앉아 버리고서야 사람들이 흩어지기 시작해 서둘러 전차에 올라타 도쿄 역을 향했다. 불이 난 사이 시간이 얼마나 지난 건지 확실히 알 수 없었다. 하지만 전차가 구단시타에 도착했을 때 바로 막 그 기차가 도쿄 역을 떠났음을 시계로 알게 되었다.

그리고 나는 전차를 타고 그대로 도쿄 역까지 가서 고베(神戶 : 도쿄에서 500킬로미터 정도 떨어진 오사카 근교의 항구도시) 행 급행열차를 타고 다음 날 아침 고베 역에서 내렸다. 산노미야(三宮 : 고베 역 근처 기차역으로 고베 역보다 여객이 더 많이 드나드는 도시 중심 역)에서 내려야 한다는 걸 알지 못했었다. 배편 이름을 기억하고 있던 터라 차를 불러 부두까지 가서 배에 올라타 보니 준이치 군이 있길래 도중에 불구경을 하느라 늦게 되었다는 사정을 이야기하고 그곳에서 배웅한 뒤 다시 돌아왔다.

# 콜레라

밤중에 깨워져서 깜짝 놀라 눈을 떠보니 이층 복도에서 쿵쾅쿵쾅 발걸음 소리가 들렸다. 모기장을 풀어 한 귀퉁이만 고리에 걸어 둔 채 끝자락을 당겨 놓았다.

"아이고, 또 물이 떨어져 내렸네. 저거, 저거 천장 뒤에 저렇게 물방울이 고여 있었구면."

누군가가 거친 목소리로 말했다. 아버지와 어머니와 가게 사람 한 사람과 나, 그 밖에도 누군가가 더 있었던 기분이 든다. 시골 해수욕장 여관 이층에서 콜레라가 발생한 듯했다. 어찌 된 일인지는 알 수 없었지만 그 소동이 있던 차에 이층에서 물이 흘러 우리 집에서 빌리고 있던 방 천장에도 물방울이 타고 내려왔다.

"빨리, 빨리, 손에 쥔 것만 들고 가야 해."

"그리고 양은 냄비랑 쌀도 조금 챙겨 가야지 안 그러면 도중에 배고 파졌을 때 곤란해."

"어르신, 저거 이층에 저 소리 좀 들어보세요, 아 순경이 온 것 같은데."

우리는 발소리를 숨긴 채 칠흑 같이 어두운 바깥으로 도망치기 시작했다. 바다는 하얗게 빛나 멀리 뻗은 하늘이 환히 밝았다. 과거의 일이라 이런저런 생각이 들면서도 수긍이 가지 않는 일들도 많다. 고운 조개들이 해변 모래사장 사이에서 반짝거리고 멀리 소 우는 소리가 들렸다. 그러나 우리 근처만은 어두워서 따라 걷던 바닷가 건너편 바위산이 암흑 속에 암흑이 뭉쳐 있는 양 어두웠다.

바위산 그늘에 장작을 피워 양은 냄비에 곤죽을 끓였다. 아버지와 어머니가 무슨 생각으로 그런 일을 벌였던 건지 알 수 없다. 죽을 먹은 후 날이 밝기 전, 해변가를 따라 구불구불 삼십 리(일본의 리는 한국과 단위가 달라 일본의 30리는 약 10킬로미터에 해당)나 이어진 둑을 건너 도망쳐왔다.

둑길은 어두웠다. 발아래 돌담 쪽으로 파도가 부서지면 번쩍번쩍하고 무엇인가가 빛을 발했다. 좁은 길이 어슴푸레한 박명(薄明)이 비쳐 생선 비늘 색으로 길게 뻗어 있었지만 곧장 어둠과 분간할 수 없게 되어 버렸다. 뒤쪽에서 뭔가가 쫓아오는 듯했다. 콜레라라고 하는 무시무시한 존재가 일부러 모습을 감추고서 우리를 쫓아오고 있는 것만 같았다.

날이 밝고서 항구에 도착하자 거기서 차를 불러 역으로 빠져나왔다. 순경이나 역원이 있는 곳에선 그 누구도 입을 열지 않았다.

기차에 올라 고향 마을로 돌아온 후 이삼 일이 지나자 우리 마을에도 콜레라가 발생했다. 그 집 앞을 지나다 쭈뼛쭈뼛 들여다보면 아무도 없는 집 입구에 새끼줄 하나가 팽팽하게 묶여 있고 순경이 바깥에 서 있었다. 새끼줄은 새것같이 묘하게 고운 황색 빛을 띠고 있었다. 그 집 사람들은 이미 전부 끌려갔을 것이다. 주변으로 독한 약 냄새가 풍기고 있었다. 그게 어쩐지 순경에게서 나는 냄새인 것만 같았다.

그 이후 곳곳에서 콜레라가 발생해 매일매일 사람들이 수없이 죽어 갔다. 누가 죽으면 곧장 관리가 와서 시체를 관에 넣고 새끼줄로 얽어매 거기에 막대 하나를 끼우고서 앞뒤를 묘지기가 들쳐 매 가져가 버렸다. 그러므로 콜레라 장례식은 막대 하나뿐이었다. 그 후에 순경이 와서 그 집 사람들을 전부 끌고 간다. 그리고는 독한 약을 먹여서 또 죽어 버리면 다시 막대 하나를 끼우고서 소각장으로 끌고 가는 거라며 모두가 이야기했다.

그리고 머지않아 어느 오전, 작은 굴뚝이 달린 차가 우리 집 가게 앞에 멈춰 서선 흰 양복을 입은 사람 여럿이 성큼성큼 집 안으로 들어왔다. 우리 집은 양조장이었는데 그날은 마침 선박에 실어 보낼 술통들을 꺼내 놓아 아침부터 분주했지만 흰 양복의 관리들은 아랑곳하지 않고 집 안으로 올라와서는 집 안 사람들을 한 사람 한 사람 붙잡았다. 해수욕장에서 도망쳐온 사람이 누구누구인지 조사했다. 나는 뒷방에서 붙잡힌 채 발가벗겨졌다. 그러자 관리는 하얀 헝겊으로 내 몸을 쓱싹쓱싹 닦았다. 그 헝겊은 축축하고 묘하게 차갑고 약품 냄새가 진동해서 닦아낸 부분이 얼얼했다.

그 후 바다로 가져간 이불보들을 전부 끌어내 가게 입구에 쌓아 놓고 하나하나 굴뚝이 달린 차 위에서 삶아냈다. 작은 굴뚝에서 냄새가 역한 노란 연기가 솟아 근처로 흘러나오자 사람들이 가게 입구로 새카맣게 몰려들었다. '시호야(志保屋: 당시 양조장 상호명으로 햣켄이 16살이 되던 해 경영난으로 도산)에 콜레라가 발생했다'라는 소문이 곳곳에 퍼져 장사에 지장이 있었으리라 생각한다.

# 일등석

기차 일등석에 타본 적이 없으므로 타보자고 결심해 우에노에서 센다이까지 일등 승차권을 샀다. 그 당시 나는 육군과 해군학교 교사로 있어서 푯값이 관용(官用)인 반값이었다. 그러므로 실은 이등 승차권보다 싸기는 했지만 급행권은 할인이 되지 않은 채라 비쌌다. 그래서 오후한 시 발 급행차에 올라탔다.

옷은 할머니의 해진, 흡사 모기장 색깔의 홑옷을 맨몸에 걸치고, 나막신을 신고, 푸른 마포(麻布)로 싸맨 조그마한 손가방 하나를 들고 있었다. 빛바랜 마포는 황색으로 약간 변해 있었다. 모양이 구식이라 국수 통에 손을 집어넣은 것처럼 보였다. 그걸 직접 들어도 상관은 없겠지만 짐꾼이란 자가 있기에 짐꾼에게 들게 시켰다.

열차 한중간에 놓인 일등칸은 반은 복도와 연결된 침대칸으로 막혀 있고 반은 고풍스러운 좌석이 창을 따라 길게 뻗어 있었다. 그 기다란 좌석 한가운데에 앉자 나는 어쩐지 마음이 놓였다. 여름이라 창에는 철망이 쳐져 있었다. 그 탓에 객실 안이 약간 어슴푸레해 어딘가 장엄한 기분이 들었다.

발차하기까지 결국 아무도 들어오지 않았다. 나는 넓은 객실에 홀로 오도카니 남겨지고서야 비로소 일등석에 올랐다는 실감이 났다. 기차가 달려나가기 시작하자 잠시 후 삼십 대의 남자 승무원이 들어와 내 앞을 정중히 허리 숙여 지나가려다가 곧장 돌아서더니 내 발밑에 슬리퍼를 놓아 주었다. 내가 그걸로 나막신을 갈아 신자 승무원은 기다리고 있었다는 듯이 나막신을 옆으로 가지런히 정리한 뒤 다시 정중히 인사하고 떠나갔다. 나막신 위로 커다란 엄지발가락 자국이 좌우 대칭 새까맣게 남아 있어 거슬렸다.

일등칸의 망 두른 창 너머 바깥 경치는 아름다웠다. 하얀 시골길에 새빨간 띠를 묶은 여자가 혼자서 그럴싸하게 걷고 있다. 건너편 산기슭을 안장 없는 말 한 마리가 마구 뛰어다닌다. 차장이 들어와 입구에서 모자를 벗고 내 앞을 지나갔다. 차장이 식당차로 들어갈 때 모자를 손에 들고 가는 건 알고 있었지만 보통 객실에서 모자를 벗는 건 처음 봤던 터라 이상한 기분이 들었다.

옆 침대칸에는 누가 타고 있나 궁금해져 칸막이 문을 열고 복도를 어슬렁어슬렁 걸어 다녀 보았다. 침실은 전부 열어 젖혀진 채 아무도 없었다. 제일 끝쪽에서 인기척이 나길래 그 앞까지 걸어 가보려고 하는

데 갑자기 승무원이 복도에서 나와 '필요하신 게 있으십니까?' 하고 묻는 듯 눈인사를 해와 곤란해진 채로 다시 원래 자리에 돌아왔다.

어딘가 역에 기차가 멈춰 서고 역장이 마침 우리 객실 앞에 서서 망이 처진 창을 통해 안을 들여다보는 것 같기도, 들여다보지 않는 것 같기도 했다. 이전의 승무원이 역장 곁으로 가서 뭔가를 이야기하고 있었다. 어쩐지 내 이야기를 전하는 것 같다. 다리에 모기가 들러붙어 양손으로 종아리를 찰싹 때리자 차 안으로 큰 소리가 울려 퍼졌다.

다시 기차가 움직이기 시작하고 얼마 안 있어 승무원이 베개와 얇은 모포를 들고 와서 "무료하지는 않으십니까? 조금 주무시는 건 어떠십니까?" 하고 말하며 베개를 좌석 위에 올려 두었다.

점점 따분하니 약간 졸리긴 했지만 그런 식으로 취급당하자 바로 정신이 들어 눈이 뜨이고 말았다. 하지만 승무원이 그곳에 서서 기다리길래 하는 수 없이 나는 가로로 누워 베개를 머리에 뱄다. 승무원이 발쪽으로 모포를 덮어 주며 어디에서 내리는지 물어봐 센다이까지라고 대답했다.

승무원이 떠난 후 나는 줄곧 천장과 창으로 하늘을 비스듬히 올려다보았다. 조금도 잠이 오지 않는다. 누워 있는 것도 어쩐지 거북해서 발로 모포를 걷어차 일어나 버렸다.

차장이 몇 번이나 내 앞을 지나다니길래 그사이에 검표를 하러 오려나 싶었지만 끝끝내 하지 않았다. 일등석 손님에겐 그런 실례되는 행동은 하지 않는 걸까?

센다이에 다다라 내리려 하자 승무원이 황급히 들어와 내 마포 가방을 들고 나갔다. 그러고선 기차가 멈췄든 멈추지 않았든 플랫폼으로 뛰어내려 가방을 쥔 채로 개찰구를 향해 뛰어갔다. 가방을 그곳에 두고서 개찰구 역원에게 뭔가를 얘기했다. "이상한 놈이 타고 있었으니까 여기 지나갈 때 표를 잘 확인해 줘," 하고 말한 건 아닐지 모르겠다. 승무원이 돌아와 여태 허둥지둥하는 내게 "가방은 개찰구까지 가져다 놓아 드렸습니다." 하고 말하길래 하는 수 없이 50전을 건넸다. 개찰구를 나서자 큰 하품이 계속 나와 눈물이 주룩주룩 흘러나왔다.

# 만찬회

초대를 받아 우에노의 세이요켄(清陽軒: 도쿄 우에노의 유명한 양식 레스토랑)
에 가보자 의자가 잔뜩 놓인 넓은 방에 주최자인 회장 혼자 멍하니 창
가에 앉아있었다.

회장은 내 발소리를 듣고서 살짝 미소를 띠었다. 내가 가까이 다가가
서 "오늘은," 하고 말하자 회장이 불쑥 일어나 손을 내밀었다. 그러고서
그 손은 내내 어중간하게 공중에 뻗어 있었다. 멍청히 서 있다가 당황
하여 그 손을 쥐어 잡자 부드럽고 따뜻한 그 손을 끌어당기며 곳곳을
돌아다녔던 일이 몇 년 만엔가 떠올랐다.

오늘 저녁의 회장은 맹인인 미야기 미치오란 분이다. 미야기 씨는 유
명한 음악가라서 발소리 박자로 다가오는 사람을 감별하는 정도야 아

무엇도 아닐지 모른다. 이전에 곧잘 미야기 씨 댁에 가면 미야기 씨는 이층에서 연습 중이시라 그사이 방해가 되지 않기 위해 아래에서 가만히 기다리고 있었다. 실은 맹인을 놀리고픈 장난기도 거들어 일부러 목소리를 숨기고, 숨을 죽이고서 내가 숨어 있는 걸 알아차리지 못하도록 용을 썼다. 그러다가 이층에서 기척이 나더니 이런저런 소리가 들려와 곧 미야기 씨가 사다리 계단을 위태로운 발걸음으로 내려왔다. "어서 오세요, 우치다 씨." 하고 느닷없이 불려 깜짝 놀라, "아니, 아니, 도대체 어떻게 아시는 거세요?" "담배 연기가 사다리 계단을 타고서 이층으로 올라왔거든요." 미야기 씨는 그럴 줄 알았다는 얼굴로 보이지 않는 눈꺼풀 위를 손등으로 문질러댔다.

하지만 미야기 씨란 사람은 도대체가 맹인 주제에 감이 안 좋아서 본인 집에서 사다리 계단을 번번이 헛디뎌 두세 계단을 한꺼번에 내딛는다든지, 문틈에 부딪혀서 혹이 난다든지 하곤 한다. 이 방면의 기술은 아마 평생 숙달될 가망이 없어 보인다. 작품이나 연주기술 등은 또 그렇게 예민하기가 빈틈없는 사람이지만 어째서 몸 주변의 일은 이렇게 실수투성이인가 싶다. 어린 시절부터 항상 손을 잡고 데리고 다녀서 귀한 대접이 너무 지나쳤던 걸지도 모른다.

나는 미야기 씨 옆 의자에 앉아 잠시 뜨내기 같은 대화를 나누었다. 대화는 예전에 먹었던 맛있는 음식에 대한 음미이다. 상대도 식탐이 많아서 그런 류의 이야기가 맞아떨어지면 서로 마음이 들떠 실감으로 부풀어 오른다. 아무튼 성찬이 시작하기를 기다리는 동안만큼 즐거운 건 없다. 그러나 그게 지나치게 길어지면 점점 안달복달이 나기 시작해 조금씩 화가 나고 결국에는 졸려져 버리고 만다. "아직 시작하지 않는가 보네요?" 하고 내가 말했다. 그러나 초대받은 손님 중 도착한 건 나뿐이었다.

그 사이 차례차례 손님들이 모이기 시작했다. 오늘 저녁 초대는 미야기 씨가 다이쇼 8년(1919년)경, 아직 그다지 악단이나 사회의 인정을 받지 못했던 무렵부터 그의 예술을 이해하고 또한 격려해 준 사람들을 불러 모은 자리였다. 그러므로 모여든 스무 명 가량의 손님은 음악계의 유명한 선배들과 또 비슷한 의미로는 각각 서로의 숭배자였다.

만찬이 시작되고 술잔이 올랐다. 슬슬 마치려나 생각할 즈음 과연 총무가 일어서서 탁상연설을 지목해 일으키기 시작했다. 그런데 연설이 하나 끝나면 총무는 바로 그다음을 지목해 결국 내빈 전부를 한 명도 빠지지 않고 일으켜 세우려 한다는 걸 문득 깨닫게 되었다.

과히 많은 이들이 별의별 소리를 다 하느라 그 와중에는 회장을 향한 꾸중 어린 인사말도 있었다. "대저 예술가는 자만심을 가장 삼가야 한다", "호되게 연습시키고 싶다" 하는 말들이지만 그 이야기를 하나하나 듣고 있으면 이렇게 우리를 초대하는 게 썩 유쾌하지 않아지는 수도 있어 보였다. 후에 별석(別席)으로 옮겨가 미야기 씨에게, "꽤 혼나셨네요." 하고 말하자, "크게 가슴에 새겨 두었습니다." 하고 말했다. 가슴에 새긴 결과 성찬 개최가 중단되어 버린 건 유감이라 나는 생각하는 바이다.

# 바람 신

감기가 유행이니 제사를 올리자 말하더니 할머니는 제등을 밝히고서 뒤편 곳간에서 가마니 덮개를 가지고 왔다. (바람 신의 노란 숨이 들어 사람이 감기에 걸린다는 민간신앙이 있어서 일본어로 감기風邪와 바람風은 발음이 같음.)

그 위에 단무지 끄트머리를 얹고 할머니와 엄마와 내가 한 입씩 베어 물고서 이빨 자국에 각각 세 번씩 하아, 하아, 하고 숨을 불어넣고 나면 그제야 바람 신이 옮겨가는 것이었다. 그 가마니 덮개는 내가 들고 가서 뒤편 강에 떠내려 보내야 했다. 고등학생이던 당시엔 더이상 무서울 건 없었지만 여전히 시골의 밤은 어둡고 바람이 휘몰고 있다. 논 사이로 길고 가늘게 뻗은 한 줄기 등불 길은 불이 거의 꺼져있고 희끄무레한 길이 어두운 처마 양편 아래를 물처럼 지나고 있었다.

나는 단무지 끄트머리를 얹은 가마니 덮개를 들고서 골목을 굽이돌았다. 갑자기 찬바람이 방향을 틀어 목덜미를 스쳐 갔다. 건너편 어두운 논 위 곳곳에 어스레한 뭔가가 있는 듯한 기분이 들었다. 나는 서둘러 골목길을 빠져나왔다. 늘어선 집들이 끊어진 곳부터 길이 내리막에 접어들어 바로 아래 다리를 따라 강이 흐르고 있다. 강폭은 한 칸(6자 정도 길이로 대략 1.8미터) 정도밖에 되지 않았지만, 하류에서 커다란 물레방아가 물을 끌어 올리느라 둑이 막고 있어서 흐름이 느리고 강폭 가득 물이 차올라 있었다.

나는 다리 옆 어두운 돌계단을 딛고서 강기슭으로 내려갔다. 그러고서 물가에 웅크려 앉아 가마니 덮개를 물살에 떠내려 보냈다. 수면이 하얗게 빛나 어쩐지 강 아래쪽이 붕 떠 있는 것처럼 보였다. 강이 마을 뒤쪽으로 곧장 흐르고 있어 상류는 저 앞이 가늘게 보일 정도로 아득히 하얀 빛으로 뻗어 있었다. 다리 아래에서 불어 나온 바람이 내 옷자락을 불어 올렸다.

가마니 덮개는 유속이 느려서 수면을 가르는 바람이 시시로 언덕 쪽에서 불어오는데 아무리 지켜보아도 내 앞에서 멀어지지 않았다. 덮개를 멀리 강 쪽으로 떠나보내려고 물을 손으로 휘젓자 물소리가 났다. 차가운 소리가 으슥한 주위로 퍼져 곧 사라졌다. 그러자 돌연 암흑 속에 웅크리고 있다는 사실이 무서워지기 시작했다. 급하게 일어서서 돌아가려 하는 순간 다리 아래 부근에서 어렴풋하게 물이 울리는 소리가 났다. 살짝 귀를 기울이면 바로 소리가 사라졌지만 돌아가려고 하면 다시 이어졌다. 조그만 나무토막인지 뭔지로 물을 휘젓는 듯, 쌀을 비벼 씻는 것도 같았다. 소름이 돋아 다리 아래를 엿보았지만 하얗게 빛나는 물가는 다리 그림자가 옮겨 비친 곳만 홀로 어두웠다. 다리 아래 돌에 부서진 물의 파문이 어두운 그늘로 반짝반짝 흐르고 있는 것 외에 아무것도 보이지 않았다.

가마니 덮개가 조금씩 멀리 나아가며 검은 그림자를 담은 채 잠잠히 흘러가는 걸 끝까지 확인한 뒤 나는 집으로 돌아왔다.

다리 아래에서 물소리가 났다고 이야기하자 할머니는 안색을 바꾸고 말했다. 바람 신 님을 떠내려 보내고선 뒤돌아보지 말고 곧장 돌아오는 게 좋은 것을, 저쪽 다리 아래에는 아즈키아라이(小豆洗い: 냇가 근처에 살며 밤이면 물에 팥을 비벼 씻는 소리를 내는 요괴)랑 너구리(일본에서 너구리와 여우는 둔갑이 가능하다는 속설이 있어 민담에 요괴와 함께 사람을 홀리는 역할로 자주 출현함)가 있어서 그놈들이 튀어나온 것 같구먼. 뒤를 쫓아오면 어떡해요. 어서 자려무나.

잠들고서 얼마 안 있어 할머니가 나를 깨웠다. 바람이 거세 뒷문 쪽 여덟 장 방 격자문이 덜커덩덜커덩 소리를 내고 있었다. 할머니가 잠이 덜 깬 나를 향해 이렇게 말하는 것이었다. 이제 돌아갔으려나. 아직 이 근방에 있는지도 모르지. 네가 잠들고서 얼마 지나니까 발소리도 없었는데 누군가가 뒤쪽으로 찾아왔나 싶더니 갑자기 격자를 둥둥 두드리면서, "에이(榮)- 씨, 에이- 씨(우치다 햣켄의 본명인 에조(榮造)에서 '에이(榮)'에 해당한다)" 하고 두 목소리가 너를 부르더구나. 들어본 적도 없는 목소리인 게 저건 분명 아즈키아라이하고 너구리임이 틀림없다. 너를 쫓아온 거야. 대꾸하지 않고 가만히 속으로 관음보살님께 빌고 비니깐 그 이후로 목소리가 멈췄다. 밤늦게 강변에 쪼그려 앉으니 그런 것들한테 바보 취급을 당하지. 이제부터는 조심하거라.

"근데 할머니가 바람 신을 보내러 가라고 시켰던 거 아니에요?" 하고 내가 말했다.

"그건 그렇지만. 정말이지 이 녀석은 학교에 들어가선 그럴싸한 말뿐이구먼." 하고 할머니가 말했다.

# 수염

내가 문과대학 학부생이던 시절 수염을 기르는 게 유행이라 나도 수염을 길렀다. 나는 수염 털이 짙은 편이라 머리와 구분하기 힘들 정도였지만 막상 길러 보려고 하니 수염이 이상할 정도로 성기게 났다. 특히 코 아래 한가운데 움푹 파인 부분에는 털이 한 가닥도 자라지 않았다. 그래서 코 아래 좌우로 수염이 따로따로 한 뭉텅이씩 뻗어서 요리모토 (미나모토모 요리모토源賴光: 헤이안시대의 유명한 지사志士이자 무장) 공의 초상 같은 풍격을 갖추게 되었다.

나는 그 어설픈 수염 끝을 당시 유행에 맞춰 성심껏 가위로 가지런히 다듬었다. 짧게 다듬자 다소 짙어 보이는 듯하다. 하지만 그 탓에 윗입술의 연붉은 가장자리가 약간 휘어진 채 수염 아래로 노출된 게 다소

꼴사나웠다.

매일 학교에 가서 친구와 얼굴을 마주쳐도, 또 하숙으로 돌아와 식모에게 코 아래를 보여 줘도 "수염이 자라는 동안의 얼굴 변화는 느릿느릿하니까"라며 사람들이 도무지 신경 쓰지 않는다. 가끔 잠시 먼 친구와 만나도 여어 여어 하고 사람 얼굴을 고쳐보는 정도에서 끝나 버린다. 하기야 변화가 느릿느릿하기만 한 것도 아니고 사람이 그렇게 깜짝 놀랄 정도의 수염이 자라고 있는 것도 아니었기 때문일지 모른다.

한동안 나는 새로운 수염에 빠져들었다. 그 사이 여름방학이 되어 나는 수염을 기른 채로 기차에 올라 귀성했다. 고향 사람들은 대학생이라 저렇게 수염을 기르는가보다 속단해 별로 이상하게 여기지 않았다. 딱 한 사람, 우리 할머니만은 내 빌어먹을 수염에 고개를 저으며, "변변치도 않아. 관원 흉내를 내는 게냐. 깎아 버려. 말 안 들으면 자는 동안에 쥐어뜯어 버릴 거야." 하고 말했다.

쥐어뜯기는 걸 겨우 면하고서 가을이 되어 다시 도쿄에 돌아오자 수염은 이미 내 얼굴의 일부가 된 듯했다. 사람들도 이상해하지 않고 나도 신경 쓰지 않았다. 옅기는 옅지만 지나치게 짙은 수염도 천박하다고 나는 생각했다.

그러고서 다시 매일 학교에 다니는 사이 이번에는 갑자기 수염이 번거로워지기 시작했다. 수염을 기르는 무리를 멀리서 마주쳐 바라보아도 대개 변변한 사람이 없다. 스스로 자진하여 그 무리 안으로 들어가는 짓은 안 해도 된다. 애초에 입술 위로 몇 없는 털을 얹고 다니는 저의(底意)를 이해할 수 없다. 깎아 버리자 결심하고서 서둘러 안전면도

기를 들고서 박박 문질러내자 어렵지 않게 떨어져 나갔다. 거울에 얼굴을 비춰보자 어쩐지 전반적으로 허예진 것 같은 기분이 들었다. 산뜻하긴 하지만 입 주변이 묘하게 불만족스럽고 코 아래가 이상하도록 길게 느껴졌다. 그리고 전반적인 인상이 갑자기 극악무도하게 바뀐 것만 같았다. 역시 있던 쪽이 나았을까 생각해도 이미 어찌할 도리가 없었다.

다음 날 어슴푸레한 학교 복도 게시판 앞에 서 있는데 갑자기 오카다 군이 내 앞에 서서,

"어라," 하고 말했다. "엄청나게 폼 잡는 얼굴을 하고 있네요. 왜 그런 거예요?"

"뭐 아무것도 아닌데," 하고서 나는 무심결에 얼굴을 쓰다듬어 내리는 순간 입술 위가 반들반들해 털이 자라 있지 않음이 뇌리에 스쳤다.

"그러네, 수염을 밀어서 그런 걸지도 몰라."

"앗, 그러네. 근데 이상한 표정이네요. 흠칫했어요. 좋네. 그런 표정을 하곤."

오카다 군에게서 불쑥 그런 인사를 받고서 나는 수염을 밀어 버린 얼굴을 사람들에게 보이는 게 걱정되기 시작했다. 기르던 때는 변화가 완만했으면서도 밀 때는 돌연 얼굴이 변해 버린다. 하지만 변한다고 해도, 기르지 않았던 이전의 얼굴로 돌아가는 것에 지나지 않는다 해도, 다른 사람들은 그 이전의 얼굴을 기억해 주는 것이 아니다. 그저 눈앞에 보이는 얼굴을 표적 삼아 교제를 하므로 수염을 밀어 버린 얼굴을 보고서 도깨비를 마주친 것처럼 화들짝 놀라는 것이다.

그 이후로 나는 십 년 정도 동안 두세 번씩 수염을 길렀다가 밀어 버리곤 했다. 그럴 때면 길러 보고픈 기분이 들었다가 또 무슨 저의로 밀어 버렸는지 전혀 기억나지 않지만 그렇게 밀어 버린 후엔 번번이 사람들이 깜짝 놀랄 게 분명하다. 그 결과 내 쪽에서도 어쩐지 사람들에게 얼굴 보이는 걸 피하고 싶어진다. 그렇다고 밀어 버린 얼굴로 전차 등에 올라도 내 얼굴을 보고서 놀라는 사람은 아무도 없다. 모르는 사람이 보면 우습게 여기지도 않는, 아무것도 아닌 것을 그저 친구들만 이상하게 여기는 것이다.

그 당시 나는 육군 교수로 육군사관학교에서 근무하고 있었다. 어느 아침 갑자기 수염이 성가셔서 바로 깎아 버리곤 조금 늦어 버린 듯해 서둘러 학교로 뛰어가 보자 한창 종이 울리고 있고 교관실에는 아무도 없었다. 급히 강당으로 나와 복도를 걷는 내 발소리를 들은 주번 생도가 내가 입구로 오는지 안 오는지 주의를 기울이다가 호령을 붙였다. 강당 안 수십 명의 생도가 일제히 기립해 수풀처럼 고요하게 서 있는 앞을 내가 위용을 갖추고 마주 섰다. 그리고 주번 생도의 호령에 맞춰 경례를 받고 다시 출석 인원수를 보고 받은 뒤 나에게서 "쉬어"를 듣고 생도들을 착석시킬 순서였다. 그런데 그날 생도들은 언제까지고 우뚝 서서 다음 순서로 넘어가지 않았다. 그저 돌처럼 굳어 쥐 죽은 듯 아무 말도 없었다. 내가 정신을 차리고 분위기를 살펴보자 그들은 경직된 채 한 무리가 되어 그 덩어리가 어쩐지 부풀어 오르기 시작해 보였다. 이상하다고 생각한 순간 앞 열 끝에 서 있던 한 생도의 새빨간 얼굴로 눈알이 튀어나올 것처럼 힘을 준 채 굳게 닫은 입 한쪽 끝에서 격렬한

숨소리가 뿍 하고 새어 나왔다. 그러자 강당 안이 일시에 술렁이며 곳곳에서 뿍 뿍 하고 바람 빠지는 소리가 나와 여태까지 정숙이 무너지고 말았다. 내 얼굴에서 돌연 수염이 사라진 것이 우스꽝스러워 그 웃음을 참느라 생도들이 숨을 죽이고 애를 쓰고 있었던 것이다. 학교 교수란 매일 다수 앞에 얼굴을 보여 줘야 하는 장사라지만 무턱대고 그 얼굴을 들쑤시는 건 바람직하지 못하다고 뒤늦게 나는 생각이 들었다. 얼굴이란 분명 본래 자신이 소유한 것이지만 등처럼 스스로 볼 수 없다. 꼭 보고자 한다면 거울 같은 장치가 필요하다. 본래 자신에게 보이는 것이 아니고 타인에게 보여주는 표적 같은 것이다. 그렇기에 얼굴은 늘 상대 쪽을 향해 있는 것이다. 실수로 본인은 몇 번씩 얼굴에 수염을 길렀다가 밀었다가 하며 남들에게 폐를 끼치게 되었다. 이후로 다시는 그런 과오를 범하지 않으리라 생각한 이래 십수 년간 나는 다시는 수염을 기르지 않는다.

어쩌다가 서랍 바닥 등에서 수염이 있던 옛날 사진이 튀어나와 지그시 내 얼굴을 바라보면 어쩐지 코 아래가 간지러워진다.

# 진수식進水式

매주 한 번 금요일 아침 일곱 시 도쿄 역을 나서는 기차를 타고 나는 요코스카의 해군기관학교(海軍機關學校)에 독일어를 가르치러 갔다. 대지진 전의 일이라 아직 전차는 다니지 않았다. 기차는 한 시간 사십 분을 걸려 요코스카에 도착해 늘 역까지 마중 나와 있는 차를 타고 학교로 서둘러 달려가면 정각 아홉 시에 강의하러 들어갈 수 있었다.

차가 역 앞 광장에서 멀어지면 바로 군수품 공장의 기다란 널판과 어두운 산기슭 사이에 끼인 길로 접어든다. 오른편으로 드높이 우뚝 솟은 산은 좁다란 길을 덮치는 것처럼 따라붙어 벼랑 앞쪽으로, 길 왼편엔 담벼락 건너편 강 후미를 사이에 둔 부두에서 강철을 두들기는 거센소리가 끊임없이 물 위를 달려와 거친 메아리를 일으키고 있다. 자동차가 그 중간을 달려 빠져나가 수교사(水交社: 구 일본 해군 장교의 친목 연구 공제 단체) 앞쪽 넓은 도로로 나오면 길이 트인 정면에 커다란 철골 발판이 하늘과 흰 구름을 끊으며 우러르듯 치솟아 있다. 강철을 두들기는 거센 소리는 그 안에서부터 들려 나오는 것이다. 나는 자동차 위 그 강렬한 울림으로 머리가 꽉 짓눌리는 듯했지만 매주 한 번씩 오가던 사이 그 울림에도 어느새 익숙해진 듯했다. 가끔 목요일 전날 밤 요코스카에 와서 수교사에서 묵고 난 다음 날 아침 눈이 뜨이면 바로 근처 어디선가 강렬한 강철 소리가 들려와 요코스카에서 묵은 소감이 어쩐지 생생하게 실감 났다.

처음에는 저 철골 안 어디선가 난데없이 솟아나 울려 퍼지는 소리를 들으면 그저 무섭도록 거대한 군함을 만드나 상상할 뿐이었지만 그 사이에 언제부터랄 것도 없이 철골 발판 아래로 점점 강철 벽 같은 게 뻗어 올라가기 시작했다. 그리고 그와 함께 강철을 두들기는 소리도 더더욱 단단하고 격해져 철골 꼭대기를 가로지르는 대들보 아래를 원숭이만 하게 조그만 사람들이 쇠밧줄 위에 매인 상자에 올라탄 채 바쁘게 오고 갔다. 대들보를 옮기며 공중을 붕 떠 달리는 상자가 멈춰 서면 그 부근에서 철 두들기는 거센 소리가 나곤 했다.

철골 발판 아래부터 뻗어 올라간 강철 벽이 어느새 우러르듯 높아져 굴뚝도 돛대도 없는 밋밋하고 커다란 배의 형상이 되는 때까지는 1년이 걸렸는지 2년이 걸렸는지 알 수 없다. 철골 가장자리 안으로 그 커다란 물체가 고정되어 더는 조금도 늘어나지 못하게 되기까지도 일 년 정도가 걸린 것 같다. 매주 한 번씩 요코스카에 가는 나에겐 건너편 곳의 전망을 가리며 가장자리 안쪽 검붉은 언덕같이 우뚝 솟은 육상의 배가 이미 요코스카 자연의 일부가 되어 버린 것만 같았다.

점점 완성되어 보이더니 진수식 일정이 정해졌다. 해군기관학교 교관 자격으로 나도 참석할 수 있게 되어 당일 프록코트를 입고 부두 식장에 가보자 곳곳에 장막이 둘러쳐지고, 여기저기 박힌 말뚝에도 홍백의 천이 묶여 있고, 예복을 입은 사관들이 웅성거리고, 군악대가 울기 시작해 난간에 따라붙은 높은 가교 위로 귀하신 분들께서 건너다니고 있었다.

가교가 조금씩 높아져 엄숙히 설치된 전각 무대 위로 옮겨졌다. 부근 분위기가 조금씩 긴장되기 시작했다. 무대 위에 서 있는 귀빈께서 조그만 황금 망치를 쥐고 있는 모습을 아득히서 참배하는 듯한 기분이 들었다. 갑자기 주위가 차분해지고 숨이 막히려 하던 순간 불쑥 어디선가 난데없이 솟아올라서 웅성거림이 퍼져 나가더니 점점 커지기 시작했다. 군함 동체를 매고 있던 마지막 밧줄 끝이 귀빈 앞으로 이끌려가선 황금 망치로 내리쳐져 끊어졌다. 커다란 조화 장식이 흩뿌려져 비둘기 떼가 아무 방향으로 어지럽게 날아갔다. 소란이 점점 커져 뭔가의 목소리인지 진동 소리인지 알 수 없게 되어 버린 순간 나는 퍼뜩 온몸에 물을 뒤집어쓴 듯한 기분이 들었다. 바로 눈앞 검붉은 언덕이 조금씩 움직이기 시작했다. 근처의 소란이 성난 호통에 다다르고 있다. 그 와중에 희미한 음악 소리도 섞여 들리고 있었다. 동체가 미끄러지기 시작했다. 순식간에 속도가 붙었다. 미끄러지는 군함 아래를 노리며 모래주머니를 마구 던지는 사람이 있었다. 어디선가 불꽃이 줄기처럼 번지는 것 같았지만 확실히 분별이 가지 않았다. 발끝에서 퍼진 땅 울림이 조금씩 커져 갔다.

검붉은 동체가 속도를 높여 바다 쪽으로 멀어져 가며 조금씩 윤곽이 수축하는 듯 보였다. 그 광경이 무엇이라 이를 수 없이 무시무시한 인상을 드리웠다.

멀리 하얀 파도가 이는 바다 수면으로 밋밋한 동체가 떠가는 걸 봐도 어쩐지 기분이 나아지지 않았다. 생각했던 것과 너무나 다른 광경을 바라보며 나는 장대한 감격을 충분히 받아들일 수 없었다. 그저 지금까지도 눈앞에 솟아 있던 커다란 물체가 갑자기 사라지더니 그 건너편 수많은 사람의 얼굴이 한가득 차오르고, 너머에서 멀리 바람이 불어와 근처가 왠지 하얗게 바래 버리는 듯한 감상을 가슴 깊이 느꼈다.

그리고서 군수품 공장 안쪽 축연장에서 성찬이 열렸다. 잔을 들고 부두 부근을 멀리 내다보자 철골 틀 안은 아무것도 없이 비어 있고 그 건너편엔 소나무가 무성한 작은 산이 어중간하게 묘한 거리에서 엉거주춤한 꼴을 하고 있었다.

다이쇼 12년(1923년) 대지진 후 참화가 가장 심했던 요코스카의 상황이 궁금해 9월 하순이 되어 철도가 움직이기를 기다리고 기다리다가 아침 기차로 나섰다. 가고 오는 기차에 한나절씩 쓰고 돌아오자 어두워진 도쿄 곳곳에 제등이 켜져 있었다.

요코스카에 도착해서 역 앞 광장을 지나 곧장 낭떠러지 아래 좁은 길로 접어들던 근처 풍경이 완전히 바뀌어 있었다. 어두워야 할 길이 묘하게 밝았다. 높다란 낭떠러지 위 산세가 완전히 바뀌어 버려 높이가 원래의 절반에도 미치지 못했다. 대지진이 요코스카의 자연을 바꿔 버린 것이었다. 모습이 바뀐 산을 올려다보자 나는 갑자기 순조롭던 진수식 당일의 기억 가운데 불쑥 사라지던 밋밋한 군함의 모습이 그립게 떠올랐다. 그것이 어떤 이름의 군함이었는지, 내가 잊어버린 건지, 원래부터 알지 못했던 건지, 아무튼 기억이 나지 않는다.

# 우화등선羽化登仙

요요라는 장난감을 가지고 놀다가 잠이 들었다. 옆으로 누워 잠이 들려 하는데 몸이 가벼워져 위아래로 흔들리는 듯한 기분이 들다가 그 상태 그대로 꿈속으로 빠져들었다.

역시 어느 때인가 술을 퍼붓고서 가볍게 취한 뒤 잠시 요요를 가지고 놀다가 손을 멈추자 내 몸 주위가 흔들흔들 떠오르는 것만 같았다. 자리로 돌아와서 눈을 감자 앉은 채로 바닥에서 떠올라 조금씩 올라갔다가 내려갔다 하는 듯하다. 그때 그 기분은 어느 화창한 날 작은 비행기에 올라 비행장 상공을 떠다니며 노니는 것과 어딘가 모르게 비슷하다. 요요란 장난감이 그렇게나 유행이라서 어른들조차도 갖고 놀다 멈추기가 그렇게 어렵다는 건 이러한 이유 때문이 아닐까 하는 생각이 들었다.

인간에게는 예부터 하늘을 날고 싶다는 속내가 있어 그것이 사람들의 잠 속으로 숨어들면 새의 모습을 따라 하거나, 또는 자신의 집을 날아다니거나, 혹은 길 위를 미끄러져 떠돌거나 하는 꿈을 꾸게 되는 것이다. 말로 표현하면 하늘을 나는 듯한 기분이라든지, 날아갈 듯한 기분이라든지, 우화등선 같은 케케묵은 표현이 되겠다. 요요 놀이는 분명 정신없는 놀이이긴 하지만 같은 식의 멋을 지닌 장난감들이 우리들의 어린 시절 기억 속에도 이미 두세 번씩이나 유행했다가 잊히기를 반복해 왔으며 고대 그리스에도 역시 비슷한 놀이가 있다는 이야기 또한 들은 적이 있다.

요요가 손끝에서 떨어져 내리는 긴 실 끝을 굴러 내려가다가 전기처럼 튀어 올랐다가 다시 폭포수처럼 떨궈져 내리는 이 신기한 약동은 섬광과 진동을 실 한 가닥의 율동에 맡겨 두는 듯한 기분이 들게 한다. 그 전동은 곧바로 실을 쥐고 있는 손끝으로 전해져 손가락은 요요와 인체 사이를 매개하고 요요가 흔들리면 인체는 이에 뒤따라 요동을 전해 받는다. 행여 요요 쪽을 고정하면 요요를 가지고 노는 사람의 몸과 영혼은 실을 쥐고 있는 손가락을 매질로 하여 매번 그 율동이 일 때마다 흔들흔들 오르락내리락 뛰어오른다. 그중에서 어느 쪽이 고정되고 어느 쪽이 움직이는 건지, 그 사이 균형이란 술에 취했거나 잠들기 전 흐리멍덩한 상태에선 확실치가 않다. 나는 비행기 유람을 좋아하는데 마찬가지로 우연히 요요를 가지고 놀다가 그 양자 사이의 일맥상통한 재미를 사람들에게 설명했지만 그 누구도 수긍해 주지 않는다. 이에 글로 옮겨서 억지를 부려보고자 하는 바이다.

# 원양 어업

어린 시절, 우리 고향 마을에 군지(군지 나리타다郡司成忠: 일본의 해군 대위이자 탐험가로 러시아령 쿠릴 열도 부근으로 출정) 대위가 강연을 왔다. 시청 회의소 같은 곳에서 어슴푸레한 환등을 비춰 쿠릴열도(사할린과 홋카이도 부근 러시아령 열도로 러·일 사이 영토분쟁이 아직까지도 이어지고 있음)라던지, 슘슈 섬(쿠릴 열도 최북단 섬), 코만도르스키예(러시아 캄차카 반도 동쪽 베링 해에 위치한 제도로 해달, 바다표범 등이 서식하는 것으로 유명)의 해달에 바다표범에 물개 등등 이야기를 들려주었다. 군지 대위는 목소리가 쉬어 있었다. 나는 그 이야기가 반쯤은 실제였던 것처럼, 반쯤은 내가 꿨던 꿈처럼 느껴졌다.

그다음 날부터 나는 가나야노 고토 군이라는 내 젖형제와 함께 투합

해 둘이서 군지 대위 흉내를 내기로 했다. 먼저 마을 뒤편 논으로 나가 한중(寒中)의 쌀쌀한 바람을 맞으며 강변을 따라 걸었다. 둘이서 우리만의 어장을 찾아내기로 한 것이었다. 돌다리 아래로 엷은 햇살이 비스듬히 비춰 물이 고인 곳에 송사리 대여섯 마리가 모여 떠다니고 있었다. 송사리는 물이 차서 조금도 움직이지 않는다. 혹은 모두 모여 잠들어 있는지도 모른다. 고토 군이 망을 보는 사이 나는 서둘러 집으로 돌아가 황급히 부엌 식모에게서 그물을 만들어 받았다. 보통의 그물코로는 송사리가 빠져나가 버리기 때문에 무명 헝겊을 대나무 대에 꿰매 받은 것이었다. 그걸 들고 은밀히 집을 빠져나왔다. 행여 할머니에게 들키면 이렇게 추운 날 논밭을 돌아다니다가 감기 걸리면 안 된다며 혼이 날 게 분명했다.

고토 군이 기다리는 곳으로 달려가 보자 송사리는 여태 미동도 없이 떠 있었다. 서둘러 그곳에 그물을 넣어 물고기를 한 번에 꽤나 잡아 올렸다. 그러고서 강 이곳저곳으로 물고기를 잡으러 돌아다녀 송사리를 삼십 마리 정도 잡아 집으로 돌아왔다.

그다음엔 지난밤 환등기로 본 것처럼 포획물 저장 처리를 해야 한다. 창고 구석 공터에서 지붕 기와 조각을 주워 와 그 위에 송사리를 늘어놓았다. 그리고 그걸 처마 위에 올려 두고서 바람에 말리기로 했다.

그날 작업은 거기서 마치기로 하고 고토 군과 고타쓰(상 아래에 화덕이나 난로를 설치하고서 이불을 덮어두고 안에 들어가 몸을 덥히는 일본식 온열기구)에 들어가 캄차카(러시아 극동부의 반도로 쿠릴 열도 북쪽에서 이어짐)와 코만도르스키예 지도를 그리며 놀았다.

다음 날 처마에서 기와 조각을 내려 보자 송사리는 마른 건지 얼어 버린 건지 알 수는 없지만 단단해진 조그만 눈동자가 까맣게 빛나고 있었다. 약간 수가 모자라는 것 같았지만 고양이라면 전부 먹어 치워 버렸을 게 분명하니 행여 참새가 두세 마리 들고 갔을지도 모른다.

부엌에서 몰래 질냄비를 빌려와 내 방 화로에 얹고서 마른 송사리를 냄비 안에 넣고 지졌다. 민물고기가 타는 역한 냄새가 나기 시작했다. 간장을 살짝 넣는 게 좋을지도 모른다고 고토 군이 말해 다시 부엌으로 가서 간장을 접시에 아주 조금 훔쳐 나왔다. 그러고서 질냄비 안에 간장을 넣자 갑자기 연기가 솟더니 송사리가 새카맣게 변했다. 설탕을 넣는 게 맛있을지도 모르지만 설탕으로 맛을 내는 건 원양 어업답지 못하므로 관두었다. 질냄비 안쪽이 새카맣게 눌어붙은 데다가 역한 냄새가 나서 부엌으로 가져갔다간 식모가 화를 낼 게 분명하다. 그래서 질그릇을 숨겨 버리고는 다시 돌려놓지 않기로 했다.

그리고 밖으로 나온 고토 군은 탄 송사리를 빈 깡통에 집어넣고서 찬장을 닫았다. 그렇게 놔두고 놀러 나갔다. 일단 송사리에 관한 걸 잊어버려야 한다. 그러고 나서 배가 고파져 돌아와서는 뭔가 먹을 게 없나 생각하던 찰나 송사리가 있으니까 그걸 먹고 허기를 견디자는 생각이 들자 좀이 쑤셔 왔다. 다시 직접 들고 와서 둘이서 송사리를 먹기 시작했다. 캔 안에서 꺼내 한 마리씩 집어먹었다. 쓰디쓰고, 탄내가 나고, 입안이 까슬까슬해져 조금도 맛있지가 않다. 그걸 견디며 몇 마리, 또 몇 마리나 먹던 중 어쩐지 비통한 기분이 들어서는 뭐라고 말을 꺼냈던 건지 까먹어 버렸지만 그 후 고토 군과 다툰 뒤 헤어졌다.

# 앉은잠

문과대학 학부생 시절, 아오키 쇼키치 선생 시간은 봄·여름·가을·겨울 항상 앉은잠으로 보냈다. 강의가 시시하다는 등등 건방진 이유는 털끝만큼도 없어 두말할 것 없이 내 잘못이다. 하지만 선생 쪽에도 책임이 없는 것은 아니다. 요컨대 선생의 얼굴과 손동작 방식이 나를 잠들게 만드는 것이다. 다행히 그 당시는 아직 코를 골지 않았던 터라 그저 묵묵히 고개를 숙이고서 잠들었을 법하지만 그렇다 해도 여전히 선생께 참으로 드릴 말씀이 없는 한편, 나 또한 나중에 시험을 칠 때 곤란해질 법하다. 어떻게 해서라도 이번 시간은 일어나 있어야지 결심하고 앉아도 역시 아무 소용없다. 선생께서 들어오셔서, 교단에 침착히 서서, 책을 펼쳐 뭔가를 이야기하기 시작하면 슬슬 졸음이 몰려와 선생의 손동작을 꿈과 현실의 사이에서 쫓다가 어느새 더는 아무것도 알아볼 수 없게 되어 버린다. 그런 주제에 방과 후 종이 울리기만 하면 바로 눈이 말똥말똥 뜨여 실로 개운하고 상쾌한 기분이 든다. 지금까지 게으르게 졸던 건 마치 다른 사람의 일인 것처럼 느껴진다. 그리하여 얼마를 잠든 들 방과 후까지도 눈을 뜨지 못하고 정신을 차려보니 아무도 없었다든지 하는 식의 봉변을 당한 적은 없었다.

대학을 나오고서 학교 선생이 되었다. 사립과 관립을 겸임해 어학을 가르치다 보면 어느 쪽 학교 학생이든지 조금씩 조금씩 내 시간에도 앉은 채로 잠이 들기 시작했다. 특히 관립 쪽이 심한 것 같다. 관립이라 해도 육군 학교 같은 곳이다. 내가 나가고 있던 곳은 당시의 사관학교로 그즈음 중앙 유년학교(육군 예비 무관 교육을 위해 설치했던 군관학교) 쪽을 알지 못해도 그쪽으로 나가는 친구의 이야기를 들어보면 하여간 규율이 엄한 학교라서 생도가 교실에서 앉은잠을 자는 등의 행위는 절대로 허용되지 않는다. 그러나 규율이 그렇다 한들 졸릴 땐 누구나 졸리기 마련이다. 그래서 생도들은 정신단련의 결과, 자세를 흐트러뜨리지 않는 건 물론 눈을 똑바로 뜬 채 정면을 바라보며 앉은잠을 잔다는 것이다. 미숙한 선생이 그걸 알지 못하고 그 생도를 불러보았다가 반응이 없어 당황하기도 한다고 한다. 그러나 내가 나갔던 사관학교에는 그런 기예를 보여주는 생도는 한 명도 없었다. 혹은 전방의 나를 얕보고서 그 정도로 신경 쓸 필요조차 느끼지 못했던 건지도 모른다. 그저 아주 예사로 교관인 내 면전에서 앉은잠을 자는 것이다. 앉은잠을 자는 생도의 면면을 주의 깊게 살펴보면 대개 정해져 있다. 그리하여 내가 훈계를 늘어놓으며 말하건대, 앉은잠을 자서는 안 된다. 특히 가장 주의 해야 할 것이 내 얼굴을 보면서, 목소리를 들으며, 손동작을 보며 졸음을 느끼는 것이다. 일단 그렇게 나쁜 습관에 물들고 나면 분명 졸업할 때까지 내 시간에 눈을 뜰 수 없을 거다. 정신 차리지 않으면 안 된다. 그러나 나의 훈화는 아무런 소용도 없던 것 같다. 아오키 선생 앞에서 처럼 그들도 계속 졸았기 때문이다.

그러고 나서 나는 포공(砲工) 학교로 전임을 갔다. 이곳의 학생은 전부 소위 또는 중위였으며 그 중에는 대위도 있었다. 이른바 전부 고등관(문관과 무관을 총칭하는 일본의 고위 관원의 등급)이라서 교장의 훈시에도 '생도 제군'이라든가 '학생 제군'이라는 호칭 대신 '제관은…' 하고 부르곤 했다. 그 학교에서 나는 마찬가지로 어학을 가르쳤다. 학생 제관은 대단히 온순하고 또 매사에 요령이 좋아 그다지 거슬리는 일도 없었다. 윤독을 시키거나 해도 대학 예과나 사관학교같이 한 시간에 몇 명씩이나 시켜야 하는 성가신 일이 없이 혼자서도 충분히 읽어 놓는 것이다. 거기에 교관인 나는 교단 위 팔걸이의자에 기대 가만히 듣고만 있어도 된다. 그렇게 점점 졸려와 잠드는 것이야 그렇다 쳐도 가끔 주변이 흐릿해져서 아무것도 알아볼 수 없게 되곤 한다. 책을 읽고 있던 학생의 목소리도 들리는 것처럼 들리지 않는 것처럼 묘한 상태가 된다. 그리고 완전히 고요해진다. 퍼뜩 정신을 차리고 허둥지둥 주위를 두리번거리며 어디까지 읽었는지 다음 차례를 찾는다. 그 고요한 순간이 어느 정도 이어진 건지 알 수 없다. 나에게 가장 두려운 것은 그 당시 잠들면 코를 고는 버릇이 이미 시작되었던 터라 혹시 교단 위에서 이상한 소리를 내다가 그게 목구멍에 걸려 발딱 괴성을 내지른 순간 퍼뜩 눈이 뜨인 게 아닌지 하는 염려이다. 그러나 학생 제관은 행여 내가 앉은잠을 잤다던가 또는 코를 골았다고 한들 그걸 문제 삼아 이러쿵저러쿵할 정도로 버릇없어 보이지도 않는다. 그러므로 교단 위에서 아무 일 없이 지나갔다는 게 내가 코를 골지 않았다는 증거가 되지는 않는다. 나는 이상의 일례가 떠오를 때마다 늘 불안해서 견딜 수가 없다.

# 보자기 짐

책 읽는 게 점점 성가셔져 가능한 한 읽지 않기로 했다. 독서란 매우 훌륭한 일과라 생각하면서도 한 글자씩 글자를 주워 모아 행을 쫓아서 페이지를 넘겨 가는 게 타인의 수다를 자신의 눈으로 들으려 하는 것만 같아 시끄럽다. 눈은 그런 걸 보기 위한 것이 아닌 듯한 기분이 든다.

빈핍(貧乏)의 결과 가족이 먹을 것도 다 떨어져 장서를 팔아 치우고 다소간 미련이 남아 남겨 두었던 자전까지도 끝내 전부 팔아 버렸다. 독일어 교사를 하느라 사전류를 꽤 가지고 있긴 했지만 그걸 팔고 나자 뭔가 그 언어 공부에도 흥미가 떨어져 버렸다. 이후에 이리저리 변통하여 다시 자전을 사 갖추고자 하는 기분조차 들지 않는다. 모르는 것이 있으면 동료에게 물어보거나 확인해 받는다. 그것도 귀찮으면 배우는 쪽 학생에게 조사해 오게 시킨다. 그럴 바엔 교사를 그만둬 버리는 게 좋겠다 싶어도 빈핍하여 그것마저 불가능하므로 독일어는 직업용 교실용 외에 사용하지 않기로 하고 견딘다. 몇 년인가 전까진 독일인과의 대화도 볼일을 가까스로 마치는 수준의 회화였다지만, 아무튼 독일어를 할 수는 있지만 요즘은 전부 일본어로 대화한다. 역시 대개 그렇게 해도 볼일은 마친다. 잘 모르겠으면 내버려 둔 채 상대하지 않는다.

재작년 여름 내가 나가던 학교에서 학생들의 로마 비행을 실시해 내가 비행기 회장이 되어 각국 대사관이나 공사관과 교섭해야 할 일이 있었다. 예전에는 가끔 대사관 회합 등에도 나가곤 했지만 요즘에는 전혀 다니지 않아 독일 대사관에 가도 얼굴을 기억해 주는 사람이 아무도 없었다. 엉겁결에 독일어 교사란 사실이 탄로 난다면 일이 성가셔질 것 같아 동행한 학생에게도 속내를 납득시켜 두고서 안내를 청해 받았다. 방으로 안내받자 곧이어 젊은 독일인이 나와 독일어를 할 줄 아느냐고 독일어로 물었다. 내가 멍하니 있자 이번에는 영어로 똑같이 물었다. "아니오." 하고 대답하며 정좌한 채 있었다. 이번에는 영어를 할 줄 아느냐고 물어왔다. "송구스럽지만 통역해 주실 분을 부탁드리겠습니다." 하고 일본어로 말하자 어디선가 본 적이 있는 듯한 일본인이 따라 나왔다.

요건은 그 비행기가 독일 국경에 들어가고 난 뒤 만일 불시착이라도 하게 되는 경우 독일인이 입을지도 모르는 피해에 대해 미리 일정 배상액을 적립해두기 위하여 그 금액을 공탁하든지 혹은 지정받은 독일

보험에 들든지 하는 것으로, 거절되거나 하는 일 없이 잘 해결해 주십사 부탁하러 왔기 때문에 하여간 이야기가 까다롭고 내 회화 실력으로는 어림도 없었을 따름이었지만 그렇다고 아예 독일어를 한마디도 못하는 척 시치미를 뗐던 건 큰 실례구나 하고 늦은 후회가 든다.

이야기 도중 통역가가 내 이야기를 잘못 알아듣거나 착각한 건지 전혀 다른 이야기를 독일어로 전하는 걸 듣고 당황한 나는 그를 막아 세웠다.

"아뇨, 그게 아닙니다. 이곳을 지나는 건 두 주일 후입니다."

말하고 나서 '저질렀다' 싶어 눈을 들자 통역가도 독일인도 내 얼굴을 보며 이상하단 표정을 짓고 있었다.

스스로 외국어로 이야기하는 걸 내켜 하지 않을 뿐만 아니라 다른 사람이 이야기하는 걸 듣는 것 또한 시끄럽다. 무슨 업보라서 이런 귀찮은 일로 밥벌이를 하게 되어 버린 건가 싶다.

사람이 쓴 건 읽지 않기로 해놓곤 자신은 사람들에게 읽어 줄 원고를 쓰고 있는 것 또한 불행한 일이다. 인간의 손은 글자를 쓰는 데 사용하는 것이 아닌 듯한 기분이 든다. 연말에 문예춘추사에서 수첩을 받아 설부터 일기를 쓰기 시작했다. '어제는 누가 왔었더라', '오늘 아침은 흐렸었던가?' 떠오르기 시작하지만 이내 점점 귀찮아져, 1월 21일 토요일 "지나간 것에 볼일 없음. 이제 오늘부터 그만." 하고 쓰고 올해 일기는 마무리되었다.

그런 주제에 용무는 종잇조각에 써 둔다. 특히 왠지 모르게 불안하고, 떨떠름하고, 우선 그때까지는 생각하지 않고 싶은, 하지만 잊어버렸다간 큰일이 날 법한 용무는 수첩에 적어 두는 것보단 뿔뿔이 종잇조각에 적어 두는 편이 마음에 놓인다. 그걸 가방 안에 넣고 들고 다닌다. 점점 그런 쪽지가 쌓이는 데다가 역시 나중에 읽는 게 낫겠다 싶어 봉을 뜯지 않은 편지, 지불하지 않은 청구서 등등이 전부 모여 커다란 붉은색 손가방이 한가득 차버린 건 작년 봄 무렵이다. 뭔가를 꺼내는 김에 기다랗게 얽혀 들어간 것들을 전부 게워낸다 한들 오랜만에 아끼며 들고 다니는 와중에 금세 또 가득 차버려 그 가방은 지금까지도 속이 불룩 찬 채 방구석에서 먼지를 뒤집어쓰고 있다. 안에 뭐가 들어있는지 나는 거의거의 기억이 나지 않는다.

애초에 가방이란 들고 다니기 거추장스럽다. 명주 보자기 쪽이 간편하단 생각이 들어 갖가지 쪽지를 명주로 싸기 시작했다. 그렇게 싸고 나자 거기에다 소세키 선생, 아쿠타가와 군, 다야마 가타이(田山花袋: 자연주의 사소설로 유명한 소설가) 선생의 상을 치르고 받은 명주 보자기 석 장까지도 한가득 싸버리고 말았다.(자색 명주 보자기는 관혼상제 때 포장 용도로 사용하여 서로 주고받곤 함) 그것 말고도 아직 학교 교원실 찬장 안쪽엔 이전의 쪽지 다발을 마구 싸맨 보자기 짐이 둘 놓여 있다. 무턱대고 싸매 둔 뒤 조금도 정리하지 않아 그대로 갖다 버릴 수도 없이 잘 보관하고 있기는 하지만 열어서 확인해 볼 기분도 내키지 않는 게 우선 낡은 쪽지라는 것들은 더러워서 쓸 수도 없다. 내가 나쁜 일을 저질러 검사가 가택수색이라도 하게 된다면 분명 폐를 끼칠 것만 같아 벌써 죄송하기 짝이 없다. 오륙 년 전 어쩌다가 한 번 그 당시 보자기 짐들이 무너져서 그 안으로부터 보고 싶지 않던 쪽지들이 한가득 쏟아졌는데 뭔가 찰카

닥 소리가 나는 봉투가 있어 열어보자 50전 은화로 2엔 50전이 나왔던 적이 있다. 아마 봉투 안에서 적당히 돈을 꺼내 쓴 뒤 계산은 나중에 하기로 하고 거스름돈을 받아 그 안에 넣어둔 채 보따리 짐으로 싸두고서는 까먹었던 것 같다. 지금에야 어느 보따리를 열어보아도 그런 봉투는 없어 보이기 때문에 열어볼 생각은 들지 않는다. 아니, 행여 그런 봉투가 있다고 해도 3엔이나 5엔을 위해 보따리를 열 순 없다. 우선 살짝 놔두다가 천재지변으로 사라져 버리기를 기다리든가 혹시 보따리 쪽에서 꿋꿋이 버틴다면 내 쪽이야 이런저런 보따리를 남기고서 승천해 버리는 수밖에 없다.

# 세이탄淸潭 선생의 비행

세이탄 선생께서 사모님, 작은 따님과 함께 비행장에 오셨다.

선생은 언제나처럼 전통복을 입고, 구두를 신고, 이상한 두건 같은 걸 뒤집어쓰고 있다. 근방을 어슬렁어슬렁 걸어 돌아다니는 선생의 동작이 심히 민첩지 못하다. 목욕물에 들어가서도 뜨거운지 미지근한지 잘 모를 거라며 누군가가 말했지만 걷고 계신 발걸음이 어쩐지 이상하다. 비행기에 억지로 앉혀 놓지 않는 이상 탈 수 있어 보이지도 않는다. 시중드는 학생들이 수발드느라 고생하겠구나 싶었다.

곧이어 학생들의 비행 연습이 끝나고 세이탄 선생이 체험 비행을 할 순서가 되었다.

나는 격납고 쪽에 볼일이 있어 비행기 활주로에는 가지 못하고 멀리

서만 바라보고 있었다.

비행기 근처로 학생 네다섯 명이 모여들어 세이탄 선생을 올려 태우고 있다. 보고 있어도 좀처럼 진척이 없다. 결국 헹가래 쳐지는 듯한 모양이 되어 한쪽 다리를 팔딱팔딱 까불고 있다.

학생 한 명이 활주로에서부터 뛰어왔다. 저기 기모노 입은 선생께서 따님과 함께 타겠다 말씀하시긴 하는데 자녀분이 너무 작아서 거절하긴 했는데 그렇게 해도 괜찮을지 확인받으러 온 것이었다.

나도 그건 거절하는 편이 낫겠다고 대답하고서 아까부터 다들 뭘 하고 있는지 물어보았다.

"저기 기모노 입은 선생을 어떻게 할 수가 없습니다." 하고 학생이 말했다. "다리를 완전히 뻗대고서 팔딱팔딱 해대느라 태울 수가 없습니다."

"다리를 난폭하게 잡으면 안 되네. 저쪽으로 가서 빨리 그렇게 전하게나."

달려가던 그 학생이 미처 비행기 곁에 닿기도 전에 세이탄 선생의 몸통이 가까스로 후방 좌석 근처로 오르는 듯 싶더니 곧이어 바로 선생의 모습은 사라지고 그저 다리 하나가 불쑥 기체 위로 솟아올랐다. '선생께서 다치지 않으셔야 할 텐데' 나는 걱정이 들었다.

학생들은 후방 좌석 근처에 꽉 붙어 선생을 일으키려 하는 것 같다.

그러나 그렇게 해도 선생의 다리가 바람막이 유리판에 걸려 잘 움직이지 않는 듯하다.

프로펠러는 멈추지 않고 돌아 저속으로 벌벌벌벌 진동을 일으켜 광경은 더욱 장엄하다.

그 사이에 다리가 건너편으로 포물선을 그리며 조금씩 조금씩 돌아가기 시작했다. 누군가 손을 얹어 움직이게 하고 있구나 싶다. 세이탄 선생이 아프시지는 않을지 걱정이 들자 다리가 사라지고 비행모를 쓴 머리가 보이기 시작했다. 근처에 있던 학생이 하나둘씩 지상으로 뛰어내렸다. 나도 한숨이 놓이면서도 어쩐지 뭔가 이상하다. 그러자 막 뛰어내리던 학생이 다시 좌석 근처로 손을 짚고 올라탔다. 애써 다리를 쥐어 넣고 봤더니 세이탄 선생이 뒤쪽으로 올라타 있던 것이었다.

근처의 학생들이 다시 손을 얹고서 세이탄 선생을 좌석 가운데로 일으켜 세우고 있다.

이번에는 앞뒤 방향을 바꾸는 작업이다. 그리고 학생들이 전부 뛰어내리고서 바라보자 세이탄 선생의 비행모에 에워싸인 머리가 의기양양하게 전방을 향하고 있다.

비행기가 활주를 시작하여 곧장 이륙하자 학생들이 잔디밭에 벌러덩 드러누워 전부 한쪽 발을 공중으로 들고서 팔딱팔딱 까분다.

세이탄 선생의 비행기가 찌르찌르 우는 종달새를 쫓아내며 비행장 변두리 상공을 선회하고 있다. 세이탄 선생이 한쪽 팔을 들어 지상의 인기척을 향해 신호를 보내나 싶다. 쫓겨난 종달새는 여전히 세이탄 선생의 상하 전후에서 봄볕을 쐬며 지저귀고 있다.

# 노호회 老狐會

늙은 여우들의 모임이라던가 하는 불온한 모임이 생겨서 나 또한 그중 한 마리로 포함되어 지극히 영광스러울 따름이다. 모일 학교 다다 교수께서 나를 붙잡고 말씀하시기를, 독일어 모임도 창립 이래 만 십 년이 되었네요. 처음에 독일어 연극으로 〈파우스트〉를 상연한 이래 벌써 십이삼 년입니다. 조만간 그 기념축하회를 할 테니 나와 주셨으면 하는데. 거기에다 이참에 독일어 모임 출신 졸업생하고 관련된 교수들을 모아 모임을 만들어서 돈을 조달해 현재하고 앞으로의 독일어 모임을 위해 후원을 하려고 하니 그 논의를 내일 저녁 여섯 시에 열 생각입니다. 선생도 학교에 남아 주세요.

소생이 속으로 생각건대, 그렇게 돈을 조달하는 모임을 만들어서 꽤

거금을 모은 뒤 어린 후진들의 염치없는 소리를 들어 주느라 매년 여름 휴가 때마다 두세 명씩 독일에 여행을 보내고 돈을 너무 많이 쓴다면 돌아오자마자 붙잡아서 전부 꾸짖으면 된다. 예쁜 독일인 소녀하고 결혼하고 싶다고 졸라대면 주선도 시켜 주자. 알아보기 위해 누군가가 독일까지 가야 해도 이쪽 모임엔 돈이 꽤 있으니까 전혀 문제 될 게 없다. 그리고 되도록 저쪽의 부자 소녀와 결혼하게끔 주선해 황금 마르크로 지참금을 받아 들고 온다. 그거야 물론 이쪽 모임의 수입으로 친다. 종종 실컷 마실 수 있으려나 생각이 들어 다다 교수 의견에 조속히 찬성하고서 다음 날 저녁 여섯 시 학교에 남아 있기로 결심했다.

그런데 다음 날, 저녁 여섯 시가 가까워질수록 나는 조금씩 불안해지기 시작했다. 불안이 생겨나는 데는 생리적 이상이 잠재해 있다는 걸 인지하고 있었기 때문에 무작정 남 탓으로 돌리기 전에 일단 내 안의 원인을 살펴보니 다소 배가 고팠던 것이었다. 저녁 여섯 시에 사람을 모아두고서 도대체 식사는 어떻게 할 생각인 건지. 그 이전까지 알아서 때워 두라 하는 심산인지, 회식할 계획인지, 그 속내가 통 애매한 한편, 무책임하다는 비난을 면할 수가 없겠다. 다다 씨는 어디에 간 거냐며 요란을 피우자 교수실의 급사가 다다 선생은 고개로 차를 마시러 가셨다고 말했다. 굳이 굳이 저 험한 고개를 기어 올라가 실컷 차를 얻어 마시고서 다시 고개를 내려온단다. 무척이나 고생하실 법해도, 하여간 10전만 쓰려고 하니까 그만큼 생고생을 겪는 것이겠지만, 10전의 돈에도 저항감이 몰려오나 보다. 쉽게 쓰는 것 보다야 분명 어딘가 쓸모 있어 보인다. '그런 건가?' 하고 감탄하며 복도를 걷는데 올해 졸업한 이다하고 모리라던가 하는, 독일어 모임의 늙은 너구리(교활하여 능구렁이 같다는 의미의 관용표현으로 늙은 여우와 동의어)가 현관 옆쪽 어슴푸레한 곳에 서서 눈을 반짝이고 있었다. 공복이어서 비틀비틀거리는 나를 붙잡고 그 둘은, 독일어 모임도 벌써 십 년이 되었다, 거기에다가 이참에 저희 출신자들 모임을 만들어 돈을 모으려 한다는, 다다 씨에게서 들었던 그대로의 이야기를 줄줄이 늘어놓았다. "그런 논의에 끼기 위해 내가 이렇게 남아 있는 겁니다" 하고 둘 앞에 토로하며 양해를 얻기까지 꽤나 노력을 쏟아부어야 했다.

그 사이에 다다 씨가 돌아왔다. 미시마, 야마모토, 오카, 다무라 등의 제군들도 모여 슬슬 논의에 착수하게 되자 그 전에 도대체 밥은 어떻게 하는 건지 다다 씨에게 떠보았다. 다다 씨는 자기는 차를 마셔서 뱃속이 수분으로 따뜻해 괜찮으니 오늘 식사는 전부 '각각', '함께' 먹도록 하자느니 알아듣기 힘들게 이야기했다. '각각'이라는 건 무슨 말인지 알아들었다 해도 새끼 오리나 새끼 돼지같이 접시 하나에 입을 처넣자는 말은 아닐 것이다. 그렇지 않다면 부담은 '각각'으로 하는 의미에다가 '함께'라고 하는 건 장소하고 시간을 지정하여 제한하자는 말인가 싶다. 어쨌든 그렇다면야 그렇게 하기로 하고 슬슬 논의가 시작되었다. 모임 이름을 정하자는 이야기가 나와 독일어 모임 졸업생 모임이니 군인 아저씨로 말하자면 재향군인회 같은 거다. 그렇다고 재향독일어회 같은 이름을 댈 순 없다.

뭔가 그 외의 묘안은 없을까 하는데 다다 씨가 '푹스' 이야기를 꺼냈다. 푹스란 독일어로 여우인 동시에 대학 신입생의 의미도 있다고 한다. 옛날에는 다들 온순한 일학년이었지만 해가 지나면서 이렇게 얌전치 못하게 변해 버렸으니 노호회는 어떤가 하고 곧 논의가 일단락되어 버렸다. 이상하다는 얼굴을 한 사람은 아무도 없이 다들 이해했다는 표정을 한 채 모임 이름이 결정되고 보자 저마다 내심 마음이 짚이는 부분이 있었다. 명칭이 결정되고서 새삼스럽게 노호회 수재들의 면면을 한눈에 살펴보자 너무나 자연스러워 기발하다는 느낌이 조금도 들지 않는다. 그리고 현관에서 이다와 모리 그 둘을 앞서 만나 늙은 너구리라고 칭했던 건 악의로 그런 건 아니니까 신경 쓰지 않아 주었으면 한다. 그때에도 양해를 얻었듯이 어둑한 곳을 서성거리고 있기에 여우하고 너구리라고 착각했던 것이었다.

그러고서 이번엔 자금 논의다. 그런데 배가 고파와 돈 이야기 따위 머리가 돌지 않는다. 밥을 먹으면서 논의하자는 의견이 나와 늙은 여우 제군들이 입맛을 다시며 궁리하기 시작했다. 독일어 모임은 이전에 학교 뒤편 쓰루야(鶴屋) 이층을 빌려 사무소를 열었으니까 그곳으로 하자 정하고서 바로 나섰다. 여우에 학(鶴鶴이 일본어 발음으로 쓰루)이라니 뭔가 이솝 이야기 같아 심히 흥취가 돈다. 이층으로 향해 서둘러 맥주를 마셨다. 그러고서도 줄곧 맥주뿐이었다. 음식이 아무것도 나오지 않는다. '각각', '함께'라는 점이 고려되고 있는 듯하다. 그러나 어찌 되었든 굶주린 여우 콧구멍으로 아래 요리장에서 솟아오르는 튀김 연기가 가차 없이 들어오고 있어 맥주라도 마시지 않으면 버틸 수가 없다. 그리하여 무턱대고 맥주를 마신다. '각각', '함께'라는 건가, 이건 너무 각각 아닌가 우스워질 때쯤 겨우 튀김이 왔다. 여우 색깔(옅은 갈색을 의미)

로 튀겨진 튀김들 앞으로 슈나이저(독일 전통 디저트 다과)가 늘어선 풍경에 소름이 끼칠 정도로 흥취가 돋았다. 그러고서 차차 제정신이 들어 다시 자금 논의가 나왔다. 이것도 차질 없이 결정되었다. 일 년에 6엔씩 내자, 하지만 한 번에 6엔을 내는 건 힘드니까 매월 50전씩 모으기로 했다. 어린 후진들의 독일 여행도 그렇게 언제의 일이 될지는 알 수 없다. 지금 독일에 딱 맞는 젊은 미인이 있다고 한들 50전씩 모아서 누군가가 갔을 땐 이미 할머니가 되어 버렸을 것이다.

그리고 '각각', '함께'에 대해선, 아무래도 다 같이 오랜만에 만난 자리고 나중에 각자 나눠 내는 등등 서먹서먹하니 좋지 않다. 이건 말할 필요도 없긴 하지만 이번에는 다다 씨가 아예 한턱 내주시기로 다다 씨를 제외한 모두가 믿어 의심치 않고 있다. 여기 지면을 빌려 삼가 그 호의에 깊이 감사할 차례다.

여 름 밤 여 우 홀 린 여 우 있 어

여 름 밤 여 우 기 세 등 등 도 끝 났 나

# 비행장 만필*

『고토다마』(古東多万: 1931년에 창간한 문예잡지)에 비행기에 관해 쓰게 되어 감사하다. 비행기가 도구로서는 시시할지 몰라도 하늘로 떠올라 날아가는 모습이란 사계절 내내 맑은 날이나 흐린 날이나, 아침의 하얀 조각구름 사이를 우러러볼 때나 석양 지는 지평선 위 커져가는 검은 그림자를 바라볼 때나, 그때그때 분위기가 바뀌어 흥이 다하지 않는다. 비행장 초원에 서서 하늘을 올려다보며 어린 학생들의 비행기가 구름 뒤편에서부터 돌아오기를 기다리는 즐거움을 알게 된 이후 나는 방에 가만히 앉아있을 수 없게 되어 버렸다. 종이 위 자잘한 문자를 읽다

---

* 이 단편은 1931년 12월 사토 하루오가 책임 편집한 『고토다마』지에 실렸다 – 원주

가, 다시 쓰다가, 잇따라 여러 일을 생각해 봤다가, 다시 생각을 고쳤다가 하는 일이 귀찮아지기 시작했다. 틈이 나면 비행장에 가고 싶다. 그러고서 나도 비행기에 오르고 싶다. 언젠가는 내 손으로 비행기를 몰아 그저 계속 공중에 떠 있고 싶다. 인간이 하늘을 나는 게 바람직한지 바람직하지 않은지 알 수 없지만 잘못된 일이라면 오히려 더욱 재미있음 직하다. 육중한 비행기가 바람에 올라타 하늘로 떠오르는 건 원리도 원리지만 평온하지 않은, 뭔가 힘을 몰아붙여서 억지를 부리는 듯한 일이다. 억지를 부리느라 더더욱 재미있어진다. 내가 처음으로 비행기에 탔을 땐 기류가 불안정한 2월 초의 쌀쌀한 날이어서 다치카와 비행장 지상 십 미터에서 십칠 미터 사이로 돌풍이 불고 있었다. 올라타기 전 시험비행을 하고 내려온 사람이 천 미터 위로 오르면 비교적 평온하다고 말하는 걸 듣고서 나는 소름이 돋았다. 거친 하늘이 계속해서 상상되어 그곳을 피하려고 삼천 척 높이까지 떠밀려 올라야 하다니 도저히 견딜 수 없다. 고소공포는 누구에게나 있긴 하겠지만 삼층 난간에 기대서 안뜰을 보는 것만으로도 도무지 유쾌한 기분이 들지 않는다. 백화점 옥상 정원에서 아래 도로를 내다보면 양발 안쪽이 서늘해진다. 메이지 36년(1903년) 제5회 전국산업박람회가 오사카에서 열려 나는 아버지를 따라 시골에서부터 구경에 나섰는데 그때 덴노지 탑보다도 더 높은 탑이 놓여 있길래 그 꼭대기까지 올라가 보다가 갑자기 아버지가 양쪽 발을 덜덜덜덜 흔들어 대서 제대로 서지 못했던 것을 기억하고 있다. 아버지는 그 외에도 언젠가 여름 집에서 저녁을 먹고 나서, 왜 그랬는지 잊어버렸지만 뒤편 작은 지붕에 오르다가 홀연히 발을 덜덜덜덜 떨기 시작해 내려오지 못하고 간신히 창고지기가 끌어내려 줬던 적도 있었다. 나도 그런 식으로 높은 곳이 무서웠던 것이리라 생각한다. 드디어 처음으로 비행기에 오르게 되자 나는 벌써부터 양발이 덜덜거리는 게 느껴졌다. 얼마 안 있어 준비가 다 되었으니 올라타라는 부름이 왔다. 비행장으로 나가 보자 바람이 거세서 한 자리에 계속 서 있을 수가 없었다. 나는 비행기 뒤편으로 바람을 피해 모자를 움켜쥐었다. 그 누구하고도 말을 나눌 기분이 들지 않았다. 관계자가 다가와 탑승석 문을 열어 주었다. 비행기는 삼발동기장비 식의 포케르(Fokker: 제2차 세계대전 당시의 핀란드, 네덜란드 식의 전투기 명칭이자 제조사 명으로 전투기 정면 커다란 세 개의 프로펠러를 특징으로 함)였다. 프로펠러의 무시무시한 울림과 파동음 가운데 비행기는 여태껏 내가 경험하지 못했던 무시무시한 속력으로 지상 활주를 시작했다. 건초더미가 일색의 띠가 되고 건너편 격납고가 휘휘하고 크게 흔들리는가 싶더니 지금껏 요란스럽던 울림에서부터 갑자기 무엇인가가 사그라져 없어지는 듯 섬뜩하리만치 안심이 되는 와중에 비행기가 이륙했다. 순식간에 지면에서 멀어져 비행장 둘레의 소나무 가로수가 발아래로 흩날리고 창 너머 밭 위로 빠져나가는 듯하자 느닷없이 비행기의 힘이 어딘가로 빠져가는 듯한 느낌이 내 몸으로 옮겨져 그 느낌 그대로 저 아래로 가라앉을 것 같았다. 동시에 여태 들으며 익숙해지던 울림과 파동음이 얄팍하게 찢어져 귀 안쪽 천장까지 느껴졌다. 나는 번쩍하고 안색이 바뀌고 있음을 자각했다. 그러나 곧이어 다시 울림과 파동음이 원래대로 귀 안쪽으로 차올라 비행기에도 이전의 힘이 어디서부턴가 돌아오는 듯한 느낌이 들었다. 다마가와 강 연안 상공에서부터 메구로 방면을 지나 도쿄 상공을 지나기까지의 대략 십 분 동안 나는 꼼짝도 할 수 없었다. 바로 옆 창을 통해 아래를 내다보기는 무서워 굳이 건너편 창을 통해서 밖을 내다보았다. 그러는 사이 내 기분도 점점 풀리기 시작하고 곧 비행기가 고도에 들어가며 동요도 조금씩 줄어가 나는 가까스로 내 창을 통해 아래를 내려다볼 수 있었다. 비행기는 그때 막 도쿄 상공을 두 바퀴를 돌고서 하네다 해상으로 빠져나오고 있었다. 시가의 지붕과 거리를 보아도, 다시 바다 위 선박이나 파도를 보아도 별로 무섭지 않았다. 그저 최초의 공중감각이 겁이 많은 나를 움츠러들게 했던 것 같다. 나는 몸을 편히 두고서 창에 기대 정확히 천 미터 고도를 유지하며 바다 위 허공에서 육지 위 허공으로 옮겨가는 비행기 승차감을 맛보았다. 이윽고 바다를 끝까지 건너자 다시 조금 흔들렸다. 그러나 나는 더 이상 두렵지 않았다. 그 이후로의 비행은 점점 더 평온해져서 삼천 척 상공을 미끄러지듯 비행장 쪽으로 돌아갔다. 나는 창 아래로 조그맣게 보이는 자갈 강변과 언덕, 농가, 지붕 등을 신기한 기분으로 바라보았다. 문득 뭔가 검은 형상의 물체가 논 위를 달려가는 듯했다. 처음에는 잘 알 수 없었지만 잠시 주시하고 있자 바로 내가 탄 비행기 그림자가 논 위에 조그맣게 비쳐서 공중의 비행기와 함께 달려가고 있는 것임을 알 수 있었다. 나는 화들짝 놀랐다. 동시에 몸이 굳어져 다소 움츠러든 채 문득 두려움을 느꼈다. 그 그림자가 자신이 타고 있는 비행기 그림자라는 걸 알게 된 순간 내가 있는 삼천 척의 상공과 그림자가 드리워진 지면 사이를 내 감각 상 어떤 물체가 하나로 이어 버린 것이었다.

그 탓에 높은 지붕이나 탑 위에서 발아래의 지면을 바라볼 때같이 불안이 피어올랐다. 그 연결만 아니라면 높은 곳에 오르거나 한들 그 누구도 별로 두렵지 않을 것이다. 나는 그때 비행이 고질병이 되어 기회만 있으면 비행기에 오르고 싶어졌지만 높이 오르는 게 두렵다거나 하지는 않다. 두려움이란 지면과 이어져 높이 뻗어 올라 있으므로 생겨나는 것이다. 일단 이륙하여 공중에 오르면 자신과 지상은 뿔뿔이 떨어져 버린다. 이천 미터 이상 상공에서 흰 구름 틈새를 지나 지상의 풍경을 굽어보는 흥취란 인간에게 허락된 것이라든지, 하는 건 잘난 척이 지나치다. 그러나 비행기에 올라 우화등선 본연의 감흥을 주무르기 위해서는 커다란 비행기 창을 통해 내다보는 거로는 안 된다. 작은 경비행기에 올라 구름 덩어리 사이를 비껴 날며 때론 지상으로 떨어지지 않은 빗방울로 얼굴을 적시는 등의 시취(詩趣)를 언젠가 기회가 있다면 다시 『고토다마』에 써보리라.

# 비행장 만록

비행기가 착륙한 뒤 비행장 풀 위를 꾸무적꾸무적 들어오는 꼴이 심히 얼빠져 보인다. 기체가 커다란 탓에 보기가 흉하다. 비에 젖은 나방이 정원석 위를 파닥파닥 기는 모습과 몹시 닮았다. 격납고 앞으로 오자 여러 사람이 비행기 근처로 모여들어 격납고 안으로 비집고 들어간다. 드넓은 비행장 저 멀리서 떨어져 바라보니 개미가 나방을 견인해 가는 것 같다.

비행기가 이륙한 뒤 잠시 활주하던 차바퀴가 도중에 멈춰 서서 빙글빙글 돌더니 곧 회전을 멈추고는 그대로 줄곧 축 늘어졌다. 그 꼴이 보기 흉하다면서 계속해서 걱정한다. 데(鄭) 선생 생각건대, 어떤 새라 한들 하늘에 오를 땐 제 다리를 배라든가 어딘가에 확실히 숨겨 두거늘.

하늘을 나는 데 쓸모도 없는 다리를 흔들흔들 늘어뜨리는 놈은 없어. "학은 뭔데요?" 하고 반문하자, 그건 다리가 너무 길어서 배 쪽 털 속에 숨길 수가 없긴 하지만 아무튼 똑바로 모으고 발도 보기 좋게 구부린 다고. 비행기처럼 칠칠치 못한 꼴을 하는 새는 없단 말이야.

데 씨가 어느 날 비행장에 가보니 육군 비행기가 착륙 중에 실수로 다리를 부러뜨린 듯했다.

정차장의 비행연대 장교와 만나 그 이야기를 하자 장교가 말하기를, 이래서 일반인을 비행장에 들이면 안 된다니까. 저건 실수로 부러뜨린 게 아니라 어느 정도로 충격을 견딜 수 있는지를 확인해 보려고 일부러 지면과 부닥치게 해서 다리를 부러뜨려 보는 겁니다. 저런 걸 함부로 일반인에게 보여주면 안 되는데 말이죠.

이에 나와 데 씨는 감탄했다. 그렇게 남몰래 다리 강도를 확인해 보는 건 요컨대 비행기 다리를 단단히 해 둬 착륙 시 잘못 충격을 받더라도 좀처럼 다리가 부러지지 않도록 하기 위함이란 생각이 들었다.

그런데 그것도 아닌 듯하다. 불시착 등의 경우 거친 충격이 기체에 전해지지 않기 위해선 다리가 먼저 부러져 버리는 편이 낫다. 그쪽으로 힘을 돌려서 기체를 안전하게 하려고 다리가 부러지는 경우를 시험하는 중이란 것이다. 들어보니 지당하긴 하나 이전의 감흥이 되살아나진 않는다.

비행기를 격납고에서 꺼내 떠올리기 전 먼저 프로펠러를 돌려 본다. 그 음을 듣자 나는 견딜 수 없을 정도로 장쾌한 기분이 든다. 속력이 빠른 기차가 커다란 정차장을 통과할 때의 소리, 그러고서 전철(轉轍)을 통과할 때의 울림, 소방차 종과 사이렌, 기관총 격발소리 등등 또한 짜증이 치밀었을 때 듣노라면 어느 정도 분이 가라앉는다. 그러나 지상에서 듣는 비행기 프로펠러 울림에는 비할 바가 아니다. 날카롭고 긴장되고 공포스런 속도임에도 그 음의 마디마디 가운데 용케 기분이 가지런히 정리된다. 울림이 닿는 곳에 있는 건 그 무엇이든지 바로 가지런히 정리되는 듯한 기분이 든다.

프로펠러 바람을 맞는 지면의 건초는 뿌리에서부터 전부 가리가리 찢겨 흩날리고 풀이 없는 곳엔 모래가 연막처럼 불어 올라서 주위가 보이지 않는다. 이후 여름이 되면 푸른 잎 위로 불어오는 프로펠러 바람이 먼 곳을 향해 조금씩 밀려가 무시무시하게 커다란 선풍기를 설치한 것처럼 시원해서 지금까지도 낙으로 삼고 있다.


비행장에 누런 개가 있다. 아사히신문사 격납고 소장의 개인 듯하다. 언젠가 함께 자동차에 오르자 개는 털이 무성한 손을 창가에 걸치고서 그 위에 기다란 턱을 얹고 열심히 바깥 경치를 바라보고 있었다. 때때로 눈을 반짝이며 무엇을 생각하고 있는 건지 나는 짐작할 수조차 없었다.

그 개가 비행기를 이용해 자신의 몸에 달라붙은 벼룩을 떨궈 버린다는 이야기를 소장에게서 들었다. 비행기가 격납고에서 끌려 나와 프로펠러 시험 운전을 시작할 즈음이면 곧바로 알아채 바람 아래를 쫓아 프로펠러 쪽으로 꼬리를 두고서 지면을 선회한다는 것이다. 그사이에 매우 격한 바람이 지면을 두들기며 불기 시작하면 몸통의 털이 한 올 한

78

올 속속들이 훑어져 털에 붙어 있던 벼룩들이 전부 비행장으로 불어 날아가 버린다. 나는 그 이야기를 듣자 사십오만 평 다치카와 비행장이 온통 벼룩 투성이인 듯 무심코 걷던 중 발 주위가 근질근질해졌다.

비행장에는 종달새가 잔뜩 있다. 명랑한 지저귐 소리 너머로 주체할 수 없는 애수를 일으키며 하늘로 날아오른다. 그 앞을 육군 경폭격기, 중폭격기, 수송회사의 포케르(Fokker), 아사히신문의 삼손(Salmson : 프랑스의 군수 수송차량, 비행차량 등을 제작하던 회사 이름이자 기명), 메르쿠르(Donier Merkur : 1920년대 독일에서 제작된 수송, 군용 비행기) 등등 이런저런 강마력 비행기가 날아돈다. 쨍쨍하게 비치는 봄날 종달새 날아오르고 깊은 슬픔에 홀로 잠기자면, 어쩐지 입을 열 수가 없다.(『만요슈(萬葉集)』의 유명한 가사를 인용한 것으로 '쨍쨍하게~잠기자면'까지가 원문. 인간 성쇠의 고독과 비애를 노래함) 비행장 잔디 위에 차분히 앉아 아래에서 올려다본 하늘 한복판엔 종달새와 비행기가 하나가 되어 날고 있어 그 경치가 기이하다. 속력이 빠른 기계 날개엔 때때로 공중의 작은 새가 부닥쳐 찌부러져 죽기도 하기 때문에 종달새 또한 멍청히 날기만 하면 안 된다. 그뿐 아니라 종달새가 비행장 풀숲 사이에 둥지를 틀고 새끼를 치면 자칫하여 그 위를 무거운 비행기가 활주해 모조리 으깨 버릴지도 모른다. 비행기가 예의 나방 같은 모습으로 비행장 위를 느릿느릿 달리고 전방의 종달새가 황급히 날아오르는 모습을 보노라면 흠칫 놀라게 되곤 한다.

# 재채기

시나가와 행 전차가 니혼바시 근처를 지날 때쯤 나는 건너편 좌석에 동행한 세 명의 이상한 무리를 바라보고 있었다.

가장 눈에 띄는 건 세 명 가운데 가장 오른쪽 끝에 앉은 젊은 여자였다. 그 여자는 머리에 인력거꾼이 쓰는 만주 삿갓 같은 이상한 모자를 쓰고서, 양복을 차려입고, 작고 귀엽지만 진흙이 잔뜩 묻은 신발을 신고 있었다. 얼굴에는 분을 발랐지만 서양풍으로 한 탓인지 조금도 멋이 없다. 그러고서 묘하게 고개를 구부렸다가 갸웃거리며 창틈으로 새는 바람조차도 견딜 수 없는 듯 굴었다. 때때로 옆쪽에 앉은 아마도 모친과 이야기를 나누었다. 그 목소리가 기분이 나쁠 정도로 낮고 굵었다. 어쩌다가 웃을 때면 양어깨를 쓱 올리더니 고개를 그사이에 파묻으려는 듯 푹 수그렸다.

한가운데 앉은 아마도 모친은 트레머리(束髮: 1920년대 이후 일본에서 유행하던 여성들의 올림 머리스타일)에 낯빛은 아니꼬움도 어떤 기미도 없이 새까맣고 거무스름하여 옷깃엔 커다란 황금색 브로치를 단정하게 꽂고 있었다.

왼편이 부친인 듯했다. 중산모를 쓰고 수염을 기르고 있다. 귀밑털이 엄청나게 길어서 일청전쟁의 현무문 용사를 방불케 한다. 검은 상의에 줄무늬 양복바지를 입고서 양피 고무부츠엔 진흙이 잔뜩 묻어 있었다. 그는 딸처럼 거리낌 없이 "미쓰코시, 미쓰코시." 하고 말하거나, "시로키야는 보수 중." 하고 말하곤 했다. 모친이 이에 맞춰 창을 하나하나 건너보았다. 그러자 딸은 입술을 깨문 채 동승하여 심기가 불편하다는 듯 묘한 표정을 지었다. 그 아저씨의 가장 하이칼라한 점은 뒤집힌 상의 옷깃 단추 구멍으로 금줄을 빼내서 바깥 주머니에 넣어둔 점이었다. 나는 꼼꼼히 그 모습을 바라보았다. 그러다가 문득 그의 양 손가락이 눈에 들어왔다. 무식하게 까맣고 굵은 마디들을 늘어놓은 듯한 손가락이었다. 그는 그 양손을 가지런히 무릎 위에 얹은 채 내 주위 승객들 머리 너머로 창밖 경치를 내다보고 있었다. 그는 주의를 끄는 어떤 신기하고 맘에 드는 것을 볼 때면 얼굴을 점점 위로 치켜들면서 눈동자를 아래로 내리깔았다. 그러고선 곧이어 입을 벌리기 시작했다. 흰자위란 보통 검은자를 위로 추켜올리며 그 아래로 나오는 흰 부분을 일컫지만 그 사람의 경우엔 반대로 검은자가 아래로 내려가 버리면서 그 위로 흰자위가 튀어나와 기분이 더러웠다. 흰자위가 순식간에 커지면

서 콧구멍도 같이 넓어져 가던 순간 그가 재채기를 했다. 쾅쾅 소리를
내며 달리던 전차 안을 덜컹 진동시킬 정도로 커다란 재채기라 나의
관찰은 거기서 가까스로 마무리되었다.

# 장갑

모월 모일 내가 타고 있던 전차가 스이도바시를 지나던 그때, 나는 지갑 안에서 회수권을 꺼내려 하고 있었다. 그때 장갑을 껴서 손끝이 잘 움직이지 않아 10전짜리 조그만 은화가 따라 나오더니 그만 바닥 아래로 떨어졌다. 나는 그게 떨어졌다는 것도 어디로 떨어졌는지도 인지하고 있었다. 그래서 먼저 회수권 한 장을 떼어내고서 그 김에 담뱃값으로 꺼내 두려 한 15전 중 10전을 지금 떨어진 것으로 쳐서 나중에 줍기로 하고 5전만 더 지갑에서 꺼내 바로 양복바지 주머니에 넣어 버린 뒤 가장 마지막에 바닥에 떨어진 10전을 주울 생각이었다. 그렇게 내가 회수권을 떼어내는데 그때 내 앞에 앉아있던 학생이 구태여 자리에서 일어나 내 발밑에 떨어져 있던 은화를 주워서는 내가 알아차리지 못했다고 생각했는지 가볍게 끄덕이며 내게 건네주었다. 나는 '폐를 끼쳤구나' 생각하며 인사를 하고 돈을 받아 챙겼다. 하지만 그제야 알아차린 듯 놀란 척을 할 수도 없었고, 하고 싶지 않았고, 또 할 필요도 느끼지 못했다. 그러한 무덤덤하고 냉정한 태도 속에 그 학생은 내가 이미 은화를 떨어뜨렸다는 사실을 인지하고서 나중에 줍고자 했다는 걸 알아차린 듯했다. 다소 멋쩍은 모양을 하고서 출구 쪽으로 걸어가 버렸다. 나는 '진심으로 민폐를 끼쳤구나' 생각하며 그 친절한 학생에게 미안하게 생각했다. 하지만 상대의 친절에 보답하기 위해 더욱 놀란 흉내를 내야 한다고는 생각하지 않을뿐더러 또 그 학생이 기어이 보인 친절을 위해 그 정도의 쑥스러움을 떠메어야 한다고는 더더욱 생각지 않는다.

# 햣키엔 선생 환상록

햣키엔 선생 생각건대, 비행기에 오르는 건 좋지만 떨어지면 큰일이다. "괜찮아요" 하고 옆 사람이 아무리 장담한들 안심이 되지 않는다. 애초에 날개가 없는 인간이 하늘을 날고자 한 것부터가 불상사다. 하느님의 섭리에서 어긋나 사대의 의지(불교에서 만물 생성의 근원으로 보는 땅, 물, 불, 바람이자 사람의 육체를 일컫는 용어)에 거스르는 불경이다. 하기야 그런 건 떨어졌을 때 생각하면 된다며 오른다고 반드시 떨어지기로 되어 있는 것도 아니고 또 무사히 내려온 사람들의 이야기를 들어보면 다분히 재미있어 보이기도 해서 역시나 타보고 싶다. 장사꾼이 뱃사람을 향해 너희 아버지는 어쩌다 죽었느냐고 묻자 뱃사람이 아버지도 할아버지도 증조부도 전부 바다에서 죽었다고 대답했다. 장사꾼이 화들짝 놀라며 그런데도 너는 바다에 나가는 게 두렵지 않으냐 묻자 이번엔 뱃사람 쪽에서 너희 아버지하고 할아버님, 증조부께서는 어디에서 돌아가셨느냐 되물었다. 그러자 장사꾼이 전부 침대 위에서 죽었다고 대답하자 뱃사람이 깜짝 놀라며 그런데도 당신은 침대에서 자는 게 무섭지 않으냐 물었다. 비행기가 아무리 위험한들 이부자리 위에서 사람이 죽는 거에 비하면 훨씬 안전하다.

이시카와지마 비행기 제작회사의 라하만이라는 독일인 기사가 비행기에 다는 슬롯 날개를 발명했다고 한다. 추락방지 절대 안전장치로 그 장치를 한 비행기에 오르면 하여간 안심이란다. 그렇게 돌연 도쿄 하늘로 오르기 시작했다. 속세를 내려다보며 신선 수련을 익혀 하찮은 속루(俗累)에 급급해하는 친구들을 바보 취급이나 해주자. 그러나 슬롯 날개란 게 어떤 장치인지 본 적은 없으나 만일 그 장치가 지나치게 잘 작동해서 아래로 내려가지 못하게 되면 큰일이다. 추락하는 경우 만에 하나 구해지는 수가 있을지도 모르지만 아래로 내려올 수 없게 되어버린다면 분명히 그대로 하늘에서 일생을 마쳐야 하는 수밖에 없다.

"그런 건 아무것도 아니에요." 하고 어떤 남자가 말했다. "아래로 내려갈 수 없어도 모로 날아서 쓰쿠바 산이나 후지산 중턱에 부닥쳐서 거기서부터 산에서 내려와 기차라든지를 타고 돌아오면 되거든요." 이 남자는 자신의 묘안에 심취해 지구가 둥글다는 사실을 잊어버린 것 같다.

막상 추락방지 장치가 없는 보통 비행기에 오르려 하면 언제 날개가 부러져, 또는 언제 엔진이 멈춰 떨어질지 알 수 없다. 그땐 낙하산에 몸을 맡기고서 내려오려고 해도 요새처럼 철새가 많은 시기엔 공중에서 뜻밖의 화를 입는 경우가 없다고는 장담하지 못한다. 이곳저곳 산에 있던 까치가 무수히 날아올라 공중에 척 늘어선다든가, 꼼짝도 못하고 있는데 몸에 달라붙는다든가 하면 어찌할 도리가 없다. 구부러진 주둥이로 옆구리 아래나 가랑이로 달려들거나, 혹은 등을 쑤셔 대며 배를 쥐어뜯기 시작하면 마침 정원에 떨어진 애벌레에 개미들이 몰려들어 애벌레가 괴로운 나머지 몸을 구불구불 구부리는 광경을 길게 펼쳐서 공중에 매달아 놓은 것이나 마찬가지다.

오히려 비행기에 올라 안전하기를 바라기보다는 그걸 자살 도구로 이용하는 쪽이 더 멋있다. 바다처럼 망망한 비행장 잔디 위에 쭉쭉 자빠져 눕는다. 혼자가 아닌 둘 셋 길동무와 함께여도 좋다. 목에는 느슨하게 밧줄을 매고 그 밧줄을 길쭉길쭉 풀어 반대편에 착륙하고 있는 비행기에 매달아 둔다. 그 사이 비행기가 폭음을 떨치며 활주를 시작하여 곧장 이륙하면 자연스럽게 밧줄이 뻗어 나가 잔디 위에 누워 있는 두세 명의 염세가를 공중으로 매달아 올리고 대롱대롱 도쿄 위를 날아 바다 적당한 곳에서 밧줄을 끊어 수하물을 바다에 버리고 돌아오면 아무런 번거로움도 없다.

햣키엔 선생 생각건대, 라디오로 야구방송을 듣는 건 재미있지만 이는 맹인의 영역을 침범하는 오락이다. 맹인이 스모 구경을 하러 가면 심판의 구령 소리나 군중의 함성을 들으며 시시각각 승패도 알아차리고 또 보이는 사람들과 마찬가지로 흥분도 할 수 있다. 야구라든지 스모라든지 그 방송을 들으며 즐거워하며 확성기 앞을 떠나지 못하는 눈이 보이는 놈들은 가엾은 맹인이 간신히 맛보는 즐거움을 가로채고 있는 것이나 다름없다. 맹인에 대해서는 뒤에서 생각해 보기로 하고, 어차피 귀만 있다면 그리고 그 소동을 듣는 데 재미만 있다면야 부러 아나운서를 야구장이나 스모장까지 데려갈 필요도 없다. 아나운서가 얼추 경력만 쌓이면 나중에는 날이 개거나 흐리거나를 개의치 않고, 마찬가지로 계절에 상관없이 야구나 스모 방송을 할 수 있다. "아, 쳤습니다!" 아나운서가 그럴싸한 목소리로 말하면 된다. 주위의 소음이나 군중의 소란 효과를 구현해내는 장치는 손쉽게 만들 수 있다. 그런 거짓 방송은 청자가 용서치 않을 거라고 말할 순 없을 것이다. 그들은 영화를 보면서 그 막 뒤론 아무 일도 일어나지 않고 있음을 알면서도 그저 움직였다가 사라졌다가 하는 데 지나지 않는 그림자를 넋 놓고 바라보며 울다가 웃다가 하기 때문이다. 천재적인 아나운서가 나와서 경기가 급히 중단되더라도 청자의 기대를 이용해 마치 예정대로 중단하게 된 것처럼 선전하고, 의성, 의음, 의향하여 수십만 가입자에게 한 방 먹여볼 용기만 있다면 라디오 방송은 눈 깜짝할 새 예술의 일부로서 입지를 쟁취하게 될 것이리라.

햣키엔 선생 맹인에 관해 생각건대, 도쿄 전화가 점차 자동식 기계로 변하고 있어 맹인에게 송구스러울 따름이다. 종래의 소위 수동식 기계는 그저 수화기를 손으로 더듬어 집기만 하면 그 이후는 눈이 보이는 것이나 마찬가지로 이용할 수 있지만 자동식이 되고 나서는 1부터 9까지의 숫자 외에 0을 넣어 열 개의 구멍을 손끝으로 더듬어야 한다. 하기야 맹인의 손끝에는 일반인의 눈 이상의 능력이 있는 것도 같다. 에

텐라쿠(越天樂: 일본 헤이안 시대 때 유행했던 궁중음악 양식) 변주곡 작곡가인 미야기 미치오 씨는 맹인이다. 그는 점자 악보를 손끝으로 읽어 바흐의 서곡을 팔십 현의 고토(琴: 일본의 전통 현악기로 거문고와 비슷)로 자작하여 켰다. 연말 말일 그는 햣키엔 선생에게 일러 말하길, 점자 서적이 편리해요. 전차 안에서 읽으려 해도 얌전히 무릎 위에 얹고서 손끝으로 쓰다듬으면 되는걸. 보이는 사람이 신문을 읽을 때처럼 옆 사람 코앞까지 손을 벌리지 않아도 되고 고타쓰에서 읽을 때도 이불 속 상 틀 위에 점자 종이를 놓고서 한 장씩 쓰다듬어 가면 손도 따뜻하고 뭐라고 쓰인 건지도 제대로 이해할 수 있는걸요. 이불에 들어가서 책을 읽을 때면 특히나 보이는 사람은 동작이 번거롭겠네요. 저 같은 사람은 눈으로 읽는 게 아니니까 우선 전기를 쓸 필요도 없고 그래서 자기 전에 불을 끄거나 하는 귀찮음도 없어요. 겨울밤같이 추운 날 팔꿈치를 꺼내 책을 받쳐 드는 번거로움도 없고 엎드리느라고 어깨가 굳거나 하지도 않죠. 뒤로 누워서 점자 종이를 이불 안으로 넣어 배 윗부분에 얹어 두고서 뜨끈뜨끈 달아오른 손으로 그 위를 쓰다듬어 가면 그걸로 읽히는 겁니다. 그사이에 졸려와도 저절로 손끝 감각도 무뎌져서 그대로 잠들어 버리면 그만입니다. 저는 배 위를 문지르면서 『팔견전』을 읽었습니다. 햣키엔 선생 이를 듣곤 부러워져 서둘러 점자 공부를 시작해 조금조금 시도해 보아도 볼록볼록 늘어선 글자들이라든지 그게 세로로 늘어섰다가 오른쪽으로 꺾어졌다가 왼쪽에서 끊어졌다가 하는 게 눈으로 보면 분별할 수 있어도 손끝의 감각만으로는 색색의 형상을 분별하는 게 도저히 불가능하다. 그것이 불가능하면 아무리 점자를 읽을 수 있다 한들 눈으로 읽는 것이나 마찬가지라 밤에는 전기를 쓰지 않으면 보이지도 않고 배 위에 얹고서 따끈따끈 읽다가 잠드는 것 또한 불가능해 결국 점자 훈련을 단념했다.

햣키엔 선생 생각건대, 사물은 이름의 시작점이다. 처음에 사물이 있고서 그 후에 이름이 정해지는 것이다. 개를 기르는데 그 이름을 고양이라 짓고서 "고양아, 고양아." 하고 부르면 개가 꼬리를 흔들며 달려오는지 시험해 보자. 가구라자카 언덕 아래 야시장에서 광동견을 7엔에 판다는 이야기를 듣고서 10엔을 품에 넣고 가보자 이상한 얼굴의 개 한 마리가 상자 위에서 앉은잠을 자고 있다. 개장수는 "7엔 등등으로 말씀드린 기억은 없는걸요. 15엔입니다" 하고 말했다. "하지만 13엔으로 깎아드리죠" 말한다. 결국에 "10엔으로 양보해드리죠" 말했지만 그사이에 시간이 많이 지나 돈이 아까워져 당장 그 10엔을 건네 버리면 다음 날부턴 용돈도 없고 설령 7엔으로 해준다 해도 그 돈으로 광동고양이 실험을 할 수는 없다고 정신을 차렸다. 그날 밤은 그대로 집에 돌아왔지만 차후에도 기회를 보다가 개를 고양이로 삼거나, 혹은 술을 물이라 생각하고 마셔 보든가, 또는 나뭇잎을 지폐로 취급하든가 하는 걸 시험해 볼 생각이다.

# 교린梟林 만필

## 1

8월 8일, 가을에 접어들었다. 새벽에 한 번 눈이 뜨이면 미닫이와 창문을 활짝 열어 두고서 다시 잠이 들었다. 덴주인(伝通院) 고개 건너편에서 누런색의 커다란 말이 달려오고 있다. 몸통이 무식하게 길고 네 다리 중 뒤쪽 왼편 다리 하나가 짧았다. 사람이 아무도 붙어 있지 않아 위험해 보였다. 함께 온 기이(奇異) 공(公)에게 위험하니까 도망치자 말하자 말이 이쪽으로 고개를 돌렸다. 그러자 말 뒤쪽에 검은 기모노를 입은 남자 둘이 서 있는 게 보였다. 그 말이 어디론가 떠나 버리고서야 눈이 뜨였다. 근처에서 까마귀 우는 소리가 들렸다. 무척 낮은 소리로 긴 울음이 계속 이어졌다. 이불에서 담배를 피우는 내내 멈추지 않았다.

아침에는 아래 서재에서 손편지를 썼다. 누군가로부터 손편지를 받아 답장을 써야 하는 일이 가장 성가시다. 사람 만나는 날을 정해 두고 내방자를 물리치듯 손편지나 엽서도 일주일에 한 번 정해 둔 날에만 오게 할 순 없는 걸까 생각해 본다. 두세 통 정도 쓰자 오후가 되었다.

오후엔 이층에 올라 어제저녁 쓰다만 「선행자」를 마저 써 내렸다. 더웠지만 이삼일 전만큼은 아니었다. 어쩌다 눈을 들어 건너편을 바라보면 흰 구름이 하늘 변두리로 줄기처럼 뻗어 흐르고 있었다. 바람이 불어와 작년에 작은 꽃병에 꽂아 둔 마른 벼 이삭을 뽑아 버릴까 걱정되어 몇 번이고 일어서서 다시 원래대로 꽂아 두었다. 날이 저물기 전 쓰기를 마쳤다. 어디선가 다시 까마귀가 울고 있었다. 꽤나 모여든 것 같다. 눈치를 보듯 낮은 소리로 끊임없이 울어댔다.

밤에는 이층 툇마루로 상을 가지고 나가 담배를 피웠다. 그저 공상하며 아무것도 하지 않았다. 두 군데서 귀뚜라미가 울고 있었다. 때때로 어두운 정원수 가지 사이를 매미가 짧은소리로 울며 이리저리 뛰어다녔다.

## 2

언제쯤 일인지, 또 어디로 다녀왔던 건지 잊어버렸지만 요쓰야 미쓰케에서 이다바시 방면으로 가는 소토보리(外堀: 도쿄 에도성의 바깥을 둘렀던 수로로 아직까지 도쿄 시내 둘레를 두르고 있는 해자) 전차를 타고 있었다. 전차가 신미쓰케에 멈춰 서자 한쪽 볼과 한쪽 눈을 붕대로 감싼 노파 하나가 올라타 내 건너편 옆쪽에 앉았다. 나는 수로 쪽을 향해 앉아있었다. 나는 할머니의 얼굴과 풍채를 그저 아무 생각 없이 바라보았다. 더럽기만 한 붕대가 눈에 띌 뿐 달리 독특한 것도 없어 노파가 앞에 있다는 것 따위는 전혀 개의치 않았다. 그러고서 전차가 달려가 우시고메 쓰케에 멈추자 노파 하나가 또 올라탔다. 전방의 입구로 들어오는 걸 무심코 바라보는데 한쪽 볼에서 한쪽 눈에 붕대를 감싸고 있었다. '어라' 하며 앞을 보자 이전의 할머니는 원래대로 앉아있다. 그러고서 막 들어온 할머니는 원래 할머니로부터 한 사람 걸러 내 앞쪽에 나란히 걸터앉았다. 풍채도 비슷하여 꾀죄죄했다. 그러고서 다시 전차가 움직이기 시작했다. 나는 이상하다시피 둘을 바라보았다. 그러자 내 옆에 앉아있던 장사꾼 풍의 젊은 남자가 웃겨서 참을 수 없다는 표정으로 나를 바라보았다. 그 순간 나도 불쑥 참을 수 없을 정도의 우스움이 뱃속에서부터 치솟아 올랐다. 하지만 웃을 수도 없어 얼굴을 붙들어 매자 그 젊은 남자는 다시 내 묘한 얼굴이 우스워진 것 같았다. 그대로 좌석에서 일어나 입구를 나서 바깥쪽으로 나왔다.

3

"언제 동물원에 데려가 줘."

"어제 데려가 줄게."

"어제라니 언제?"

"어제는 엊그제의 다음 날이야."

"그럼 벌써 지나 버린 거잖아."

"아아 알겠다." 하고 누이가 끼어들었다. "오늘 데려가 주시고서 자고 일어나면 내일의 어제가 되겠네요."


## 4

미쓰코시 포목점 배달마차에 사람 둘이 올라타 서 있다. 한 사람이 뒤쪽 문을 열어 커다란 짐을 꺼내는 사이 다른 한 사람은 마부자리에 앉아 마차를 몰 때처럼 건너를 향하고 있다. 뭔가 갓파(河童)에게 농을 당하는 듯 이상하게 보였다. (갓파는 물가에서 노는 아이가 정신이 홀린 사이 항문에서 장기를 훔쳐간다는 속설이 있음) 그러고서 다시 움직이기 시작해 차가 전보다도 약간 가벼워지자 말 또한 분명 홀린 듯이 느꼈을 것이다.


## 5

젠키치는 수줍음을 많이 타서 사람들 앞에서 노래를 못 부르는데 어느 날 밤 주인의 용달로 자전거를 타고 가다 변두리 목욕탕 앞에 다다랐다. 길이 어두워 주위에는 아무도 없기에 힘껏 큰 목소리를 내지르며 노래를 부르자 마침 목욕탕 앞쪽 토목 오두막 암흑 속에 서 있던 막벌이꾼 셋이 통나무에 걸터앉아 여탕 여닫이를 엿보다가 오, 오, 하는 소리를 내며 깜짝 놀라 뒤로 넘어져 상처를 입었다.

## 6

"난 거짓말은 해도 그런 거짓말은 하지 않아." 하고 그가 말했다. 방침을 세워 두고서 거짓말을 하는 걸 부끄럽게 생각하지 않는다.

## 7

"돈이 만능은 아니라고 난 지금 절실히 느끼고 있어."

"왜 그런데?"

"내가 이번에 이사하게 되었거든. 그래서 한번 생각해 본 건데 만약 나한테 돈이 있어서 옆집을 사버리려고 하는 거야."

"돈이 없으니까 안 되지."

"없으니까 안 되겠지만, 있다면 사서 거기로 옮기려고 해도 생각해 보면 그럴 순 없어."

"왜?"

"옆집엔 옆집 이웃이 살고 있잖아?"

"집을 사고서 내보내면 되지."

"그러면 안 되지. 지금 내가 세 들던 집이 다른 사람에게 팔려서 퇴거당하는 중인데, 얼마나 민폐일지 이 정도로 확실한데도 다른 사람에게 그런 짓을 할 수 있는 거야?"

"그럼 어떻게 해야 하는데."

"그것도 전혀 일면식도 없던 사람도 아니고 지금까지 이웃으로 같이 친하게 지내 왔는데 그 집을 사버렸다고 해서 이웃 사람을 집에서 내쫓아 버리거나 하다니, 그런 박정한 짓을 할 수 있는 거냐고. 어이가 없어, 어이가."

"이제 포기해."

"물론 포기해야지."

"그러면 된 거잖아."

"그러니까 돈이 만능이 아니라는 거야. 좀 있다고 이웃집을 사거나 하면 안 되지."

"하찮은 생각을 하고 있는구먼. 돈이 없는 놈이나 그런 생각을 하고 싶은 거겠지."

"있어도 쓸 수 없는 것이라면 없는 거나 마찬가지잖아. 자네는 그저 멍청히 돈만 있으면 뭐든지 가능한 것처럼 생각하니까 안 되는 거야."

"아무도 그렇게 생각하지 않아. 자네 멋대로 속단해선 혼자 돈에 애증을 퍼붓고 있는 거잖아. 시시한 생각 좀 그만하고 돈벌이가 되는 일이나 찾아봐."

"시시한 생각을 하지 않는다고 해봐야 자네가 그렇게 내 얼굴을 바라보다가 차 마시고 담배 피우는 것하고 매한가지야."

"그럼 뭔가 다시 다른 생각이나 해봐."

## 8

다이쇼 7년(1918년) 8월 어느 더운 날 오후 아마누마 씨의 집에 가기 위한, 시바타카나와 구루마마치 47번지 하는 주소는 십년 전부터 기억하고 있었다. 내가 고등학교 학생이던 시절, 아마누마 씨는 독일어 선생으로 오카야마에 부임해 왔다. 취임식 때 그는 프록코트를 입고 강단에 서서 그저 고개 숙여 인사만 하곤 돌아가 버렸다. 아직 독신이었다. 당시 아마누마 씨는 스물여섯 살이었던 걸로 기억하고 있다. 젊은 선생이라 우리는 퍽 반가워했다. 교실에서 배우진 않았지만 때때로 그의 집에 놀러 갔었다. 우리가 하고 있던 하이쿠 모임에도 끌고 나갔다. 시다 선생의 집에서 모임을 열어 '제물 바친 소의 아름다운 꽃밭일까' 하는 구를 아마누마 씨가 지었다. 언젠가 놀러 갔더니 어딘가 교실에서 받아 온 답안지가 책상 가에 흐트러져 있어 그 아래 휴지통 안으로도 처박혀 있던 적이 있었다. 그 당시 도쿄 집은 센가쿠지 바로 옆으로 47인의 무사(1710년에 주군의 원수를 갚고 자결한 무사들)와 연관된 번지수라는 이야기를 들었다. 그즈음 아직 도쿄를 알지 못할 때라 센가쿠지는 커녕 아무것도 몰랐지만 그 이야기만큼은 이상하리만치 잊어버리지 않고 있었다. 구루마마치라던 주소를 구루마자마치라고 어렴풋이 잘못 기억하고 있었지만 그것도 이번에 부고 연락을 받으면서 원래대로 구루마마치라고 고쳐 알게 되었다. 나는 아직 센가쿠지가 어딘지 알지 못했다. 그날 처음으로 센가쿠지라는 정류장 앞 넓은 길을 무턱대고 걸어가 보다가 어느새 센가쿠지 앞에 닿게 되었다. 나는 47인의 무사가 싫어서 그 절도 싫었다. 도쿄로 오고 난 후 십 년 동안 눈길 한 번도 주지 않고 있던 곳을 우연한 기회에 마주치게 되자 화가 치밀어 올랐다. 센가쿠지에서 오른쪽으로 하나하나 번지를 짚으며 걸어가 보아도 좀처럼 47번지는 나오지 않았다. 아무에게도 묻지 않은 채 이번에는 왼쪽으로 꺾어 안쪽으로 들어가 보자 점점 47번지에 가까워지다가 마침내 오른편으로 굽어 들어간 좁은 길에서 46번지가 나왔다. 그리하여 거기 있던 인력거꾼에게 물어 바로 찾을 수 있었다. 나는 알려 받은 길로 들어가 그 집을 끝까지 확인하고서 다시 왔던 길을 되돌아서 전찻길로 나왔다.

그즈음이 가장 덥고 힘들 때였다. 꽃집을 묻자 이치라코 언덕길 중간에 있다 하여 그쪽을 향해 전찻길을 걸어 나섰다. 언덕 아래에서 다시 교통순경에게 물어 언덕을 오르자 곧바로 보였다. 주인이 낮잠을 자고 있었지만 문 앞에 서 있던 맞은편 생선가게 주인 같이 보이는 자가 목소리를 내줘서 곧장 일어나선 이런저런 꽃을 곁들여 꽃다발을 만들어 주었다. 맨드라미가 있기에 어떨까 묻자 그런 꽃을 쓰면 다른 꽃이 죽어 버린다고 말하며 들어 주지 않았다. 국화가 있어 저걸 조금 넣어 주지 않겠나 부탁해도 내가 원하는 대론 해주지 않았다. 조그맣고 노란

백합꽃이 진귀하니까 그건 어떨지 말해 보아도 역시나 "다 부숴 버릴까 보다" 하고는 상대해 주지 않았다. 전부 주인 마음대로 꽃다발이 만들어져 버렸다. 나는 그 이상한 주인에게 20전을 내고서 꽃을 손에 쥐고 이번에는 거기서부터 곧장 언덕을 내려와 다시 센가쿠지 앞을 지나 아마누마 씨의 댁을 향했다.

아마누마 씨가 죽었다는 소식을 듣고서 며칠인가 지난 후 어느 날 밤 혼자서 옛날 일들을 반추해보았다. 게이오 의숙에 왔다는 엽서를 받고서 한 번 놀러 가야겠다 생각하고 있었다. 도쿄에 돌아오고 나서 반년도 지나지 않아 아마누마 씨가 죽어 버렸다. 마침 그 전 달, 내가 오사카를 떠나기 전날, 아사히신문에서 위독하다는 기사를 봤다. 그때는 그정도로 실감이 나지 않았다. 내 마음이 다른 급한 사건에 붙잡혀 있었기 때문이라 생각한다. 센다이에서 휴가를 와 있던 마쓰다에게 나중에 가보면 어떨지 말해 보았을 뿐이었다. 오사카에서 돌아와 부고장 엽서를 받고 난 후 내 마음이 점점 절절하게 쓰라려 왔다. 꼭 한번 남은 가족을 방문해 성불한 고인 앞에 사죄하러 가야겠다 굳게 다짐했다. 그리고 마침내 그날, 가게 된 것이었다. 그렇게 가기까지도 내 마음은 그저 후회막심뿐이었다. 불단 앞에 위패를 봉해 두어야지 싶었다. 그리고 나는 문을 열었다. 현관에는 철망을 두른 등롱이 매달려 있었다. 왠지 오카야마의 가도타(門田)에서도 본 적이 있었던 것 같다. 졸업한 후 다케이와 함께 둘이서 뮌헨 맥주와 초밥 등등을 사서 고인과 함께 마시러 찾아갔던 게 언뜻 기억났다. 내 목소리를 듣고 나온 건 한 가운데에서 머리를 쪽진 여인이었다. 나는 그때 내가 찾아온 이유를 뭐라고 전해야 할지 알 수 없었다. 우선 그 여인이 누구인지도 전혀 짐작이 가지 않았다. 바깥 명패에는 아마누마라는 글자가 셋이나 적혀 있고 그 중앙에 다카히코라는 고인의 이름이 그대로 남아 있어 그 여인이 사모님이라 한들 누구의 사모인지 알 수 없었다. "갑작스럽지만 저는 우치다라고 합니다. 그간 댁에 초상이 있으셨다 해서 제가 오카야마에서 신세를 졌던 사람이라 문상을 하러 왔습니다." 하고 서투르게 늘어놓았다. 그러자 그 여인이 왼편으로 꺾어 안으로 들어가 버렸다. 그리고서 한참 동안을 현관에 선 채로 기다렸다. 그 사이 무엇을 생각하고 있었는지는 까먹어 버렸다. 얼마 안 있어서 이번에는 건너편 맹장지 안쪽에서 다른 여인이 셋 정도 되는 남자아이를 모로 끌어안은 채로 나왔다. 그 여인은 자신이 아내라고 말하지 않았다. 나도 사모님이신지 묻지 않았다. 그저 사죄하며 눈을 들었다. 그 귀여운 남자아이의 얼굴이 어딘가 고인의 생김새와 닮았다 생각이 든 순간 나는 완전히 자신을 놓아 버리고 말았다. "처음 뵙겠습니다. 오카야마에서 이런저런 신세를 졌습니다. 상이 났었을 때 여행 중이어서," 하고 말하는데 마음 안쪽 깊숙한 곳에서부터 짜내지는 듯 눈물이 솟아 나와 지금까지도 눈가에 흐를 정도다. 그 젊은 과부와 귀여운 아이를 나는 차마 쳐다볼 수 없었다. 그러자 미망인은 뭐라뭐라 대답을 했다. 나는 내 추태를 숨기기 위해 손에 들고 있던 신문지 포장을 갈기갈기 찢었다. 그러자 안에서 물기를 머금은 꽃다발이 나왔다. 나는 그 꽃다발을 건넬 수밖에 없었다. "여기 고인에게 헌화해 주십시오." 하고 말을 꺼내자 미망인은 뭐라 이를 수 없이 슬픈 듯도 기쁜 듯도 한 목소리를 냈다. "정말로 감사드립니다." 하고 말하며 꽃다발 위로 아이를 안은 채 엎드려 버렸다. 나는 빨리 돌아가야겠다 생각했다. 하지만 나의 당황한 말들이 내 의도와 어긋나 흐느적흐느적 목구멍으로부터 빠져나왔다. 이상하리만치 쉬어 흉하게 떨리던 목소리가 지금까지도 귀에 선하다. "이쪽으로 나오신 건 작년이신지." 하고 바보 같은 말을 했다. "아뇨, 올해 4월입니다." 하고 미망인이 말했다. 나는 그걸 이미 잘 알고 있었다. "그때 엽서를 받아 놓고 한 번 방문하려고 했는데 이렇게 상이 나서." 하고 말하고는 말문이 막혀 버렸다. 그러고서 다시 뒤이어 말했다.

"오카야마에서 이런저런 신세를 졌었습니다. 자주 방문하곤 했습니다." 나는 같은 말을 되풀이하고 있음을 알면서도 멈출 수 없었다. 결국에는 무엇을 말하고 있는 건지, 도대체 결말이 나긴 하는 건지 분명하지 않다. 문을 나서 좁은 길을 걷는데 눈물이 양쪽 볼을 타고 흘러내렸다. 나는 무엇을 하러 온 것인가 의문이 들었다. 그리고 매우 송구스러운 짓을 했구나 하는 자책이 격하게 들었다. 나는 그저 내 마음에 숨겨 두고 있던 걸 아무런 명분도 없이 멋대로, 자신의 어떤 감정을 만족시키기 위해 심란한 미망인에게 새로운 슬픔을 돋운 게 아닌가. 나는 처음부터 도덕적 이유로 간 게 아니었다. 예의를 다하러 간 것은 더더욱 아니었다. 그저 고인을 생각하는 진심이란 이유로 갔을 뿐이라 스스로 생각했다. 나는 그 감정을 스스로에게 해명해야 할 필요도 증명해야만 할 불안도 없다. 하지만 그 마음을 바깥에 드러낸 건 그저 나의 오만이자 방자임을 깨닫지 못하고 있었다. 나는 내 이기심을 도덕으로 감싼 의리상의 야만인이었다. 내가 멍청하게 가지고 간 꽃다발 위로 아이를 모로 안은 채로 엎드려 쓰러진 미망인에게 나는 뭐라고 사죄해야 할까? 얼마 전 20일이 삼십오 일이었다고 말하는(7일 간격으로 지내는 사십구 재 불교식 장례의례를 뜻함) 미망인의 마음엔 남편을 잃은 세 어린아이의 안쓰러운 어머니가 된 참담한 상처가 조금은 아물고 있었을지도 모른다. 거기에 돌연 아무 필요도 없이 찾아가선 그 상처를 후벼 판 자가 나다. 그리고 내가 악행을 저지른 것도 아닌 이상 그녀는 나를 원망할 수도 없었을 것이라는 생각이 들자 나는 내가 저지른 짓에 이중으로 죄책감을 느꼈다. 문을 열고 들어가 현관에서 기다리는 동안 맹장지 안쪽에서 사람이 나오기까지 전적으로 그리고 진심으로 나는 이러한 바를 깨닫지 못하고 있었다. 그 아이가 몇 번째 아이인지, 이름이 어떻게 되는지는 물론 단 하나도 물어볼 여유가 없었다.

오카야마에서의 당시 추억을 좀 더 적어 덧붙일까 싶었지만 이 이상으로 적어 두는 건 내키지가 않아졌다.

나는 젊은 미망인과 귀엽던 아이들에게 생애의 고난은 이제 이걸로 다하여 앞으로는 평화와 행복의 하루하루만이 계속되기를, 내가 죽는 날에 빗대어 그려보며 마음 깊이 진심으로 기도하고 있다.

# 바보의 새장

저는 어렸을 때부터 작은 새를 좋아해서 색색의 새를 키우다가 죽이곤 했습니다. 여러 가지를 키우던 와중에 점점 보통의 새들로는 성에 차지 않아 결국엔 해오라기라든지 부엉이, 까치도 키워 본 적이 있습니다. 하지만 워낙 싫증을 잘 내서 점점 보살피는 게 귀찮아지기 시작해 새장 안을 날아다니는 작은 새를 보아도 재미있지도 귀엽지도 아무런 생각도 들지 않아, 뭣보다 지저귀고 있어도 키우고 있다는 사실조차 잊어버려 어느 날 아침 일어나 보면 홰 아래 두 다리를 위로 올리고 죽어 있든지 또는 모이를 줄 때의 잠깐의 틈을 노려 손 아래로 도망쳐 버리곤 했습니다. 그래서 점점 새가 없어져 버리다가 얼마 안 있어 작은 새 따위는 완전히 까먹어 버리게 되었습니다. 키우고 있을 땐 길을 걸

다가도 어디선가 새가 우는 소리가 들리면 생각지도 못한 곳에서 아는 사람을 마주친 듯, 혹은 마침 딱 좋은 곳에서 적과 해후한 듯한 기분이 들어 일단 멈춰 서서 그 목소리에 귀를 기울이지 않고선 그 장소를 떠날 수가 없었지만 키우지 않고 있을 땐 새소리 등을 들어도 아무 기분도 들지 않을뿐더러 세상에 아직까지 새를 좋아하는 사람이 있다니 그것참 이상하다고밖에는 생각이 들지 않았습니다.

하지만 그렇게 새에 빠져든 동안의 즐거움은 작은 새를 키워 본 적이 없는 사람들은 절대로 알 수 없습니다. 작은 새 쪽에선 몹시 당혹스러운 일이라, 자칫하면 결국 생애를 비좁고 지독한 창살이 아른아른거리는, 사는 곳이란 둥지를 튼 가지 두 개밖에는 없이, 그렇게 자신이 싼 똥 묵은내가 진동하는 우리 속에서 소중한 일생을 보낼 수밖에 없음에 운명이구나 체념할 순 없을지도 모릅니다. 하지만 직접 키워 본다면 그런 것쯤 아무런 문제도 되지 않습니다. 아침에 새 모이를 만들어서 우리에 넣어 줄 땐 우리 속의 새들이 이쪽의 친절을 가슴 깊이 받아들이는 듯, 물을 갈아서 깨끗하고 차가운 물로 바꿔 넣어 주면 새가 이 친절하고 정 많은 주인에게 감사하는 듯한 기분이 듭니다. 그러고서 새가 모이와 물 쪽으로 다가와 쩍쩍 지저귀면서 달다는 듯 먹고 마시는 모습을 보노라면 뭐라 이를 수 없을 정도의 호감이 듭니다. 동박새 등등은 잠깐 바라보는 사이 벌써 배가 찼는지 주둥이를 나뭇가지에 깔끔하게 닦고 나서 모이가 없는 안쪽 나뭇가지로 날아가선 몸을 뿌웅 부풀립니다. 보고 있으면 어찌나 굼뜬지 모릅니다. '배가 부르니 눈꺼풀 무거운 동백나무구나'라는 소세키 선생의 구가 생각납니다. 그러고서 그 눈가가 무거워져 힘겨운지 눈을 떴다가 감다가 하던 중 결국 완전히 눈을 감고서 하얀 눈꺼풀을 끌어당겨 버립니다. 눈꺼풀이 무겁다고 할 수 있겠지만 새는 인간과 다르게 눈을 감을 때면 위쪽 눈꺼풀을 아래로 내리지 않고 아래 눈꺼풀을 올려 눈을 감습니다. 그러니 눈꺼풀이 무거워져 잠이 든다는 말을 새가 듣는다면 조리에 맞지 않는다고 할지도 모릅니다. 수년 전에 저는 사소한 일로 새가 키우고 싶어져서 처음엔 가루모이를 주는 새를 두세 마리 키웠습니다. 그것이 어느새 점점 늘어나 짓이긴 모이를 주는 새가 많아져서 일 년 정도 지나 마침내 사십 오륙 마리나 키우게 되었습니다. 마침 그즈음은 하쿠산 고덴마치에서 고마고메 아케보노마치로 옮겨와 새로 지어 아직 벽이 마르지도 않은 집에서 살고 있어서 저는 그 사십여 마리의 새를 전부 이층 남향 방에 풀어 유리문을 달아 두고 아침부터 저녁까지 일도 하지 않으며 어디로도 나가지 않고 모이를 뿌려 주다가 좁쌀이나 수수 껍질을 뿌려 주고, 물을 갈아 주고, 새장 쟁반에 모여 있는 똥을 박박 긁어내고, 새를 이런저런 새장에 바꿔 넣어 보고서 바라보자니 이 새에게 이 우리는 너무 좁아 궁합이 맞지 않는다 싶어 바꿔 넣었다가, 이렇게 작은 새에게 이렇게 드넓은 우리는 맞지 않는 듯해 다시 바꿔 넣었다가, 날개가 푸른 새에게 붉은 쟁반의 새장은 배합이 너무 맞지 않아 별로다 싶어 다시 바꿔 넣었다가, 대개 그런 일과뿐인 매일매일을 보내고 있었습니다. 그리고 일과에 지쳐 버려 잠이 들고 아침이 되어 눈이 뜨이거나 혹은 뜨이지 않아도 이층의 새들이 굵고 얇고 높고 낮고 다양하게 서로 합창해대는 소리가 귀에 들려옵니다. 그리고 제 머리는 다시 새에 관한 일로 가득 차게 됩니다. 그런 일을 얼마나 했는지 알 수 없지만 그사이 해야 할 일도 제쳐 두고 그런 바보 같은 하루하루만 계속 이어지자 한편으로 언제나처럼 슬슬 싫증이 나기 시작해 새들 따위 결국 어찌 되어도 상관없다 싶어져 점점 수가 줄어가다가 어느샌가 한 마리도 남지 않게 되어 버렸습니다.

저는 새 기르기 전문가도 아니고 작은 새에 관한 동물학상의 지식도 연구도 없습니다. 그저 작은 새가 좋아서 취미로 무턱대고 새를 키웠다 할 뿐이라 숙달된 새 기르기 또는 작은 새와 관련된 조리 있는 지식 등을 여기에 조목조목 푸는 것도 불가능합니다. 그저 무턱대고 작은 새가 좋았던 한 남자가 함부로 이런저런 새를 키워 보다가 죽여 버리곤 한 이야기일 뿐. 경험이라 한들 그저 그 정도에 지나지 않는다고 운을 띄워 봅니다.

새에도 이런저런 종류가 있지만 먼저 우리가 새집 앞에 서서 제일 먼저 살펴보아야 할 건 외래종과 토종을 구별하는 일입니다. 토종 새는 휘파람새, 동박새, 섬촉새, 검은 방울새 등등 전부 깃 색깔이 수수하고 두 가지 이상의 색깔들이 서로서로 큰 차이 없이 차분하게 조화를 이루고 있고, 외래종은 정반대라고 딱 잘라 말할 순 없지만 대개 색 배합이 엉뚱한 경우가 많습니다. 가장 눈에 띄는 건 다양한 종류의 잉꼬입니다. 외국 흥취를 좋아해 알지 못하는 곳의 자연의 파편을 즐기고자 작은 새를 키우려 한다면 논외겠지만 그저 작은 새 그 자체를 두고서 저의 선호를 말해 보자면 토종 새 쪽이 깃 색만으로도 외래종보단 훨씬 마음이 갑니다. 대저 사람 눈을 싫증나게 하지 않고 화려하지는 않지만 담담하고 아름답게 조화를 이룬다는 생각이 듭니다.

하지만 토종 새와 외래종 새를 깃 색으로 선택하는 건 오히려 그다음 이유로, 저는 무엇보다도 울음소리가 우리 귀에 산뜻하여 외래 새보다 토종 새 쪽이 더 좋습니다. 외래종도 좋은 소리를 내는 새가 많음이야 물론 당연하지만 일본으로 옮겨 온 외래 새는 울음소리가 그렇게 좋지는 않은 듯합니다. 카나리아 따위는 우는 소리가 외래 새 중에서도 좋은 편이라고는 하지만 그러한들 카나리아와 살짝 비슷한 소리를 내는 종달새에 비하면 전혀 상대가 되지 않습니다. 카나리아 울음소리는 그저 잠깐 들을 땐 지독하게 나쁜 울음소린 아니다 싶지만 오래 듣다 보면 조금씩 시끄러워지기 시작해 결국 듣는 쪽에서 짜증이 치밀어 버립니다. 무식하게 기운이 좋아 소리에 조금도 정감이 없습니다. 종달새 울음소리의 고음의 저변, 뭐라 이를 수 없는 애수에 흠뻑 젖은 듯한 지저귐엔 정말 비할 바가 못 됩니다. 쨍쨍하게 비추는 봄날 종달새가 날아오르고 깊은 슬픔에 홀로 잠기자면, 그 흥취는 전차가 달려가는 길목 처마에 매달린 종달새 새장을 보아도 느껴지기 때문입니다. 하지만 이는 종달새 쪽엔 예부터 전설이나 시 등으로 전해 온 연상 과정이 존재해 그 울음소리를 듣는 우리 마음에 이런저런 준비가 되어 있는 데 비해 카나리아에게는 그런 연상 작용이 무엇 하나 없기 때문일지도 모릅니다. 대서양 어느 카나리아 군도에 가서 어딘가의 나무 그늘 푸른 잎 틈새로 빗방울이 떨어지는 듯한 카나리아 지저귐을 듣는다면 또 어떤 다른 감흥이 있을지도 모릅니다.

하지만 카나리아는 나은 편입니다. 날이 저무는 새장 가게 앞 이런저런 이름 모를 새들이 비명 같은 목소리를 높이는 걸 계속해서 듣고 있다 보면 도무지 기분이 좋아질 수 없습니다. 잉꼬 중에는 원숭이 같은 울음소리로 지저귀는 것들도 있는데 뭐라 해야 할지 모르겠지만 저는 돈을 얹어 준다 해도 그런 이상한 기분이 드는 울음소리를 듣고 싶지는 않습니다.

　요사이 구관조가 엄청 유행인 듯하지만 저는 그 새도 괴조(怪鳥)같이 기분이 나쁩니다. 새를 기르는 건 본래 도시에서 살면서, 혹은 자신의 방에서 자연의 노래 조각을 듣고 싶기 때문으로 그러한 단상의 한 조각을 통해 잠시 새 울음소리에 마음을 기울이는 동안이라도 시끄러운 인간세계의 일을 잊을 수 있으므로 새를 키우는 사람이 행복해지는 것입니다. 그런데 구관조란 새는 무시무시하게 침착한 목소리를 내면서 인간의 말을 흉내 냅니다. 새 장수가 말하기로는, 또 저희가 들어보아도 예전부터 인간 흉내를 내는 새로 값이 나간 앵무새, 잉꼬보다도 사람 흉내가 능수능란합니다. 그리고 그 목소리가 어느 구관조라든지 너무나 또렷해 마침 날씨가 갠 날 어딘가 담벼락 그늘에서 오십 세 정도의 남자가 이야기하는 걸 멀리 떨어져 듣는 것만 같이 조금만 듣고 있어도 께름칙한 기분이 듭니다. 애초에 새가 인간의 목소리를 내는 건 상서로운 일이 아닙니다. 혹 그건 새 마음이라 한들 인간의 목소리는 인간만으로도 충분합니다. 꽉꽉 막힌 단단한 상자 안에서 불쑥 인간 목소리가 마구마구 튀어나오는 축음기만으로도 왠지 모르게 무서워져 기분이 더러워지는 저는 구관조 따위의 요물은 정말로 싫습니다.

　작은 새 가게 앞에 서서는 먼저 토종 새와 외래 새를 구별해야 한다고 말했지만 그 구별은 지금까지도 잠깐 말씀드린 바처럼 우는 새와 보는 새로 구별하기도 합니다. 우는 새란 말할 것도 없이 소리를 듣고서 즐기는 새이고 보는 새란 그 깃털 색깔을 즐기는 새입니다. 토종 새는 별로 깃털 색깔이 아름답지는 않은데 큰 유리새, 작은 유리새는 그 소리를 즐기는 새이면서도 깃털도 예쁜 유리 색이 등에서부터 배까지 물들어 있어 보는 새로서도 충분히 길러 볼 가치가 있습니다. 하지만 새로운 집에 들어가 정원을 장만한 사람들이라든지 처마 끝 장식으로 키워 보려고 하다가 열흘도 지나지 않아 모이 주는 걸 잊어버려 죽여 버리곤 이번엔 다시 그 죽은 새를 께름칙해하는 별난 취미를 발현시켜서 그런 식으로 키워 보고자 하는 거라면 몰라도 진심으로 새를 키워 보고자 한다면 보는 새는 결국에 얼마 안 있어서 싫증이 나버리기 때문에 역시나 우는 새를 가루모이로 키워 보아야 새 본연의 멋을 알 수 있습니다.

# 아카시明石의 소세키漱石 선생

메이지 44년(1911년) 봄, 저는 여름휴가로 고향인 오카야마에 돌아와 있었습니다. 그러던 어느 날, 신문에 나쓰메 소세키 선생이 혼슈의 아카시에 강연하러 온다는 걸 알게 되어 즉시 도쿄 와세다에 계신 선생께 여쭤보는 편지를 보냈습니다.

저는 그해, 아마도 2월이었던 것 같습니다만, 위장병으로 고지마치 구내 나가요 내과병원에 입원해 계신 선생을 병원에서 처음으로 만나 뵈었습니다.

그 이후 얼마 안 있어 선생께선 퇴원하시게 되었습니다. 봄이 되고 나서도 저는 몇 번이나 선생 댁을 방문했지만 고미야 씨 등이 선생과 이런저런 이야기를 하는 걸 조심조심 곁에서 귀 기울여 들을 뿐이었습니다.

지방에서 중학교를 나와 같은 지방의 고등학교를 졸업하기까지 수년간 저는 선생의 문장을 보며 선생을 숭배하고 또 선생을 사모했음에도 마침내 도쿄대학에 들어가 겨우 선생을 만나 뵙게 되었지만 어쩐지 매우 두려워서 옛날부터 남몰래 속으로 그려 온 선생에게 좀처럼 다가갈 수 없었습니다.

그 선생이 제 고향에서 비교적 가까운 아카시까지 오신다는 걸 알게 되자 어쩐지 하늘에서 불현듯 강림하여 손닿을 법한 곳에 내려오는 듯했습니다. 얼토당토않게 신이 난 저는 이 기회를 놓쳐선 안 된다고 생각했습니다.

선생의 강연을 듣고 싶은 건 물론이거니와 아카시에 가고 싶던 다른 이유도 있었습니다. 제가 앞서 말씀드렸듯이 마음속 깊이 두려워하며 공경하는 선생 앞에선 앉아서 고개도 제대로 들지 못하는 처지였지만 그 선생이 도쿄에서 나와 아카시 근방까지 온다면야 무슨 선생 측근이라도 된 듯 제가 선생 앞까지 나아가면 아카시에 모인 사람들이 도대체 어떤 표정을 지을지 지켜보고 마음속 내밀한 곳에 나쓰메 소세키 선생을 소유한 듯 자랑스레 알랑거리고 싶었던 것입니다.

도쿄의 선생으로부터 바로 답장 엽서가 왔습니다. 거기엔 언제쯤 강연하러 가기는 하지만 듣지 않아도 괜찮으니 일부러 찾아올 필요는 없다는 인사치레 말이 적혀 있었습니다.

그러나 물론 저는 아카시에 갔습니다.

선생이 묵던 숙소는 쇼토관(衝濤館)이라는 바닷가의 커다란 여관이었습니다. 쇼토관은 수년 전 제가 아직 중학생이던 무렵, 아마 5학년 여름 즈음 지금은 오사카에 있는 동창인 오카자키 신이치로 군과 둘이서 여행을 떠났을 때 손님방에 숙박하러 들어갔던 적이 있습니다. 그런데 숙박료가 너무 비싸 숙박은 단념하고 목욕탕에 들어갔다가 밥만 먹고 나와선 모래사장을 따라 걸어 스마에 도착해 정차장 대합실에서 야밤을 새웠던 적이 있었기 때문에 쇼토관의 위치는 바로 알 수 있었습니다.

하지만 선생께서 쇼토관에서 머문다든가 하는 걸 어떻게 알게 되었는지, 그 과정은 기억나지 않습니다.

혹 선생께서 아카시에 도착할 즈음 마중하러 간 것 같은 기억 또한 대단히 막연하게 떠오릅니다. 그렇게 선생은 다른 강연자, 오사카 아사히신문사 사원들 등등과 함께 차를 대동해 거리를 지나 시내를 빠져나가셨습니다. 차 뒤로는 지방 순회 극단 배우가 첫선을 보이는 듯 가느다란 종이 깃발이 세워져 선생 등 뒤로 펄럭펄럭했던 것 같긴 하지만 제 망상이 옛 기억에 섞여 들어간 것임이 분명합니다.

그리하여 저는 쇼토관에 가보았습니다. 이층 모퉁이를 돌자 툇마루를 따라 바다를 바라보고 있는 굽은 방에 선생께서 계신 듯한 낌새가 보였습니다. "잠시 이쪽으로"라고라도 들었는지 어쨌는지 기억이 나지 않지만, 저는 선생께서 계신 듯한 그 방이 아닌 다른 방으로 안내되었습니다. 방 안에는 사람들이 가득해 모두 중년의 남성입니다. 이쪽도 저쪽도 전부 태어나서 처음 만난 알지 못하는 사람들뿐입니다. 게다가 이렇게 더운데도 다들 합의라도 한 것처럼 또는 대략 합의를 본 것과 다름없이 모여 계신 분들은 전부 하오리(羽織: 일본 전통 예복으로 가문(家紋)을 새겨 넣은 정식 예복 중 하나)와 하카마(袴: 대개 하오리 하의 위에 덧대 입는 주름진 하의)를 입고서 무슨 사정인지 몰라도 일어섰다가 앉았다가 하며 허둥거리고 있습니다. 거칠게 말하자면 입관식 옆 객실이라도 된 듯한 소동이었습니다. 그러고선 어쩐지 대단히 다망(多忙)한 듯한 얼굴을 지어 맞대곤 이마의 땀을 훔치며 다들 눈을 반짝거리고 있었습니다. 소세키 선생의 휘광이 제가 있는 방까지 미쳐 와 이 소동이 난 건가 생각이 드는 한편 저는 내심 크게 득의양양해졌습니다. 그렇게 생각하는데 방 한쪽 구석에 이상하게 앉아서 부채로 탁탁 소리를 내며 묵묵히 앉아있는, 왠지 기분 나쁜 허연 눈을 한 남자가 있었습니다. 여기 모인 이런 모두 이 지방 소세키 선생의 애독자임이 분명하다고 저는 또한 생각했습니다.

그런 와중에 어떤 신호가 있었는지 저는 모퉁이로 튀어나온 방에 들어가게 되었습니다.

그곳에도 하오리에 하카마를 입은 사람들이 득실득실했지만 바로 전의 방처럼 일어서거나 앉거나 하지는 않았습니다. 모두 옴짝달싹 못하고 앉아서는 같은 방향을 쳐다보고 있었습니다. 그들이 바라보고 있는 한 지점엔 초점 없이 불안해하며 앉아있는 한 사람, 소세키 선생이 있었습니다. 선생은 혼자만 통소매 유카타(浴衣: 여름철에 욕의로 많이 입는 무명 홑옷)를 입고 아카시의 신사들로부터 인사를 받고 있었습니다. 선생 옆에서 수행하는 사람이 새로 들어온 사람을 소개하는데 "구의회 의원 누구누구 씨입니다" 라던가 "어디 학교장 어느 아무개 씨" 라던가 말하면 그들은 선생을 향해 인사를 올렸습니다. 그러면 선생은 유카타 소매째로 양손을 다다미로 내리듯 하더니 엉거주춤 일어나 구부정한 꼴로 인사를 받았습니다. 저는 어떻게 선생님께 인사를 올려야 할지 까마득했지만 그때 선생은 저를 향해 '정말이지 이런 꼴로 이런 곳에서 모두에게 이렇게 인사받다니, 굉장히 당황스럽구나' 하고 말하는 듯 표정을 지어 보였습니다.

그러고서 저는 쇼토관에서 물러나 강연회가 있는 회관으로 나섰습니다.

회관은 전집 별책 강연 필기(筆記)에도 쓰여 있듯 석양이 쨍쨍 내리쬐어 정말 더웠습니다. 하지만 강단을 바라보아 오른편 바로 아래로는 아카시 해협이 놓여 열어 젖혀진 회당은 천장에 파도 빛깔이 비치고 있었습니다. 바다 건너편에는 아와지 섬의 푸른 산봉우리가 거울에 비친 경치처럼 하늘을 아름답게 가로막고 있었습니다.

소세키 선생이 강단에 올라섰을 때의 감격은 이십 년이 지난 오늘날의 회상으로도 가슴을 살며시 울립니다. 강연 제목은 '장난과 직업'이었습니다. 점점 이야기가 진행되어 선생께서 어렸을 무렵 웬 이상한 남자가 깃발을 든 채 길을 걸어 다니며,

"장난꾸러기는 없느냐!"

하고 말해 자신들을 잡아다가 팔아 버리러 온 게 아닌가 걱정했다는 등의 이야기가 나왔습니다. 그 이야기도 물론 강연 필기에 실려 있습니다. 그때 선생이 그럴싸한 말투로 말한 "장난꾸러기는 없느냐!"라는 그 한 구절의 어조가 지금까지도 귓속에 남아 있는 듯합니다. 그리고

직업에 대해선 사람을 위하는 일에 관한 이야기를 하며 그 '사람을 위한 일'이라는 의미를 설명하며, 도의적으로 매우 부당한 직업을 가지고 먹고 사는데도 이 세상에선 그 사람들이 우리보다도 훨씬 떵떵거리며 살고 있다. 그건 일면에서 보자면 괘씸하기는 하지만 실제로 정말 사람에게 도움이 되는 일을 하고 있는가를 본다면, 즉 지금 말하는 것은 도덕적 문제가 아니라 사실의 문제이다. 그러니까 기생이라던가 하는 사람은 조그만 반지 하나를 살 때조차 천 엔이나 오백 엔이나 하는 고가 사이에서 골라 살 만한 여유가 있다. 저는 지금 여기에, 하고 말하면서 선생은 조끼 주머니에서 시곗줄이 달리지 않은 회중시계를 꺼내던졌습니다. 그 시계는 선생 서재에서 본 적이 있는 시계였습니다. 저는 선생의 손가락 사이로 떨어져 내리는 시계를 보며 간담이 서늘해졌습니다. 선생은 그 시계를 내려다보면서 "제 시계는 니켈입니다" 하고 말했습니다. 뭔가 선생은 아카시에 온 이상 시골이란 이유로 장단을 풀어 이야기하는 것처럼 느껴졌습니다. 그 이후에 예시로 박사 문제 이야기가 나올 때까지도 저는 여전히 어리숙한 숭배자처럼 간담이 서늘해져 있었습니다. 그러나 그때 청중들은 오히려 거센 박수를 보내서 그 때문에 상스러운 기분이 들었는지도 모르겠습니다.

강연이 끝나자 퍼뜩 꿈에서 깨어난 듯한 기분이 들었습니다. 그리고서 이런 강연을 언제 또 들을 수 있을지 모르겠다 싶어 쓸쓸한 기분이 들었습니다.

선생은 강연회장에서 일단 쇼토관으로 돌아갈 것처럼 보였습니다. 하지만 저는 선생의 오사카 행 기차 시간을 누군가로부터 들어 알고 있었기 때문에 곧장 아카시 역으로 가서 선생을 기다리고 있었습니다.

선생이 나타나기 전부터 구내는 예복으로 떠들썩해져 있었습니다. 곧이어 선생이 다른 사람들과 함께 차에서 내렸습니다. 선생 곁은 좀처럼 가까이 다가갈 수 없을 정도로 혼란스러웠습니다.

그러고서 기차가 도착했습니다. 혹은 그게 아니라 아카시 사립 구간 열차였을지도 모릅니다. 여하튼 기차 객실은 고풍스러운 미닫이문이 달린 사륜식으로 마침 제가 앞에 서 있는 이등칸엔 이미 예의 예복 차림 사람들이 몇몇 올라타 있었습니다. 그리고 아직 플랫폼에 나타나지 않은 선생에게 마음속으로 계속 '제발, 제발' 하고 간청을 보냈습니다. 그러나 선생은 좀처럼 올라타지 않았습니다. 그 이후 곧 선생은 혼자서 성큼성큼 걸어가더니 두세 칸 앞쪽의 일등칸 안으로 들어가 버렸습니다. 그리고 곧장 기차가 움직이기 시작했습니다. 앞쪽으로 고개를 숙여 선생을 배웅했던 그때의 기분을 떠올리자면 선생과의 추억이기도 하겠지만 동시에 저 자신의 그 옛날이 그리워져 견딜 수가 없습니다.

# 빈핍한 다섯 빛깔 튀김

## | 貧乏五色揚 |

# 대인편전大人片伝-한가한 이야기 후편

## 1. 연어의 일격

모리타 소헤이(森田草平: 일본의 작가이자 번역가로 햣켄과 같이 나쓰메 소세키 문하생이자 호세이대학 교수였음) 선생께선 지천명의 연식을 넘기신 이래 돌연 홀로 대인의 풍격을 깨우치시더니 사람 얼굴만 보면 무턱대고 꾸중을 내리려 하신다. 소생 황송하게도 다년간 선생의 후대(厚待)를 받아온 터라 유독 누차 꾸지람을 받는다. 선생 말하건대, 자네는 돈도 없는 주제에 사치스럽구려. 그때 사모님 올라오셔서 말하건대, 점심은 어떻게 하시겠어요? 대인 의기양양하게 말하건대, 아무거나 괜찮구려. 근데 반찬으로 연어밖에 없어요. 좋군, 좋아, 자 같이 식사하시지 않겠소이까.

그때 소생, 난처한 바는 우선 앞선 사정이 있었기에 대인 소헤이 선생께서 스스로 궁행(躬行)하여 소인에게 가르침을 보이려 하는 바이다. 대인께서 속으로 생각하시기를 '햣키엔 저놈 돈도 없는 주제에 사치스러우니 분명히 진수성찬이 먹고 싶으렷다' 하셨으리라. '연어로 일격하여 기선을 제압해 스스로 반성하도록 독려함이 상책이군' 하고 말이다. 그러므로 무심코 그 점심 초대를 사양한다면 어리석게도 대인이 파 놓은 함정에 빠져선, 이것 봐라 그야말로 진수성찬이 아니면 먹지 않는 꼴이 되는 게 아닌가. 늘 가난에 허덕이는 나는 그런 사고방식을 가져 본 적이 없다. 본인의 식사 따위는 매일같이 물 만 밥에 연어 반찬뿐이라 말하고 싶었지만 대인이 그 기회만을 호시탐탐 노리고 있음을 소생은 분명히 알 수 있다.

다음으로 난처한 바란 대인이 연어를 통해서 교묘하게 공명정대한 거울을 들이민다 한들 훈계에 지나지 않겠지만 대인 본인께서는 자나깨나 늘 기름진 고기를 드시려 하는 바이다. 소헤이 선생이 오늘날 두르고 있는 대인의 풍격에 흠이 될쏘냐 싶지만 기회만 되면 장어구이, 튀김 따위나 드시는 건 어찌 된 것인가 생각해 본다. 학처럼 여윈 대인에게 그런 세속적인 취향이라니 감탄해야 마땅하다. 그 외에도 상태가 좋지 않은 회는 먹지도 않고, 묵은 닭으로 만든 도리타타키(鳥敲き: 닭고기를 칼등으로 얇게 찧어 만드는 일본 요리)엔 입을 열지도 않으며, 스키야키(소고기, 버섯, 두부 등을 넣고 만드는 일본 전골요리)는 미카와야(三河屋: 당시 유명 스키야키 음식점)에서 사다 먹지만 미카와야가 문을 닫기라도 하면 문을 열 때까지 먹지 않고 기다릴 정도로 식성이 까다로운 대인이시다. 이러한

사정에 혹시나 소생이 없었더라면 대인은 사모님을 새초롬하게 쳐다보며 "연어밖에 없는 거야? 달리 뭐 없을까? 커틀릿이라도 해줄 수 없나?"라든가 혹은 그렇지 않고서 별미를 졸라 대거나, 뭐 안 그럴 수도 있고 어찌할는지 잘 모르겠다. 이렇듯 미묘한 사정 가운데서 소생이 대인의 훈계 어린 식사 청을 받았다. 무심코 사양하는 건 이러한 주변 사정을 무시하는 것이리라.

　마지막으로 소생의 난처한 바란 전혀 허기지지 않는다는 것이었다. 뭣도 먹고 싶지 않기 때문에 따라서 연어도 먹고 싶지 않다. 그러나 그렇다 한들 연어에게 실례가 되거나 하진 않는다.

　"저는 아직 식사 생각이 없습니다만." 하고 말하며 대인의 기색을 살폈다. 대인은 어리둥절하니 뭔가 다른 생각을 하고 있다.

　"국수 한 그릇 드시지 않으시겠어요?" 하고 이번엔 사모님이 말했다. "국수라면 괜찮으실까요?"

　"딱 그 정도는 들어갈 수 있을 것 같습니다."

　그때 소헤이 대인 돌연 나를 향해 "아니, 아니, 국수라도 좋다니. 그럼 실례지." 하고 말하더니 느닷없이 일어나서 콩콩 계단을 내려가 거실 쪽으로 발소리가 사라져 버렸다. '어라, 어라' 하고 생각 들 틈도 없이 이 난국을 피하게 된 나는 이제껏 따져본 경우의 수들이 어쩌면 소생의 망상이었을지도 모르겠다 깨닫고는 국수가 올 때까지 기다렸다.

## 2. 야위어가는 햣키엔 선생

소헤이 대인은 사람을 상대할 때 사람의 단점을 매도하여 퍼붓는 데 만족하지 못해 소생이 대인과 함께 호세이대학에서 일하던 즈음 교원실에 있던 사람들을 개의치 않고, 오히려 사람들이 있는 곳이라면 하늘에 닿을 기세로 목소리를 키워가며 소생의 나태함과 궁핍함을 꾸짖으셨다. 끝내는 꾸지람도 부족한 듯이

"정말 싫구먼!" 하고 대인께선 사람들이 모인 방향을 향해 내 꾸중을 시작하는 것이었다. "싫다고, 나는 자네가. 학교 월급만으로 부족하니까 학교를 쉬고서 원고를 쓰라 않았나? 이 인간이 나한테서 돈을 꾸고선 언제고 와서 봐도 학교에 나와 있다고. 그리고서 원고는 쓰지도 않고 있고! 내가 잡지에 약속해 놓아도 쓰지를 않아. 질리는 인간일세. 이제 나도 몰라."

그렇게 꾸중이 시작되고 끊임없이 이어지는 실처럼 줄줄이 이어져 마주 서 있던 다른 많은 교원은 소생에게 독기를 띤 채로 교원실을 빠져나가 버렸다. 소생도 처음에는 줄어들지 않는 지청구에 호되게 맞섰지만 도대체가 상대편이 말발이 워낙 세서 초라할 따름이다. 그리고 끝내는 인격 유린의 현장에 홀로 쓸쓸히 내버려지고 마는 것이다. 이런 상황이 되풀이되고 심적 피로가 쌓여가 밤에도 안심하고 잠들 수 없게 된 소생, 살이 빠져 뼈가 드러나 대인의 군계일학과 같은 풍채에 비하면 학의 모가지보다 가늘 정도로 나날이 야위어 병약해지고 있다.

소헤이 선생은 그것으로 만족하지 못하고 결국 천하의 공기(일본에서

는 신문, 잡지 등의 언론을 천하의 공기 혹은 공기로 표현하곤 함)를 빌려 지난달 『중앙공론』지에 〈한가한 이야기〉라는 제목으로 소생의 궁핍함과 불성실함을 세상에 속속들이 드러냈지만 현명한 독자들은 진실을 알고 있으리라.


## 3. <한가한 이야기 후편>의 속사정


호세이대에서 회의가 있고 난 후 중앙공론사의 마쓰 씨가 방문하여 지하 응접실로 모셔 소헤이 대인과 소생이 함께 모였다.

"자기 욕을 쓸 원고를 굳이 중개까지 하지 말라고, 어이가 없네."

소헤이 선생이 배려 깊이 말했다. 그러곤 갑자기 큰소리로 웃기 시작해 웃음을 멈추지 않아 뒷이야기를 할 수 없었다. 어쩔 도리 없이 소생이 이야기를 이었다.

"야구경기에도 공수교대가 있듯이 이번에는 내 차례라는 거지."

"의외로 마지막 회가 리드하게 되면 왠지 묘하겠네요."

마쓰 씨가 말했다.

"그러면 곤란해, 그런데 도대체 뭘 쓰겠다는 거요?" 소헤이 대인께서 소생에게 물었다.

"뭘 쓰냐니, 저에 대해 글이 나오고서 여태 변명도 하지 못했고, 그것보다 일단 잡지하고 신문에 공표한 글은 실상하고 다른 것도, 그렇다고 다르지 않은 것도 아니고."

"그러네, 뭐 그것도 좋군."

"좋지 못하다 한들, 뭐 제가 가난에 허덕인다든가 따위 얘기는 상관없긴 하지만, 그런데 제가 소세키 선생님 파나마모자를 받았다고 쓰셨다던데 사실입니까?"

"그랬지."

"그래도 되는 겁니까? 소세키 선생님 모자가 제 머리에 들어갈 리가 없다고 생각하는데."

"그럼 자네가 세탁실에서 모자를 늘려 잡아당겨서 눌러 뒤집어썼다고 정확하게 『중앙공론』지에 써보지 않겠나?"

"써야 하는 건 대인께서 엉터리 이야기를 했다는 것, 그게 신문에 실린 걸 읽고서 이번에는 소생 차례인가 하고 생각했다는 것뿐이죠. 세탁실에서 늘어났다니, 저는 옛날부터 모자는 쓰지도 않았는데."

"자 그거네. 모자가 그렇게 쉽게 늘어날 리가 없지 않겠나."

"그러면 저는 소헤이 대인 코골이에 관해서 쓸까 합니다."

"소헤이 선생님 코고는 소리라 재미있겠네요." 하고 마쓰 씨가 말했다.

"그건 안 돼! 코골이를 쓰는 건 안 된다고!"

소헤이 대인이 책상을 내리치며 고함을 쳤다. 그러고선 재차

"코 골았다는 건 그만둬 코골이 이야기는 그만하라고!" 하고 재촉했다.

"왜 안 된다는 겁니까?"

"자네가 그런 걸 쓰면 내가 곤란하지 않나."

"저는 제 궁핍함이 다 들통 나서 이미 곤란해졌으니까."

"궁핍하다고 들통 나서 곤란해지는 거랑은 정도가 다르다니까? 코골이는 안 된다고. 어느 여자가 그런 사람한테 반하겠나."

"거지다 거지, 하고 소문나는 통에 누구도 저한테 돈을 빌려주지 않는걸요."

"돈 빌려주는 사람이 없어진 건 좋은 일 아닌가."

"여자가 반하지 않게 되는 쪽이 더 좋다고 아뢰고 싶지만, 우선 이제 그럴 연세도 아니시지 않습니까?"

"그렇지 않아. 그렇다 해도 안 돼."

소헤이 대인은 좀처럼 얼굴을 풀지 않고 무언가를 생각하다가 돌연,

"그렇게 써버리면 내 소설이 팔리지 않는다고. 코 곤다고 소문나서 독자가 줄어들면 곤란하지 않나."

## 4. 코골이는 전염된다

소생이 이렇게 코골이가 전염됨을 상술하려 함은 소헤이 대인의 코골이의 성질, 강도, 음폭 등에 관해 서술하고자 함이 아니다. 이야기가 마침 대인에 관한 것이라 하더라도 그건 계기에 지나지 않는다.

예년의 대지진보다 더 이전의 일이다. 당시 소생은 10엔이 곤해 지바 현 기오로시에 거주하던 대인의 허락을 구해 차금(借金)하러 나섰다. 몇 번이고 말한 것 같지만 기차는 이등석을 타고 간 것이 확실하다. 돈을 꾸러 가기 위해 이등석을 타고 가는 것 따위 아랑곳하지 않았지

만 대인은 예민하게 굴었다. 대인에게 지금에야 그런 식으로 늘 사사건건 훈계 어린 꾸지람을 듣지만 예전엔 역시 돈이 있든지 없든지 몰라도 있든 없든 기차는 항상 이등칸을 타곤 했다. 소생이 기억하는바 대인이 몇 년 만에 고향에 갔다가 다시 도쿄로 돌아오는 기차에서 이야기인데 예전 이등칸은 좌석이 창을 따라서 가로로 뻗어 있었다. 이등칸을 타고 가는 건 좋지만 가로로 앉아 달려가는 게 싫다는 등 하는 사람도 있던 한편, 이등칸 대인의 가로 좌석 옆에는 대인의 지극히 광범위한 의미로서의 연인이 앉아 있었다. 그 미인은 당시 대인의 고향마을에 시집온 젊고 어린 부인이었다. 문득 대인은 변이 마려워 화장실에 들어갔다. 달려가는 열차에 측간 설비가 생기고서 얼마 되지 않은 시기의 일이다. 배수 장비가 제대로 작동하지 않아 대인은 몹시 신경이 쓰였지만 어찌할 수 없이 나가려 하는데 그 예쁘고 어린 부인이 대인이 돌아오기를 기다리다 참지 못하고 결국 화장실로 들어와 버리고 말았다. 대인은 그때 열차에서 뛰어내리고 싶었다 하는 이 이야기를 생각하면 소생은 지금까지도 실소를 금할 수 없다.

아무튼 소생, 이등칸을 타고서 지바 현 기오로시 마을까지 나서게 되었다. 필요한 10엔을 빌린 뒤 선생과 함께 술을 퍼붓고도 흥이 가시질 않아 배를 띄워 도네 강을 건너 건너편 요정에서 주연을 벌였다. 지금 글을 쓰면서 갑자기 마음에 걸리는 점은 소생 그때 빌린 10엔을 대인에게 갚았는지 전혀 기억이 나지 않는다는 것이다. 갚아야지 하고서 까먹었을지도 모르지만, 이미 갚아 놓고서 까먹었을 수도 있다. 소생은 사실 어느 쪽이라도 상관은 없지만 행여 대인이 이 글을 읽고 뭔가 생각나기라도 한다면 성가실 따름이다. 달과 술이 만난 도네 강 물결, 흐르는 듯 쉴 새 없는 세월의 날갯짓. (일본 아스카 고대시대 와카 모음집인 『고킨 와카슈』의 한 구절을 패러디한 문장. 원문은 '어제도 동이 트고 오늘도 저무는 아스카 강, 흐르는 듯 쉴 새 없는 세월의 날갯짓.')

그 후 다시 강을 건너 대인의 거처로 돌아와 이층 한 방에 베개를 나란히 두고 잠을 청하려 했을 땐 이미 새벽이 가까웠다. 소생 누적된 여독과 차금의 노고, 주연에서의 감취 등으로 드러눕자마자 순식간에 인사불성으로 정신을 잃으려 하는데 임의 코 고는 소리가 몸이 오싹오싹 해지도록 울려 퍼져, 완전히 말라비틀어진 쓰쿠바 산의 소나무들에 괴기하게 부딪히는 듯한 물리적인 코골이 소리에 소생은 잠들 수가 없었다. 하지만 소생은 졸렸다. 그 후 대인의 코골이 소리는 시간이 지날수록 격렬해지는 한편 가속화될 뿐만 아니라 일정한 간격으로 동굴이 낙숫물을 빨아들이듯 휘몰아친 뒤 파열하는 듯한 소리가 났다. 소생은 단지 시끄러움을 넘어서 오싹한 기분까지 들어 한 주기가 끝나면 꼼짝없이 다음 주기를 기다리는 꼴이 되어, 이에 반비례하듯 졸음은 가시고 정신이 맑아져 왔다. 소헤이 대인은 한참이 지나도 이 이야기를 싫어해 가능한 한 듣고 싶지 않은 눈치였다. 그러나 대인 스스로 자신의 코골이 소리를 들을 수 없을 것이기에 그것이 어떤 종류의 코골이였는지 알 턱이 없다. 소생은 최근 들어 코골이가 심해서 힘들다며 다른 사람들에게 불평을 듣곤 한다. 소생의 코골이는 그때 지바 현 기오로시 마을에 있던 소헤이 대인에게서 전염된 것임이 틀림없다. 여태껏 스스로 자각하지 못한 게 아니냐 해도 할 말은 없지만 지금까지 남들로부터 코골이 소리로 불평을 들은 적도 없고 분명 그날 밤의 사건으로 인해 결국 혼수상태에 빠져들어 그 비몽사몽한 상태에서 대인의 코골이 소리가 잠재의식 영역 아래 소생의 고막 및 목구멍 내측을 흉포한 음파로 흠씬 두들기고 때려 패서 결국 그 지독한 버릇이 옮겨온 것임이 분명하기 때문이다. 소생이 전혀 의식하지 못하고 있어도 일단 잠들고서 의식이 사라지고 나면 홀연히 그 코골이가 튀어나와 그때의 바이브레이션이 잠재의식 아래서 계속 되풀이되고 있으리라. 꾀꼬리 새끼가 어미 새를 따라다니며 그 울음소리를 따라 배우는 것과 같은 원리면서도 전혀 좋지 않은 결과이다. 코를 고는 사람과 같은 방에서 자는 것의 위험성을 이처럼 상술했으니 독자 모두 경계하기를.

## 5. 택시와 오리

소헤이 대인이 길바닥에 멈춰 서서 열심히 자동차를 골라잡으려 하고 있다. 번드레한 자동차가 앞에 멈춰서도 손을 내두르며 필요 없다는 신호를 보내고 만다. 도대체 어떤 자동차를 고르려 하는 건지 어림도 가지 않는다. 내친김에 그 기준을 물어보니 대인은 자동차를 대략 세 종류로 나누고 있는 듯하다. 기관차처럼 앞으로 튀어나온 부분에 끝이 뾰족하니 반짝반짝하는 철사들이 붙어 있는 게 첫 번째, 도금된 인형 혹은 강아지 인형이 있는 것들이 두 번째, 아무것도 없이 갓파(오리 같은 생김새에 머리 윗부분이 까져 있음) 머리 위 접시 같은 게 붙어 있는 게 세 번째. 이른바 호세이 대인의 자동차 세계에는 쉐보레도 포드도 없다. 그저 이상의 세 기준에 따라 자동차를 분간해 그때그때 마음 가는 대로 저거를 타다가 이거는 거절하거나 한다.

자동차 선택 후에 드디어 올라 타고나면 이번엔 요금 담판이 시작한다. 50전이면 되는 장소는 40전으로 깎는다. 혹 상대에 따라서 30전으로 에누리를 받아낸다. 대인은 득의양양한 체를 한다.

"빈 차를 부르는 가격에 타는 법이 어딨어. 자넨 돈도 없는 주제에 뭘 태평한 표정을 하고 있나?"

운운하며 곧장 돈거래에 대해 소인에게 훈시를 내리기에 받들었다. 그런데 마침 목적지에 도착하고 나자 30전을 내려 하는데 대인의 돈지갑에는 10전짜리 백동화가 없던가, 혹은 있어도 두 개뿐이어서 10전이 부족하던가 한다. 30전으로 깎은 것에서 다시 또 10전을 깎아내 20전으로 마무리할 수는 없다. 잔돈을 달라고 말해도 운전사는 잔돈이 없다고 답한다. 결국, 대인 쪽에서 50전을 꺼내 20전을 더 내곤 잔돈은 필요 없다고 말한다. 처음부터 50전에 탄 것과 조금도 다름이 없다. 40전으로 깎아 타서 50전을 내고 내리는 건 차라리 예사이다.

어느 날 소헤이 대인이 사카이코센 씨의 병문안을 위해 오리 한 마리를 들고서 가구라자카까지 가려고 차를 잡아탔다. 그곳 소마야(相馬屋: 1500년대 에도시대부터 존재한 상점가로 특히 종이 가게가 유명)에서 장을 보고서 고우지마치 3번지까지 50전에 가는 것으로 약속을 지었다. 자동차가 달려나가기 시작하고서 대인은 당황하여 정차를 시켰다. 그곳은 소마야 종이점 앞이었다. 소헤이 선생은 차에서 내려 장을 보고서 다시 차

128

에 올라타 달려가라 하는데 운전사가 부루퉁해져 있었다.

"이건 약속이랑 다르지 않습니까?"

"뭐요, 장 보면 안 된다고 하기라도 했나? 그건 처음부터 약속한 바가 아닌가?"

"그건 그렇지만 십 분 이상이나 그저 기다리게 하면 저희 상도덕에 맞지 않는걸요."

"십 분씩이나 기다리게 했다고? 해봐야 오 분 정도인걸."

"천만에요, 십이삼 분은 기다렸습니다요. 여기 시계가 딱 있으니까 속이려 하시면 안 됩니다."

"속이다니, 이거 실례되는 말을 하는구먼! 설령 십 분을 넘겼다고 한들 그게 뭐 어떻다는 건가. 손님 장사가 손님 모시고 기다리는 게 당연한 거 아닌가."

"농담하지 마십쇼. 십 분 이상 기다렸으면 할증을 붙여야 합니다."

"말도 안 되는 소리! 절대로 안 돼! 누가 그러나, 누가."

소헤이 선생은 자리를 박차고서 운전사 뒷좌석에 붙어 부여잡고 게거품을 물며 격렬히 싸운다. 자동차가 수로를 나와 고지마치로 들어서도 싸움은 아직 멈추지 않는다. 아슬아슬하게 사카이코센 씨 댁 앞을 지나쳐 가려는 순간 급히 차를 세워 내리고는 "뭐야 이 짐승 같은 자식" "뭣이 어째" "가만 안 둔다" "멍청한 새끼" 하고 마무리되는 듯하다. 명철한 독자들이 걱정하는 동안 우리의 소헤이 대인은 흥분과 혼란 속에서 오리를 차 안에 놓고 내려 버린다.

"내리고 나서 뒤돌아 걷자마자 바로 생각이 난 거야. 아차 싶어서 뒤를 쳐다보니까 그 운전사 자식 오리를 태운 채로 반대편으로 쭉 가버리더라고. 정말 개고생을 했단 말이지."

하고 대인은 술회했다.


# 6. 강연 사례


호세이대학 교원실은 오전 열한 시가 되면 식당 직원이 교원들에게 도시락 주문을 받으러 돌아다닌다. 도시락 종류는 구내 후지미켄의 양식, 런치, 일품요리에서부터 소바, 덮밥, 스시, 튀김, 중국요리, 장어 등 25전부터 80전까지 다양했다. 식당 직원이 식사류가 줄줄이 적힌 표를 내밀면 '자 뭘로 해볼까' 생각이 들수록 인간 본성이 눈에 띄게 천박해져 감을 느낀다. 오늘은 산뜻한 거로 해볼까 하고 소바를 주문하려는데 옆자리의 동료가 장어 덮밥을 먹기 시작했다. 기가 막힌 냄새에 먹어 보고 싶어 견딜 수 없다. 오늘은 조금 배가 고프다 싶어 서양 요리 두 가지를 주문해 밥과 함께 먹으려 하는데 반대편 좌석에 앉은 교원이 토스트와 우유를 들고서 시치미를 뚝 뗀 표정을 하고 있다. 어쩐지 저쪽이 더 나았을 것 같은 기분이 들자 먹고 있던 음식이 시시하게 느껴졌다. 한 접시를 먹고 나서는 슬슬 잠이 오기 시작했고 두 번째 접시는 억지로 먹어 치웠다. 포크를 내려놓자 눈꺼풀을 뜨지 못할 정도로 답답하니 우울함에서 헤어 나올 수 없었다. 지방도 맛이 없었을지 모르지만 그걸 제일 먼저 먹어 버린 탓이다. 대관절 직장에서의 점심을 진수성찬으로 먹으려 하는 것부터가 한심한 심보다. 내일부터는 주먹밥을 싸 오기로 결심했다. 그리고 손수 만든 도시락을 하루 이틀 계속 가져오다 보니 다시 다른 사람들이 먹고 있는 것들이 먹고 싶어진다. 돌연 주먹밥을 중단하고서 일단 주먹밥에 튀김 덮밥을 먹었다. 한 입, 두 입, 세 입을 떠먹는데 전후좌우 어떤 소리도 들리지 않을 정도로 맛있었다. 그러나 곧 반쪽짜리 식사도 끝나고 다시 이런저런 다른 생각이 들었다. 그릇 바닥엔 밥이 장국에 말아져 있었다. 튀김 덮밥이란 개나 고양이가 먹는 사료가 아니라 사람 앞에 가져다 내는 것이다. 아, 너무나 정 없는 음식을 먹었구나. 내일부터는 이제 어떤 음식이라도 맛있게 먹어야지. 배가 고파지면 물이라도 마셔야지 결심했다.

그런 교원실 점심시간, 소혜이 대인은 한눈도 팔지 않고 접시를 울려가며 카레라이스를 먹고 있다. 뭐 저렇게 안달복달하고 있나 하고 생각하자 밥을 꽤 남긴 채로 숟가락을 집어 던지곤 자리에서 일어나 한 손으론 입을 닦고, 다른 손으로는 커다란 가방을 집어 들어 대단히 급한 모양으로 교원실을 나가려 하고 있었다.

"도대체 무슨 일이십니까, 그렇게 급히." 하고 소생이 물어보았다.

"아니 그게 오늘 고향에서 강연이 있다네. 그래도 아무 말이나 지껄이고 나올 순 없어서 지금부터 조금 준비를 해 둬야 해. 이제 시간이 없군. 그래도 나는 이걸로 돈벌이한다고. 밤낮을 모르고 원고를 쓰고 강연을 한다지. 애초에 강연은 별로 청탁이 오지 않지만, 또 청탁이 들어와도 난감하긴 해, 그런데 오늘 강연은 15엔이나 20엔 정도를 받거든. 이쪽은 학생회라서 값이 싸긴 해도 어쩔 수 없긴 한데 엊그제 저녁에서야 '그래 이 이야기를 해야겠다' 하고 떠올랐어. 도대체가 매일같이 일이 있으니. 자넨 빨리 원고를 써두라고. 안 그러면 정말 힘들어져. 나를 좀 보게. 엊그제 저녁이었나, 바로 그 직전이 되어서야 급히 청탁이 온 거야. 더군다나 도쿠다 군이 받아서 하기로 되어 있던 걸 '갑자기 도쿠다가 거절하는 바람에' 하고 말하지를 않나, 내가 있던 곳까지 찾아와서 기다리는 게 아주 사람을 바보로 만들고 있어. 우선 나는 그런 협회 따위 전혀 알지 못해서 가서 무슨 말을 해야 하는지도 모르겠고, 그것보다도 도쿠다를 대신해서 끌려나가는 게 싫었지만 그래도 좋은 기회니까 지조를 굽히고서 그 강연을 떠맡았지. 그리고 아주 일장연설을 늘어놓고 왔다네. 이쪽은 적어도 30엔이나 경우에 따라선 50엔 정도도 사례받을 수 있을지 몰라. 나는 이렇게 밥벌이를 할 거요. 어떤가, 그런데."

그때 마침 곁을 지나가고 있던 동료 한 명을 붙들고서 소생을 가리키며

"이 사람하고 가능하면 얽히지 마. 나는 정말이지 지긋지긋해. 이렇게 게으른 사람도 없을 거야."

"무슨 이야기를 하고 있으셨어요? 꽤 신나 보이는데요."

하고 동료가 말했다.

"기분은 뭐 평소 같은 기분이지만 강연, 아아 이제 정말 시간이 없어"

소헤이 대인은 허둥대면서 가방을 든 채로 교원실을 나섰다.

그 뒤 소생, 훈계를 들어서 그렇기도 하거니와 여하튼 부러운 일이다 싶어 기분이 음울해졌다.

그로부터 며칠이 지난 어느 아침, 교원실에서 마주치자 돌연 대인은 칸막이 뒤편으로 소인을 손짓해 불렀다. 대인은 뭔가 재미있는 듯한 얼굴을 하고 있다. 그것보다도 누구를 그늘진 곳으로 부를 만한 성격도 아니기에 의아하게 느껴졌다.

　칸막이 뒤편에서 대인은 짐짓 위엄 있게 말을 꺼냈다.

　"어제 오후에 예의 그 협회에서 사례를 받았다네."

　"그렇습니까? 그거 잘되었네요."

　"그런데 뭘 들고 오더라고."

　"뭘 들고 왔습니까?"

　"네모난 걸 들고 온 거야. 정말 이상하네 싶어서 나중에 열어보니까 궐련 세트가 나오더군."

　"그것뿐입니까?"

　"그것뿐. 그래도 엄청 감사해하며 돌아가더라고. 도대체가 이상한 시대가 되어가고 있어."

　소헤이 대인은 낙담한 표정으로 나를 쳐다보았다.

　그리고 그로부터 이삼일 정도 후 어느 아침 소헤이 대인이 또 소인을 붙들어 세웠다.

　"뭡니까?"

　"뭐 특별히 용건이 있는 건 아닌데, 어제 또 강연 사례를 받았다네."

　"그럼 이번에는 학생회 쪽이겠네요?"

　"그렇지. 그래서 이번에는 그렇게까지 큰 기대는 하지 않았어도 그래도 기다리곤 있었지. 이층으로 안내하는데 아니 또 뭘 들고 올라오고 있는 게 아닌가. 정말이지 기겁했다니까."

"이번에는 뭘 들고 올라왔습니까?"

"그게 또 네모난 거더라고. 뭔가를 들고 오는 꼴이 섬뜩하더구먼."

"안에는 뭐가 있었나요?"

"안에는 궐련 세트."

"또입니까?"

"하나는 주석이고 다른 하나는 놋쇠로 만든 거긴 해도 궐련 세트는 이미 집에 있어서 하나도 필요 없단 말일세."

어쩐지 조금 우스꽝스러웠지만 위로할 말이 없다. 소헤이 대인은 갑자기 큰 소리로 웃기 시작하더니

"정말이지 오싹하더구먼." 하고 말하더니 반대편으로 걸어가 버렸다.


# 7. 차금 문답


"햣키엔(百鬼園 : 별호(別號)의 발음이 저자의 필명인 햣켄百閒과 발음이 같음) 군, 이봐 햣키엔 군."

소헤이 선생이 뜬금없이 반대편 테이블에서 큰소리로 고함을 쳐서 슬금슬금 자리에서 일어나 테이블 방향으로 다가갔다.

"햣키엔 자네, 빨리 아무 때에 돈을 갚아 주게."

'아이고 시작했군' 소생은 고개를 수그렸다.

"예, 예. 돌려 드리긴 할 텐데 왜 이렇게 급히 재촉하시는 겁니까?"

"자네는 도대체가 돈을 늘 바로 돌려주지 않아 난처해져 버리니깐."

"난처해진다 한들 제가 기억하고 있으니 괜찮습니다만."

"그건 나도 기억하고 있네." 소헤이 대인은 유의 깊게 말했다. "도대체 언제 돌려줄 건가."

"저축조합에 부탁해 보고 나서 그쪽에서 돈을 빌려줄 때까지 기다려 주십쇼."

"이봐, 이봐, 그러면 안 되지. 빌린 돈을 갚으려고 남한테서 돈을 빌려서 돌려 막다니, 그러면 끝이 없잖나. 내가 늘 말하지 않나? 그런 짓 좀 그만하라고 말일세."

"안 그러면 지금 돈이 한 푼도 없어서 못 갚습니다."

"돌려주지 않으면 곤란해. 바로 돌려주지 않으니까 그렇게 돈이 없는 거 아닌가."

"바로 돌려주면 돈을 쓸 틈도 없지 않습니까?"

"빌린 돈을 어디 한번 써보자 하는 것부터가 잘못된 거야. 이제 돈 빌리고 다니는 건 그만두게나."

"예, 예." 하고 말하며 대인의 경계에서 벗어나 안심한 뒤 다시 돌아가려 했다.

"하여튼 돈을 돌려주지 않으면 곤란해."

"돌려드린다 해도 왜 계속 그렇게 말씀하시는 겁니까?"

"얼마를 빌려 갔지?"

"23엔 80전."

"그래그래, 기억하네, 기억하고 있어. 그건 그렇고 내가 강연회에서 받은 궐련 세트 두 개가 있는데 말이야."

"이런, 이런, 저에게 책임을 전가하시는 거라면 송구스럽습니다."

"그런 게 아니야. 아무튼 들고 오는 모양새가 섬뜩하더구먼."

"그 세트 팔아 버리는 건 어떠십니까?"

"안 팔아도 될 법한 게, 집사람이 미스토시라든가 마쓰야에 가져가서 필요한 물건으로 교환할 수 있을지 모른다 하더군."

"그럼 사모님께서 매각해서 그 대금으로 제 채무를 공제해 주시는 건 어떻습니까?"

"안 돼! 그런 말 해대는 게 버릇이 되었구먼. 무슨 그런 바보 같은 말이 다 있나! 절대 안 되지! 자 빨리 돈이나 갚아 주게."

"다시 원래로 돌아와 버렸네. 낭패야. 이제 그런 이야기는 그만하기로 하죠."

"이봐 뭘 그만둬. 여름휴가 때 쓰기로 한 원고는 어떻게 되고 있나? 일이라고는 조금도 안하고 있지 않나? 좋다 나쁘다 구시렁거리지 말고 책상 앞에 앉아 좀 써보란 말이네. 그래 보지도 않고선 돈 빌려서 변통하고 다니기만 하니, 이거 정말 넌덜머리가 나는 사람이야, 나는 정말 정말로 질려 버렸어. 나를 좀 보게나. 나를. 나같이 촌극을 아껴서 원고를 쓰고, 그 사이엔 강연도 하고 좀."

"모리타 선생님, 전화 왔습니다." 하고 급사가 말했다.

## 8. 공중활주

소생 지금껏 나이만 먹어와 어느새 불혹을 지났고, 소혜이 선생은
일찍이 천명을 깨우치셨다. 연료가 다 떨어진 비행기가 별수 없이 결
국 착륙 자세를 취하듯 앞으로 남은 일은 그저 외길로 공중을 활공하
는 것뿐이다. 착륙지가 마음에 안 들어도 한 번 더 날아오를 수는 없다.
그저 양생이라든가 섭생이라든가 도저히 믿을 수 없음 직한 것을 믿
고 의지하며 활주 거리를 늘려가듯 사는 수밖에 없다. 아무렴 그쪽께
서 과히 능해 공중에서 너무 길게 활주하거나 하면 곧 비행장 바깥에
착륙해 버려 코피가 난다든지 등등 불상사도 주의 깊게 고려해 봐야
한다. 그저 슬슬 적당한 시간에 적당한 각도로 순조롭게 착륙하는 것
이 상책이다. 유언을 남기는 건 아니지만, 나이 순서대로 죽기만을 기
다리고 있을쏘냐? 그러니까, 그러므로 소생이 착륙하는 시기가 대인의
뒤를 이어야만 하는 것은 아니다. 사실 이곳저곳을 구경하는 것도 대
략 질려서 언제까지 이렇게 어중간히 공중에서 빈둥빈둥대고 싶은 것
도 아니지만 무심코 이런 말을 해버린다면 아무도 돈을 빌려주지 않는
다. 게다가 이런 나를 심히 걱정해 주는 사람들이 상당하다. 소생은 항
상 그런 종류의 사람들로부터 자중양생(自重養生)을 기도 받는다. 우리
의 대인이 그런 열렬한 기도자 중 하나라는 걸 현명한 독자들께선 이
미 널리 헤아리고 계셨으리라. 이에 어디론가 먼저 착륙하든지 간에
소생은 비행장으로부터 가장 짧은 거리를 날아 극락에 가기로 해 두었
다. 그렇다면 대인께서는 어떠하실는지. 극락문을 아주 술술 지날 수

있어 보이진 않지만 지옥에 떨어지리라 생각지도 않는다. 오랜 기간의 수험기간을 거쳐 몇 번인가의 재판과 교정을 받아 끝내 극락에서 만나 뵐 수 있으리라 믿고 있다. 그런데 그렇게 만나고서도 예와 같이 거침없이 툭툭 내뱉는 말투로 소생 욕을 저편 세상에서 있었던 일 없었던 일로 수많은 다른 혼 앞에서 퍼붓는다면 곤란하다. 그런 습관만은 극락에 가더라도 사라질 것 같지 않다. 그것이 장차 걱정이다. 이럴 수가, 어딘가 대인을 모셔 줄 곳은 없을까?

# 무항채자 무항심無恒債者 無恒心

## 1

달의 반이 지나면 점점 불쾌해진다. 하순에 들면 우울 그 자체다. 오늘이 며칠? 하는 생각이야말로 가장 기피해야 할 천착이다.

무심한 동료가 무람없이 교원실 책상 건너편에서 일어서더니,

"햣키엔 씨, 오늘이 며칠이죠?" 하고 물어도 소생은 답하지 않는다. 대답하기 전, 자신의 머릿속에 그 유해무익한 천착이 시작되는 게 두려워 서둘러 뭔가 다른 걸 생각해야 한다.

"아아 알겠습니다, 알겠어요." 그 예의 없는 남자가 자신의 수첩을 넘기며 시작한다. "오늘은 23일이에요. 햣키엔 씨 23일입니다."

그런 식으로 그 인정머리 없는 벗은 소생의 덧없는 평화를 파괴해 버리는 것이다.

소생이 근무하는 호세이대학의 봉급일은 25일이다. 이삼 년 전까지는 그 25일 당일이 운 좋게 맞아떨어져 일요일이나 휴일과 맞물릴 땐 봉급일을 뒤로 미뤄 26일에, 휴일이 이틀 이어지면 27일로 연기하고, 혹시나 등등 일요일이나 휴일이 나흘 닷새나 이어지는 것도 아닌데 봉급일을 월말로 미뤄 주는, 특히 그 중 한번은 딱 운이 좋아 12월 섣달 그믐날 오후에 월급을 받게 되는 천운이 따라서 얼마나 살 것 같던지 모른다. 월급이 하루 미뤄지면 하루 정도 더 그달을 한가로이 지내고, 이틀 미뤄지면 이틀 동안 봄을 만끽하게 된다. 12월 월급이 섣달 그믐날로 미뤄지면 망망한 한 해의 물살을 관망하며 한가로이 그 일 년을 회상한다. 그 끔찍한 25일로부터 섣달 그믐날까지 그 6일간 몸에 돈을 지니지 않고서, 그러므로 누구에게도 지불할 필요 없이 보낼 수 있다는 건 이른바 천재일우이다. 이제 다 틀려먹은 건지, 작금의 학교 당국의 지침은 몹시 가혹히도 25일에는 반드시 월급을 지급해 일찍이 하루 유예를 내리던 것도 없앴을 뿐만 아니라 25일이 운 좋게 일요일에 맞아떨어진 달에도 맙소사 간신히 하루 정도 수명을 연장했다 싶었는데 돌연 하루 앞당겨 24일에 지급하고 마는 것이다. 월급을 받는 자의 당혹감 따위 당사자에게는 알 바가 아니므로 어쩔 수 없다.

"햣키엔 씨 23일입니다." 하고 들리면 소생, 눈앞이 깜깜해지는 듯하다.

23일 다음은 24일이다. 이번 달의 평화도 하루 후면 끝장이다. 25일 당일이 되면 실로 다양한 사람들이 나타난다. 교원실 입구나 복도 구

140

석에서 매복하다가 한 달 만에 격한 안부 인사를 소생에게 건넨다. 도시락집, 자동차집, 책방, 월부(月賦) 시계집, 양복점 등등 그 이외에도 다 적어내릴 수가 없다. 면면으로는 주인, 관리인, 주인아줌마, 사환아이 등등 가지가지 잡다하지만 전부 소생과 낯이 친숙하다. 올해 설 첫 꿈에선 비가 억수로 내리는 거리를 걷다가 골목길에서 흠뻑 젖은 채 달려 나오는 양복점 월부 사환아이를 짓밟아 뭉개 버렸다. 작년 말에 납부하지 못했기 때문에 꿈속까지 소생을 추적해 와서 그런 화를 당한 것이다.

모두를 기다리게 해놓곤 월급봉투 안을 뒤져보아도 제각기 듬뿍 나눠 줄 만큼 있었던 선례가 없다. 심할 때는 50전 은화 몇 개밖에 들어 있지 않던 적도 있다. 그건 무명회라든가 저금조합이라 하는 학내 금융기관에서 마구마구 돈을 빌렸던 게 공제되었기 때문이다. 그중에서도 무명회 쪽에선 내 명의로 빌릴 수 있는 만큼 빌리고도 아직 모자라 동료 명의로 빌려 받은 것이 점점 불어나 매월 공제로도 감당할 수 없게 되어서 요새는 그 무명회와 관계된 동료 및 관계 깊다 하는, 즉 다시 말해 잔뜩 빌린 동료 다수로부터 잡혀 불려가 로잔 회의를 개최해선 새 차관을 만들 수 없도록 결정되었기 때문에 무명회에서는 더이상 빌릴 수 없다. 우선은 모양 좋은 파산 관재(管財)이다. 그 후에 사람들이 무명회에서 손쉽게 빌리는 걸 보노라면 부럽기 그지없다.

그리하여 모두를 기다리게 해놓곤 봉투 안이 모자라거나 하면 무명회에는 갈 수 없으므로 저금조합에 부탁한다. 안분 비례(按分比例) 되도록 하여 모두를 퇴거시켜 버려도 계속해 그다음엔 친구 동료에게 빌린 걸 조금씩 조금씩 갚아야 한다. 정말이지 넌덜머리가 난다. 애초에 한 번 빌린 돈을 나중에 멀쩡히 갚는다는 게 가능은 한 건가. 소생은 처음부터 불가능했던 일을 꾀하느라 쓸모없는 일에 열을 올리고 있는 게 아닐까? 몇 년인가 전의 일인지 확실히 기억나는 건 아니지만 친구인 이데타카시 군이 차금에 관한 고대 그리스 철학자 이야기를 해줘서 그 학설을 독일어역으로 받아 적었던 적이 있다. 지금은 그 노트를 어디에 감춰 둔 건지 기억나지 않고 우선 그 철학자의 이름도 잊어버렸지만 어렴풋이 기억하기로는, 사람은 돈을 빌릴 때의 인격과 갚을 때의 인격이 각각 완전히 별개이다. 돈을 빌린 뒤 동일 인격으로 다시 돈을 갚는다거나 하는 건 불가능하기보다 오히려 있어서는 안 될 일이다. 사람이란 본디 있어서 안 될 일에 노력해 봐야 아무런 소용이 없다.

소생 틈이 나서 이 사색을 이어 보고자 한다.


## 2


소생의 수입은 월급과 차금으로 성립한다. 양자 가운데서 월급은 상술했듯이 소생을 괴롭히지만 차금은 월급 때문에 고통받는 소생을 구원한다.

학교에서 월급이라 하는 게 나오지 않는다면 어찌 유쾌히 교육업에 종사할 수 있겠는가? 그래서 돈이 있을 때마다 이를 일체 차금으로 처리해야 한다면 그렇듯 유쾌한 생활이란 없는 것이다.

허나 소생은 근래 차금도 명(命)에 맡겨 두고, 월급은 다달이 도망칠 길 없이 받아 들고야 만다. 그 외에도 아직 한 가지, 소생을 괴롭히는 것이 있다. 그건 원고료이다.

소생 지금 이렇게 주간 조간의 요구에 응해 글을 짓는다. 탈고 시 고료를 받는다. 그 돈을 손에 넣은 뒤 이런저런 잔걱정, 곳곳에서의 곤욕이 예상되지만 은밀하게도 처리하지 못해서 "원고료가 들어오면" 하고 빌렸던 걸 갚아야만 하느라 월급으로 부족했던 구멍 채우기, 전당포 이자와 그 외 차마 기록할 수 없는 것들에는 도저히 충분치 못함이야 벌써부터 뻔하다. 원고료를 받음과 동시에 그걸로도 부족, 부조리, 혹은 뜻밖의 일이 전부 일시에 현실이 되어 소생을 괴롭힌다. 소생은 이렇듯 글자를 행으로, 행을 덧붙이고, 원고를 쌓아서 몸소 그 불쾌함에 다가가고 있는 것이다.

모리타 소헤이 대인, 소생의 빈곤을 연민하고 나태를 꾸짖으며 "계속 원고를 써! 쓰라고!" 하고 편달하는 탓에 작년 여름 수년간 쌓인 벼루 위 먼지를 불어 털고서 지금껏 두세 편을 지었지만 그때마다 돈을 받은 후가 큰 난리이다. 원고료라고 하는 제도가 존속하는 이상 소생은 슬슬 글 파는 걸 그만둘 생각이다.


# 3


다들 소생을 빈핍하게 여긴다. 많은 사람이 빈핍 이야기가 나오면 죄다 소생의 얼굴을 바라본다. 등을 보이던 자는 뒤를 돌아 소생에게 눈인사한다.

그런 주제에 게으르다며 악담을 한다. 사치스럽다며 비난한다. 들리는 바에 대체적으로 공감하기 때문에 소생 자신도 나쁘게 받아들이지는 않지만, 그저 말의 순서, 선후를 바꿔 본다면 '그런 주제에' 등등 비꼼으로 들리는 말들도 별 의미가 없어져 버린다.

대저 빈핍이란 무엇인가, 소생은 사색한다. 빈핍이란 돈이 부족한 상태이다. 그저 그뿐일 따름이다. 무엇을 사람들은 신기하게 여기는 것일까? 세상 사람들을 두 종류로 대별한다. 제일종은 돈이 부족한 사람들이다. 제이종은 돈이 남아도는 사람들이다. 그 밖에는 단언컨대, 아무것도 존재하지 않는다. 제삼종으로 과히 부족하지는 않은 사람들이라든지는 상상 속에도 존재할 수 없다. 스스로 그렇게 생각하고 싶은 무리는 전부 제일종에 편입시키면 되는 한편 역시 실제로도 그들은 제일종의 아류에 지나지 않는다.

그리하여 인간을 두 종류로 나눈다. 일종과 이종의 세계 중 어느 쪽이 다수일지는 생각해 볼 것도 없다. 만일 일종과 이종을 함께 문질러 으깨서 평균을 내본다면 이른바 제삼종은 나올 리가 없고 역시나 전부 제일종으로 평균이 날 것이 분명하다. 어차피 그런 것이다. 또 그렇기 때문에 다수인 것이다. 돈이 남으면 돈의 가치가 사라져 버리고, 부족하다면 감사하게 되고, 좀 더 부족하게 되면 돈을 빌리고, 돈을 빌릴 수도 없게 되면 성품에 따라 도둑이 된다. 도둑으로 성공하면 제이종으로 편입하게 되고, 돈이 남아돌아 가치가 사라지면 잔뜩 써버리지 않고는 체감할 수 없으므로 너무 많이 써버려 부족해지면 제일종으로 돌아온다. 있든 없든 다 똑같이 없으면 없을 뿐, 또 없는 쪽이 보통 상태이기 때문에 따라서 아무렇지도 않다. 다수가 의지하고 있는 빈핍이 각별히 횡포를 부리는 것도 아니라면 빈핍이란 상태의 본질은 평화이기 때문이다.

그런데 빈핍의 어디가 신기한 것일까? 소생 빈핍하다는 말을 들어도 아무런 감흥도 없어 빈핍에 처해도 하늘을 원망하지 않는다.


# 4


햣키엔 선생 생각건대, 항채(恒債)가 없으면 항심(恒心)도 없다.(맹자의 '무항산 무항심'을 패러디한 말로 본래는 '일정한 생업(恒産)이 없으면 바른 마음(恒心)도 없다'는 뜻) 돈에 궁해 타인에게 고개를 숙이고서, 넘기 어려운 문턱을 넘어, 불쾌한 표정을 짓는 상대에게 구부려 빌고 빌어서 간신히 필요한 만큼 차금한다. 혹 필요한 만큼의 절반밖에 빌려주지 않는다 하더라도 부족하다거나 하는 표정을 지으면 무를지도 모르기 때문에 대단히 감사하다는 듯 빌려 받고서 전액 응당 감사를 표하고 물러난다. 이 얼마나 심적 단련이며 이 얼마나 하늘이 내려준 탁월한 도덕적 복선인가. 과연 그리하여 매달 수입 지출을 자잘하게 계산할 여유는 없지만 이래 보여도 차금은 하지 않는다며 자랑하는 사람들 가운데 군자는 없다. 군자가 되고자 해도 이런 사람에게는 수양의 기회와 인연이 풍부

하지 않기 때문이다. 돈이 있다는 건 다른 사람들을 하찮게 만들어 배타적으로 만들고 또 독선적으로 만든다. 기피해야 하는 건 돈이다. 돈이 있으면 도를 닦고 덕을 쌓을 수 없다. 그중에서도 특히 그럭저럭 적당한 정도로 돈을 소유하는 게 가장 무섭다. 그러한 돈은 몸에 스며들어 무엇보다도 소중해지므로, 즉 돈의 힘이 배로 강해지므로 수양에 한층 더 방해된다. 그러나 그러한 돈의 힘이란 실은 실재하는 힘이 아니다. 사람은 자주 돈의 소중함을 고하곤 하지만 돈의 소중함, 그 본래 묘체는 차금한 돈 가운데만 존재하는 것이다. 땀 흘려 번 돈이라고 하는 것도 그저 그뿐이라면 돈의 찌꺼기일 뿐이다. 스스로가 땀 흘려 벌지 않고 타인이 땀 흘려서 번 돈을 바로 차금한다. 그때 처음으로 돈의 소중함을 음미한다. 그러므로 바라건대 똑같이 차금한다 하더라도 부자에게서 아니라 가난한 사람 무리에게서 돈을 빌리시라는 거다. 더욱이 바라며 고하자면 그 가난한 동료에게서 빌려 온 동료로부터 거듭 빌려 받는 데 바로 차금의 극치가 존재한다.


5


"어서 오시게." 하고 말하는 대인은 묘한 표정을 짓고 있다. 어리둥절해하는 중에 경계의 빛을 숨기고 있다.

"안녕하십니까. 어쩐지 성나 보이십니다만."

"무슨 일이신가."

"돈을 좀 빌려주지 않으시겠습니까?"

"돈 없네."

"계속해서 죄송합니다만 집주인이 성가시게 굴어서요."

"집주인이 뭘 어쨌다는 건가?"

"집주인 쪽에서 내일 전부 아타미에 가게 되어 오늘 중으로 집세를 받았으면 한다고 말해서요."

"그렇게 제멋대로인 게 어디 있나! 그냥 내버려 두게."

"그게 완전히 제멋대로라고 말할 수만은 없는 게요. 저번 달 말까지 해서 여덟 번인가 아홉 번인가 되었으니까 사실은 적어도 두 달 분은 들고 가야 하겠지만 조금 전 저쪽에서 그렇게 말해 온 참이라 바로 들고 가서 사과한다면 한 달 치라도 봐주지 않을까 싶네요."

"그걸 나에게 내놓으라는 건가, 경악스럽구먼! 도대체 얼마인가?"

"25엔이요."

"25엔이라, 아니 근데, 자네 아직 저번 달 말에 무명회에서 공제해 간 25엔도 돌려주지 않지 않았는가?"

"그렇긴 합니다."

"그러니까 내가 처음부터 그러지 말라고 했잖아. 그런 식으로 차금하는 건 절대 안 된다고. 무명회에서 내 명의로 100엔을 빌려 가면서 다달이 월부 납입은 본인이 제대로 하겠다고 하지 않았던가? 말뿐이지 자넨 한 번도 내지 않잖아. 몇 번이나 더 월급에서 빠져나갈지 몰라."

"제가 한 번은 냈는데 두 번째부터 소홀해졌습니다. 제 쪽에서 확실히 기억하고 있으니까 괜찮습니다."

"나도 기억하고 있네. 하지만 애초에 누군가한테 돈을 빌린다면서 그 상대의 장래 수입을 차금하는 건 억지야. 빌려준 쪽은 앞으로 몇 달간이나 스스로 노력해서 자기가 빌려준 돈을 뒷수습해야만 하잖아. 상대에게서 그 장래 노력의 결과를 미리 빌려 가는 건 불합리해. 이제 그렇게 빌려 가는 건 그만둬."

"네, 그만두죠. 하지만 그럴 속셈은 아니었습니다."

"빌리려면 상대가 확실히 가지고 있는 걸 빌려 가는 게 좋지 않겠나?"

"네, 네. 그렇게 하고 싶습니다만 집세를 가져가지 않으면 나중엔 아무리 해도 2개월 치가 아니면 받아 주지 않을 것 같아서요."

"나중에 2개월 치를 주면 되지 않나?"

"그렇게 하려면 이번 달 말에 다시 무명회에 갚을 수가 없는걸요. 부디 이번 1개월분을 빌려주지 않으시겠습니까."

"곤란하구먼. 그런데 지금 그 돈을 빌려주면 나중 무명회 분을 돌려받아도 똑같은 게 아닌가. 일단 나중에 돌려줄지 어쩔지도 모르겠는데."

"갚을 수 있습니다. 마찬가지라고 나쁘게만 생각하지 마시고 빌려주십시오. 똑같다고 한다면 그 반대의 경우도 똑같으니 말입니다."

"어째서." 하고 말하곤 대인은 신중히 생각했다.

잠시 후 대인이 사모님을 불러 어딘가 지불하기 위해 따로 놔둔 돈에서 25엔을 마련해 주었다.

그 돈을 품에 넣고 황송히 돌아가려 하는데 대인이 갑자기 불러 세웠다.

"돌려주게나, 과거 노력의 결과를 들고 간다 해도 역시 안 되겠네."

# 6

곰곰이 생각해 보면 차금하는 것 역시 귀찮다.

차금인들 재미있지도 않다. 빌린 돈 대부분 그 전에 빌려 두었던 곳에 돌려줘 버리면 그걸로 전부 끝나 버린다. 또 그러한 목적으로 사용하는 게 아니라면 누구도 빌려주지 않는다. 이제부터는 뭔가 갖고 싶은 물건을 사러 가고 싶어도 돈이 없고, 잔뜩 마시러 나가고 싶어도 돈이 없으므로 돈을 빌려주십사 하는 건 차금의 이유가 되기 힘들다. 소생은 그런 식으로 누군가로부터 돈을 빌렸던 기억은 떠오르지 않는다. 일단 먼저 잔뜩 마시고서 그 뒤치다꺼리를 위해, 예를 들어 무명회에서 돈을 빌려 해결한다. 무명회 월부 납입금이 부족하므로 어디선가 돈을 빌려 받아 맨 처음에 빌렸던 돈을 마련해 갖춘다. 그러므로 빌린다 해도 어차피 또 다른 상대에게 돌려줌에 지나지 않는다. 차금할 땐 두렵고 절박한 기분으로 빌렸지만 나중에 생각해 보면 어찌 된들 상관없었을 것만 같은 경우도 적지 않다. 차금 운동도 일종의 놀이이다. 공던지기처럼 건너편에서 던져 온 공을 붙잡아 그대로 자신의 소유물로 삼아 버리는 게 아니라 바로 다시 건너편을 향해 손을 뻗어 되돌려 던져야 할 뿐이라면 처음부터 받지 않는 게 낫다. 그런 쓸모없는 수고를 쏟아붓는 게 놀이라면 제법 진지해 보이는 차금 또한 이와 크게 다르지는 않아 보인다.

소생 연말연시 예산이 궁해 어찌해야 할지 도무지 알 수 없다. 가계에서 제시한 청구금액은 흘끗 바라만 봐도 망양지탄을 자아낸다. 차금하기에는 시기가 나쁘다. 이쪽 신신부탁의 이유가 곧 상대에겐 사절의 이유가 되기 때문에 해가 넘어가는 때의 차금은 뭣보다도 가망이 없다. 하지만 내버려 둘 수도 없어 천 번 고심한 끝에 마침내 궁여지책을 떠올렸다. 원고를 쓰고서 그 고료를 연말연시 밑천으로 삼자는 것이다. 보통 사람으로 생각해 보면 지극히 평범한 계획에 지나지 않지만 소생에게는 그 결과가 대단히 불투명한 한편 즉흥적인 묘안 덕택에 연말에 분주해야 할 수고를 면할 수 있다는 점이 다소 기상천외한 묘미도 있다. 소생은 잡지사 편집실의 구면인 아무개 군을 찾아갔다.

"잘 알겠습니다." 아무개 군이 말했다. "근데 확실히 가능하신 겁니까?"

"아뇨, 지금부터 쓸 겁니다."

"그래도 맞춰 주실 수 있으신 겁니까?"

"맞추지 못하면 제가 곤란합니다." 소생은 다른 사람 일처럼 말했다. "꼭 돈이 필요해서요."

"그건 잘 알겠습니다만 이쪽 업무가 28일까지고 그 이후론 설날까지 계속 휴무라서 그때까지 해주지 않으시면 정말 곤란합니다."

"괜찮습니다." 하고 장담하고 소생은 집으로 돌아왔다. 꿍꿍이 속셈을 하건대, 일단 200엔이라면 이걸로도 충분치 않지만 이 정도 돈을 다른 사람한테 빌리려 해도 이렇게 연말연시가 닥쳐오는 시기엔 좀처럼 빌리기가 어렵다. 분명 아무도 빌려주려 하지 않을 것이다. 그런 식으로 생각하고서 금년 말은 먼저 이 200엔으로 견디기로 하자. 소생 그렇게 결정해 서둘러 업무에 착수했다. 문사(文士) 흉내를 내며 방 한 칸에 칩거하여 가스난로를 켜고 연달아 담배를 피우며 수염도 깎지 않고 골똘히 생각에 잠겼다.

하루가 지나자 머리가 아파 가스난로 말고 전기난로로 해야겠다는 생각이 들었다. 그래서 거리로 나와 가전 도구 가게를 하나하나 엿보며 걷다가 마지막으로 한조몬(半蔵門)에 도쿄 전등 매점으로 가 어느 것이 좋을까 살펴보았다. 하지만 돈이 없어 살 수는 없으므로 구경만 하다 돌아와서 집하고 친한 근처 언덕 아래 가전 도구 가게와 교섭을 시작했다. 하지만 가게에 들어가 둘러보자 전기스토브는 겨우 하나밖에 없고 그것도 이삼 년 전 것인 듯 후방 반사면에 버짐 같은 얼룩이 나 있었다. 써보고서 괜찮으면 사기로 하고 지불은 나중으로 일단락되어 가전 도구집 점주가 바로 스토브를 가지고 와서 설치해 주었다.

소생은 전기난로를 켜고 가스난로는 꺼버리려고 했다. 그런데 얼마 안 있어서 생각건대, 콧구멍이 다소 퍽퍽해지는 기분이 드는 데다가 여기저기가 굳어가는 듯하다. 손가락을 집어넣어 휘저어 보자 안쪽이 퍼석퍼석하게 말라 있다. 그러던 사이에 눈마저도 건조해지기 시작했다. 눈알과 눈꺼풀 뒤편이 스치는 감촉이 평소보다도 이상하다. 이건 전기난로만 켜 두어서 그런 거구나 깨닫고서 이번에는 전기난로를 끄고 가스난로를 켜서 그 위에 주전자를 얹어 물을 끓였다. 하지만 너무 오래 가스난로를 켜 두니 다시 머리가 아파지므로 다시 적당한 때에 끄고서 이번에는 전기로 한다. 전기를 너무 오래 계속해두면 콧구멍과 눈동자가 건조하니까 다시 적당한 때에 끄고서 가스로 한다. 그런 식의 조절에 신경을 쏟느라 마침내 그날 낮도, 그날 밤도 결국 업무는 아무것도 할 수 없었다.

그런 중에 수염도 무성해져 가고, 용돈도 다 떨어져 꼼짝 않고 있느라 몸 상태도 나빠지고, 또한 차차 남은 날도 줄어들어 공연히 안달복달하곤 했다. 애초에 원고 쓰는 걸 소생은 좋아하지 않는다. 자신의 문장을 팔아 돈을 벌겠다니 이 무슨 비열한 속셈인가. 게다가 이렇게 몇 날 며칠씩 방 한 칸에 틀어박혀 마치 유치장이라도 들어간 것 같은 날들을 보내며 어쩐지 가망 없는 것들만 떠올라 부루퉁했다. 이런 일을 당할 바엔 차라리 이곳저곳 차금하러 나서서 께름칙한 얼굴을 보더라도 돈을 빌려 오는 쪽이 훨씬 풍류 있다. 전기도 가스도 양쪽 모두 꺼버리고서 이런 맞지도 않는 일도 그만둬 버리자 생각이 들었다.

하지만 차금하러 가기엔 시기가 안 좋다는 건 원고 벌이를 떠올리기 전에 이미 계산해 둔 바이다. 또 자기 사정으로 빌고 빌었던 것이긴 하지만 일단 잡지사의 아무개 군과 약속한 것이므로 이대로 유야무야해 버릴 수도 없다. 우선 그렇게 해버리면 연말연시 밑천을 어디서 구해야 할까? 역시 써야 한다고 고쳐 생각하고 마지못해 책상 앞에 앉긴 했지만 조금도 결론이 나지 않는다.

마침내 28일 아침이 되어 글은 아직 반도 되지 못해 급히 당황하여 우선 먼저 잡지사에 사죄하러 갔다.

"뭐라 드릴 말씀이 없지만 어렵겠습니다."

"도저히 안 되실까요?"

"아직 반도 미치지 못해서, 죄송합니다."

"1월은 6일부터 나오니까 그때까지 가능하시다면 보여 주세요."

"안녕히 계십시오."

돌아오는 길에 진정하고 생각해 보자 28일까지라는 기일은 소생이 돈이 필요해 정해 받은 기한으로 잡지 편집 사정으로 말하자면 딱히 28일에 원고를 받지 않아도 괜찮다. 소생은 자신의 곤혹에 대해서 타인에게 사죄하고 온 것이다.

그날은 연일 밤낮의 심로를 위로하기 위해 하루 종일 낮잠을 잤다. 어쩐지 무거운 짐을 떨군 듯 매우 유쾌했다. 단지 소생이 오후에 자는 사이 앞으로 이삼 일간 차금 활동에 필요한 운동자금을 조달하기 위해 아내에게 그녀의 한 벌뿐인 코트를 가지고 전당포에 가라고 말해 두었을 뿐이었다. 그러고서 숙면을 취했다.

다음 날 겨울비를 무릅쓰고 소생은 거리로 나섰다. 우선 돌아다니는 빈 차를 붙잡아 담판을 지었다. 절충 결과 처음 한 시간은 1엔 50전에, 이후는 한 시간이 늘 때마다 1엔 30전에 약속이 성립되었다. 소생은 비교적 신형인 자동차 쿠션에 아늑하게 앉아 담배를 피우면서 창밖 겨울비를 바라보았다. 운전기사에게 되도록 어림잡아 이십 마일 이하 속력으로 달리게끔 명령했다. 달리 서두를 건 없다. 또 시간제 계약이므로 천천히 달린들 운전기사에게 손해 될 건 없다. 우선 오기쿠보에 갔다가, 진보초로 돌아갔다가, 아사가야에 갔다가, 니쓰보리를 돌았다가, 다시 니시오기쿠보까지 갔다. 앞서 무명회에선 빌리지 못하게 되었으므로 이를 빌릴 수 있게끔 양해를 얻고 허가를 구하고자 분주하는 것이었다. 그렇게 마침내 소기 목적을 달성해 150엔을 빌릴 수 있게 되어 계원 동료의 사택을 찾아가게 되었다. 역시나 원고 쓰기 따위보다는 이렇게 활동적인 쪽이 상쾌 후련해 내 성격에 잘 맞는다. 그리고 그 계원 동료 집에 가보자 연말이라 다들 빠듯한지 준비해 둔 돈을 차례차례 가져가선 이제 1엔하고 이삼십 전밖에 없다고 그가 말했다.

"오늘은 벌써 29일이지 않습니까? 너무 늦었다고요." 하고 그 친구가 말했다.

30일도 31일도 아침부터 저녁까지 걸어 돌아다녔지만 헛수고였다. 운동자금인 자동차비는 처음 하루 만에 다 써버려 후의 이틀은 전차나 승합자동차로 뛰어다녔다. 상대는 대부분 부재중이었다. 애써 왔건만 없다는 걸 알게 되자 맥이 풀리는 한편 어쩐지 속으로 한숨을 놓게 되었다. 그리고 다시 씩씩하게 다음 상대 집을 향했다.

제야가 되어 소생은 녹초가 된 채 집으로 돌아왔다. "그렇게 돌아다니지만 않았어도, 그 자동차비만 있었어도 신문값이나 두부집은 처리할 수 있었을 텐데" 하는 아내의 원망도 일리가 있다.

바깥은 줄줄이 사람들이 지나다니고 있다. 다들 바쁜 듯한 발소리다. 자동차 경적이 끊임없이 들린다. 소생은 점점 차분해지기 시작했다. 도대체 무슨 이유로 이삼 일 간 그렇게 사방팔방 뛰어다녔던 것일까? 지금 서둘러 사고 싶은 물건이 있는 것도 아니고 연말 여행을 가려고 한 것도 아니다. 딱히 돈이 필요한 곳은 없다. 필요한 건 빚쟁이에게 줄 돈뿐이다. 빚쟁이에게 줄 돈을 장만하기 위해서 돈을 빌리러 돌아다니는 건 이중 고생이다. 차라리 차금하지 않는 게 차금하는 것보다 더 목적에 들어맞는다. 가만히 있어도 가능한 재테크이다. 제야가 되었지만 아직 바깥을 돌아다니는 사람들은 알아차리지 못한 듯하다. 다들 어디선가 돈을 가져와서, 어디선가 받으러 왔을 때 건네주기 위해서 저렇게

나 열심히 뛰어다니고 있다. 불쌍한 일이다. 그러나 알아차리지 못하고 있으므로 어쩔 수 없다고 소생은 생각했다.

잠시 후 제야의 종이 들리기 시작했다. 다시 한 번 오겠노라 말하고 돌아간 빚쟁이도, 그 누구도 더는 올 것 같지 않다. 또한 딱히 바쁜 와중에 소생의 집 따위 돌아봐 주지 않아도 괜찮다. 소생은 차금의 절대경에 잠긴 채 제야의 종소리를 세어 보았다.


# 7

핫키엔 선생 생각건대, 인생 오십 년('인생은 불과 오십 년'이라는 일본의 관용표현으로 인생의 짧고 무상함을 의미함) 아직 앞으로 오륙 년이나 더 남았다고 생각하면 울적해진다. 일 년 중에는 열두 달, 한 달에 한 번 월급일이 있다. 딱히 죽고 싶다는 건 아니더라도 그때까지 살아있는 것도 귀찮을 따름이다. 인생 오십 년이라고 정해 두는 건 그걸로는 살기 부족하다는 미련한 명제이다. 분명 사는 게 속 편한 사람이 생각해낸 게 틀림없다.

살아있다는 건 권태로운 일이다. 하지만 죽는 건 다소 무섭다. 죽은 후엔 상관없다 한들 죽는 순간의 상태란 도무지 즐겁지 않다. 기괴한 얼굴을 한다거나, 이상한 목소리를 낸다거나 하는 것에는 관심 없다. 그저 그것만 넘어서 버리면 그 후엔 역시 죽는 쪽이 득이라 생각한다. 아무튼 소생 이젠 지쳐 버린 것이다.

이렇게 쓰면 분명 눈에 불을 켜는 사람들이 있다. 혹은 "자 그런 생각은 하지 말고 자중양생 하시구려" 하고 조언하는 사람도 있을 것이다. 결국 백 세까지 살고서 관을 덮은 후 남은 친구들의 소회는 둘로 나뉠 것이 분명하다. 하나로 말하자면, 햣키엔 선생은 괘씸하다. 빌린 돈을 갚지 않고 떠나 버렸다. 둘로 말하자면, 햣키엔 군 망설이지 말고 떠나시게. 돌아오면 안 되네. 어차피 언제까지 살아있든 빌린 돈은 갚지 못했을 테니 지금까지 빌린 건 탕감하기로 하지. 앞으로 빌려주지 않아도 되는 것만으로도 이쪽에겐 횡재일세. 나무아미타불.

# 햣키엔 새 단장

햣키엔 선생 분개하며 아씨를 돌아보며 말한다.

"삼십 년을 여우 모피 한 장으로 살고 돼지 어깨는 콩을 덮지를 않는 구나. (『십팔사략』에 나오는 구절로 제나라의 안평중이란 사람이 가난한 와중에도 남을 돕고 사느라 외투는 여우 모피 한 장뿐이고 음식도 콩보다 작은 돼지 어깨뿐이었다는 고사) 항복이야."

"그게 무슨 말이에요?" 아씨가 말했다. "그런 어려운 이야기를 해도 못 알아들어요."

"요 이삼일 얼굴이 가려운데 어떻게 할 수가 없어."

햣키엔 선생 코 근처를 벅벅 긁는다. "분명 매일 두부에 무즙만 먹어서 그런 거야."

"어머나 세상에. 두부 때문에 가려워졌다는 거예요?" 하고 말하곤 아씨는 갑자기 목소리를 낮췄다. "무즙은 약간 그럴지도 모르겠지만."

"그럼 무즙 때문이네. 더는 안 돼. 얼굴이 가려워지면 울화통이 치밀어서 안 된다고."

"그런가. 그럼 인제 그만두는 게 좋겠어요. 내일부터는 뭔가 다른 걸 해보죠."

"내일부터도 아니야. 오늘부터 그만둬."

"하지만 오늘은 이미 저렇게 다 준비해 둔걸요. 두부집에서도 아까 왔다 갔고. 튀김이라도 받아 놓았으면 좋았겠지만, 게다가 무가 아직 세 치나 남아 있어요. 먹어 버리지 않으면 아까운걸."

햣키엔 선생은 망연히 생각건대 세 치 붓(짜리몽땅한 붓을 일컫는 관용표현)을 꺾지 말라. 세 치 무를 버리지 말라. 아아.

"그렇게 함부로 얼굴을 긁으면 안 돼요. 얼마 안 있어서 흉터가 생기니까."

"가렵단 말이야."

"그것보다 아까 뭐라고 말했죠? 삼십 년의 뭐였더라, 고큐(胡弓 : 해금과 비슷한 일본 악기로 여우 모피(狐裘)와 발음이 비슷하다)였던가? 뭐였지?"

"외투 이야기였잖아. 작년 건 집에 있나?"

"외투였지, 있긴 하죠. 그런 건 어디에 들고 간들 50전에도 못 맡길걸요?"

"이제 더는 못 입으려나?"

"입을 수 있겠어요?" 하고 내뱉으며 아씨는 햣키엔 선생의 턱 주위를 뚫어지게 처다보았다. "목 부분이 뜯어진 걸지도 몰라."

"뭐야?"

"요전 날에 그 외투를 꺼내 보니까 옷깃 쪽이 새하애져서 뭔가 잔뜩 붙어 있더라고요. 분명 목 살갗 같긴 했는데."

"떼어내 버리면 되는 거 아냐?"

"그게 절대 떨어지지를 않아서. 휘발유로 닦아도 떨어지지 않아요. 그런 걸 어떻게 입어요. 소매 뒤쪽은 너덜너덜하니 삳바를 쑤셔 넣은 것 같다고요."

친구에게서 헌옷을 받아 겉도 속도 새카맣게 다시 염색하여 입고 다닌 지 벌써 십 년이 되어간다. 그 이전에 친구가 몇 년을 입어 해진 외투인진 알 수 없다.

"역시 하나 장만하지 않으면 안 되려나." 하고 말하며 햣키엔 선생은 암담해졌다.

"곤란하네." 아씨도 그 근심을 함께 했다. "거기에 모자도 색이 바래서 이상해 보여요. 요즘 그런 걸 쓰고 다니는 사람이 어딨어요."

"그럼 그걸 염색해 볼까?"

"그러면 그사이에 대신 쓰고 다닐 게 없어서 안 돼요. 새 걸 사더라도 싼 거라면 2엔으로도 조금은 있을 텐데."

"안 돼, 안 돼."

햣키엔 선생은 그 모자를 살 때의 일을 떠올렸다. 모자가게 관리인이 사람 얼굴을 빤히 처다보며 "그건 무리일 것 같습니다." 하고 말했다. "훨씬 좋은 거라 하면 얼마든지 더 큰 것도 있긴 하지만 4엔이나 5엔 정도 걸로 8 이상 사이즈를 말씀하신다면 어느 가게를 찾아가셔도 좀 처럼 없을 겁니다. 머리가 크신 분은 본인께 맞는 게 있으면 그걸로 결 정하고 써야지 그렇지 않고서 거기에다가 이번엔 색 배합이 어떠한지, 모양이 어떠한지 말씀하셔도 그건 다시 맞지 않으실 겁니다."

햣키엔 선생은 일언반구도 없이 과히 화려한 느낌이 나는 물빛 모자 를 쓰고 그 가게를 나왔다.

"모자는 그걸로 족하다 해두자고." 햣키엔 선생이 아씨에게 말했다. "그렇다면 다시 중산모자를 꺼내 써볼까."

"중산모자는 안 돼요." 아씨가 깜짝 놀라 말했다. "요즘엔 다시 이상 하지 않을지 몰라도 사람들에게 물어보면 역시 그만두는 게 나아요. 게다가 그런 걸 쓰면 스스로도 뭔가 기분이 이상할걸요? 저는 싫어요."


준텐도 병원 특등병실에 누워 있는 덴 씨를 만나러 햣키엔 선생은 물빛 모자를 쓴 채로 성큼성큼 들어갔다. 머리맡 의자에 앉아 모자를 벗어 무릎 위에 얹어 두고 물었다.

"어떠십니까?"

"경과는 좋은 편이라네요. 수술한 곳이 아물기를 기다릴 뿐."

"어느 정도 걸립니까?"

"빨라도 삼 주는 이렇게 있어야 합니다."

"그래도 다행이네요. 그렇게 맹장이 없어져 버리면 사백네 가지 병 (불교에서 말하는 인간이 걸리는 모든 병의 개수) 중에 병 하나는 더이상 걸리지 않게 될 테니."

"그다음엔 사백세 가지 병이." 하고 말하다가 덴 씨는 웃음 짓던 얼굴을 황급히 거두어 버렸다. 웃으면 창자가 수술 부위로 삐져나올지 모른다.

"오늘은 병문 온 김에 모자를 받으러 왔습니다."

"모자는 무슨 이유로 그러십니까?"

"덴 씨 모자라면 제 머리에 맞으니까요. 좀처럼 제 머리에 맞는 모자를 쓰는 사람이 없어서요."

"제 모자가 그렇다고 말씀하신들 제가 쓸 게 없어져 버리는걸요."

"하지만 이런 물빛 모자 따위 쓰고 있으면 사람들이 얼굴을 쳐다봐요. 밖은 이제 몹시 추워서. 병원에선 모자를 쓰거나 모자를 쓰고 누워 있지 않아도 괜찮지 않습니까?"

"그건 그렇긴 하지만 퇴원할 때 모자가 없으면 곤란한데."

"퇴원할 때는 축하할 겸 새 걸 사세요. 저건 아마도 보르살리노죠?" 햣키엔 선생은 바로 옆 대기실에서 덴 씨의 모자를 꺼내 왔다.

"딱 좋네."

햣키엔 선생은 그 모자를 쓰고서 덴 씨의 얼굴을 보았다.

"잘 어울리네." 하고 환자가 말했다.

후에 퇴원할 때 덴 씨는 새 모자로 대체했지만 20여 엔인가를 들었다 하여 "일 년 정도 쓰고 다닌 모자라고 생각하면 아깝거나 하진 않지만 결국은 거의 20엔을 들고 간 거나 마찬가지니까." 하고 푸념하듯 말했다. 햣키엔 선생도 그 이야기를 듣자 어쩐지 받았을 때 마음과는 달리 오락가락해 그다지 만족스럽지 못해졌다.

"여기 이 부분이 아프긴 한데 나 폐병인 거 아닐까?" 하고 말하며 아씨는 자신의 가슴을 두 손가락으로 꼬집었다.

"괜찮아."

햣키엔 선생은 무슨 팸플릿을 탐독하며 상대해 주지 않았다.

"혹시라도 폐병이라면 폐병으로 죽기 전에 먼저 죽어 버릴 거니까. 그래도 싫어. 폐병이라니, 서양인도 폐병에 걸릴까요?"

"걸리지."

"그러면 어떻게 기침을 할까요? 서양인이라면 뭔가 다를 것 같은데."

"몰라."

"폐병 때문에 살이 빠지기라도 하면 곤란한데. 양복이라든지 몸에 안 맞을 테니까."

햣키엔 선생이 아무 말도 하지 않자 아씨는 곁에 흩어져 있던 신문을 읽기 시작했다. 얼마 안 있어 다시 목소리를 높였다.

"이게 뭐지, 도저히 못 읽겠어, 후리가나(한자를 읽을 수 있도록 한자 위에 히라가나로 한자 발음을 표기하는 한자발음 표기법)가 없는걸요. 비서관을 따라 약 일 개월 예정으로 만선(滿鮮) 시찰을 출발한다, 멋있네."

"멋있지."

"근데 제대로 읽고 있는 거죠?"

"잘하고 있어."

"근데 만선이 뭐예요?"

"만선은 만주랑 조선이야."

"아 만주랑 조선이라 그렇게 만선이구나, 잘도 지어냈네."

"이제 좀만 조용히 신문을 읽도록 해."

"네, 네. 신문을 읽어야지. 그래도 재미있는 건 없는걸, 집값이 내려간다고 쓰여 있긴 해도, 우리 집 집주인은 지독한 사람이에요. 요전에 왔을 때 비가 샜다고 이야기했거든요. 그런 좁은 집에서 열세 군데나 샜다고 말하니까 요전번 비가 왔을 때 어느 집이라고 새지 않은 곳이 없다, 그리고 이제 그런 비는 오지 않으니까 괜찮다고 하더니 돌아가 버렸다니까."

"심각하네."

"콧수염이나 기르는 기분 나쁜 늙은이 같으니. 그런데도 주인아줌마는 자기 남편이 굉장한 줄로 아니까 그것도 참 이상해. 언제였나, 옆집 상자가게에서 만났는데 자기 집 바깥사람이 글씨도 잘 쓴다고, 그걸로 대학에 올라갔다고 하는데, 어쩌면 그럴지도 모르지만, 그렇게 자랑하더라니까요? 분명 보통이라 해도 전부 오를 수 있잖아요? 뭣도 없으면서."

햣키엔 선생이 황급히 일어섰다.

"잠깐 나갔다 올게."

"그래요, 어디 다녀오세요?"

"외투를 팔고 오려고."

"어라, 뭐 돈이라도 없나?"

"신경 쓰지 마."

"뭔가 이상하네. 돈이 없을 때 팔아 버리지 않고는."

"괜찮다고."

햣키엔 선생은 왠지 뾰로통한 표정을 하고서 거리로 나섰다.

교원실 옆 흡연실, 다리가 낮은 안락의자에 걸터앉아 햣키엔 선생은 한쪽 손으로 불이 붙은 궐련을 든 채 눈을 감았다가 뜨거나 하고 있다. 무시무시하게 커다란 머리엔 이마부터 뺨에 걸쳐 한쪽 면으로 개기름 이 흘러 문지르면 줄줄 흐를 것 같은 뒤룩뒤룩한 안색이 광택을 머금 은 채 거리낌 없이 빛나고 있다.

햣키엔 선생은 때때로 생각이 났다는 듯 손에 들고 있는 담배를 피 우면서 자신 옆에서 멈추지 않고 떠들어대는 동료 쪽을 바라본다. 그 러고서 바로 정면 벽에 걸려 있는 거울로 눈을 옮겨 그대로 다시 눈꺼 풀을 닫아 버린다. 거울은 어느 각도로 벽에 붙어 있는지 그 앞에 앉은 햣키엔 선생의 얼굴이 마침 한 가운데에 꽉 차올라 위에서 자신을 내 려다보는 것같이 어쩐지 으스스한 기분이 들 뿐만 아니라 또 밑에서 올려다본 자신의 얼굴도 도무지 유쾌한 인상을 주지 않아 달리 볼 것 도 없으므로 저절로 눈이 감겨 버리는 것이다.

"아프고 가렵고 이거 진짜 속상하구먼." 하고 말하면서 갑 군은 목이 긴 구두 위 자신의 발목을 두들기다가 비틀어 보거나 하고 있다. "유탄 포(湯婆: 쇠그릇, 자기그릇 등에 뜨거운 물을 넣어 몸을 데우는 난방기구) 때문에 화 상을 입은 부분이 낫고 있는 건가."

그러자 햣키엔 선생도 어제 도자기 화롯가에서 손목에 화상을 입었 던 게 떠올랐다. 피부색이 그 부분만 동전 하나 크기 정도로 빨갛게 변 했다.

햣키엔 선생은 물리 교수에게 물었다.

"을 군, 물에서 불이 나오는 게 가능합니까?"

"그런 건 불가능해."

"물이 불의 원인이 되는 경우는 없습니까?"

"무슨 말인지 잘 모르겠는데. 무슨 의미야?"

"그러니까 고타쓰 불이 너무 세면 이불이 타버리듯이, 유탄포가 너무 뜨거워서 불이 나거나 하는 일은 없습니까?"

"그런 바보 같은 경우가 어디 있나, 자네." 유탄포로 화상을 입은 갑 군이 옆에서 끼어들었다.

"하지만 유탄포를 그 정도까지 뜨겁게 데우는 건 가능하지 않나. 조금만 생각해 보면 알 수 있는 거 아냐?"

"그런 건 말도 안 돼."

"하지만 안에 불이 들어가 있어도 뜨거운 물이 들어가 있어도 닿으면 뜨거운 건 똑같잖아."

"뜨거운 건 뜨거운 거지."

"그러니까 그냥 그 정도로 높여 가면 마침 뜨거운 석탄 난로 옆에 있던 성냥에 불이 붙듯이, 유탄포에 궐련 끝을 가져다 대도 불이 붙겠지. 붙을 법도 하지. 그러면 그 중심에 뜨거운 물은, 즉 물이니까 물에서 불이 나온다고 말할 수 있는 거잖아. 결국 물이 불의 원인이지."

"이봐 그건 타고 있는 물체의 발화점 문제야." 을 군이 말했다.

햣키엔 선생에겐 발화점의 의미가 잘 와 닿지 않아 되물어보려 하는데 이번에는 건너편에 있던 화학의 병 군이

"자네들은 불이라 하는 걸 모르니까 그렇게 이상한 이야기를 하는 거야." 하고 말하기 시작했다.

"알고 있네, 불이란 건 닿으면 뜨거운 거잖아." 갑 군이 일언지하에 답했다.

"아니 달라." 핫키엔 선생이 단호하게 부정했다. "불이란 뜨거운, 닿을 수 없는 거야."

그러고서 곧바로 다들 교수실 쪽으로 돌아갔다.

후에 학교에서 돌아오는데 핫키엔 선생이 교수 정 군과 동행하게 되어 정 군이 이렇게 핫키엔 선생에게 알려주었다.

"아까 전 이야기 엄청 재미있네요. 하지만 물은 물질이고 불은 현상이에요."


핫키엔 선생 생각건대, 돈은 물질이 아니라 현상이다. 어떤 본체가 아니라 그저 본인의 주관으로 비친 형상에 지나지 않는다. 혹 생각을 거듭 밀고 나가면, 돈이란 단순한 관념일 따름이다. 절대로 실재하지 않기 때문에 본인이 이를 소유하고 있다는 건 일종의 공상이자 관념 위의 착각이다.

실제로 생각해 보면 누구라 해도 절대 돈을 가질 수 없다. 아주 조금이라 한들 우리는 돈을 가지고 있는 것이 아니다. 돈이란 받아 들기 전, 혹은 쓰고 난 후의 관념이다. 받아 들기 전에는 아직 받기 전이므로 가지고 있지 않다. 하지만 돈에 대해서 동경을 품은 상태이다. 쓰고 난 후에는 써버리고 난 후라 더이상 가지고 있지 않다. 후에 남아 있는 건 회한뿐이다. 그리고 그 회환이란 동경에서 직접적으로 이어져 나오는 게 보통이다. 그건 마치 시간의 인식과 비슷하다. 현재는 과거와 직접적으로 이어져 있을 뿐 현재라 하는 대상은 존재하지 않는다. 일순간에 그 이전은 과거가 되고 그 뒤는 미래가 된다. 그 한순간조차도 시간은 길이를 갖지 않으며 과거와 미래는 곧장 이어져 있다. 기하학의 선같이 폭이 없는 하나의 줄을 상상하여 그걸 현재라고 생각하는 것이다. Time is money. 돈은 시간의 현재 같은 것이다. 그런 건 세계 속에 존재하지 않는다. 누구도 소유하고 있지 않다. 소유하는 건 불가능하다.

햣키엔 선생은 돈을 마련해 새 외투를 사려는 걸 단념했다.

모일 햣키엔 선생은 외출하기에 앞서 돌아와 현관으로 들어와선 갑자기 아씨를 불러 댔다.

아씨가 머리를 빗다가 나와 보자 햣키엔 선생은 붉은 줄의 커다란 바둑판무늬가 이어진, 경마하러 가는 신사가 입을 법한 외투를 입고서 몸을 한껏 뒤로 젖히고 있었다. 기장이 너무 길어서 구두와 서너 척 정도밖에 사이가 떨어져 있지 않다.

"어때." 하고 햣키엔 선생이 말했다.

"어라 누구 외투지?" 아씨가 물었다.

"어때 잘 어울리지?"

"그러네요, 좋아요. 근데 조금 이상하기도 하고."

"이상할 리가 있나, 잘 어울린다고."

"잘 어울린다면 잘 어울리겠지만, 이상해요. 어디서 가져다 입고 온 거예요?"

"받은 거야. 후지 군하고 만나서 받아 왔어."

"그렇구나. 그래도 다행이에요." 하고 말하며 아씨는 다시 한 번 햣키엔 선생의 모습을 고쳐 바라보았다.

햣키엔 선생은 단추를 채웠다가 밖으로 푸르거나 할 뿐 계속 나가려고 하지를 않는다. 이렇게 외투도 생겼고, 모자도 보르살리노에, 그래 지팡이를 바꿔야 해. 지금 꼴에 대나무 따위를 들고 다니면 우스꽝스러울 게 분명하다.

"이제 안 추워요." 아씨는 그렇게 말하며 서둘러 햣키엔 선생을 재촉했다. "빨리 다녀오세요. 오늘은 지진 두부에 목이버섯 볶은 거랑 그리고 비지에 삼씨를 넣을 거라 정말 맛있을 거예요."

# 지옥의 문*

## 1

어두운 골목 모퉁이를 돌아 적당한 방향으로 걸어가고 있었다. 여태 큰길가에서 역풍을 맞다가 갑자기 바람이 들지 않는 쪽을 향하게 되자 목에서부터 얼굴이 확 달아오르는 것 같았다. 하지만 그 때문만은 아닌 듯하다. 헌등(軒燈) 아래로 비춰진 문패를 보며 걷는데 그 집 번지수가 점점 가까워지고 있다. 길 끝에 누워 있던 개가 돌아눕는 바람에 나는 깜짝 놀라 펄쩍 뛰어올랐다.

---

\* 상을 알리지 않고서 증서를 지키려 하는 대금업자의 아내

어둡고 좁은 길을 두세 번 꺾자 이제 이 근방임이 틀림없다 싶어 부근을 뒤지며 걸어도 대문만 마구잡이로 잔뜩 나올 뿐 좀처럼 그 집은 보이지 않는다. 초행길의 모르는 집을 찾아가기엔 밤이라 힘들겠다고 생각이 들었지만 대낮이라 한들 그런 곳을 방문할 기력은 없다. 지금도 이렇게 어슴푸레한 골목을 갈팡질팡하는 것보단 누군가에게 물어보기라도 한다면 바로 알 수 있겠다 싶어도 그런 걸 물어보면 내가 향하고 있는 곳을 통해 바로 그 목적까지도 들킬 것만 같은 걱정이 들어 역시 혼자서 찾아다니는 중이었지만 얼마가 지나도 진척이 없자 결국 작은 술집 앞에 서서 길을 물어보았다.

"38번지는 어느 쪽입니까?"

"이 앞쪽이 33번지니까 거기서 오른쪽으로 들어가면 그 근처일 것 같은데." 카운터 뒤쪽 미닫이 안에서 점주인 듯한 남자가 대답했다. 끼워 넣은 유리창 너머로 내 얼굴을 빤히 쳐다보고 있는 듯하다.

"저 모퉁이에서 오른쪽으로 꺾는 건가요?"

"뭐하는 집인지?" 하고 말하며 점주는 홱 하고 미닫이를 열었다.

"저 모퉁이에서 꺾나 보네요. 감사합니다."

하고 말하고서 나는 황급히 그 가게 앞을 빠져나왔다. 다지마라고 하는 상대방의 이름이 어쩐지 목구멍에서 도무지 나오지 않았다. 고리대금업자라 해도 친척일 수도 친구일 수도 있으므로 딱히 나처럼 걱정하지 않아도 될지 모른다. 친구에게 방문한다거나 하면 술집 점주에게 알려져도 상관없지 않은가 하는 생각이 들었다. 하지만 친구가 그 근처에서 집을 물어본다는 것도 웃기다. 역시 신문 광고를 보고서 돈을 빌리러 가는 놈이구나 알아챌 것만 같아 어두운 골목을 걷는데 다시 얼굴이 빨개지는 것만 같았다. 가령 알았다고 해놓고서 본 적도 없는 술집 점주에게 보증을 받으려는 것도 아니지만, 고리대에게서 돈을 빌리려고 한다며 빌리지 못해도 전혀 상관은 없지 않겠느냐 등등 적반하장으로 나설 배짱이 내게는 없었다.

술집에서 알려 받은 모퉁이를 돌자 어두운 길이 조금씩 언덕으로 오르는데 가로등 하나가 묘하게 밝게 서 있었다. 바로 앞집 돌담에도 그늘이 져 있어 역시 옆으로 가지 않으면 보이지 않을 듯했다. 가까이 가서 보자 가로등 둥근 막 아래로 '다지마'라는 글자가 분명하게 보였다. 나는 깜짝 놀라 그 글자를 곁눈으로 흘끔 보다가 서둘러 그 앞을 지나 좁은 언덕길을 폴짝폴짝 내려가 버렸다.

언덕을 내려오자 휑하니 넓은 길이 나왔다. 건너편은 언덕이 어두워지고 있었다. 마침 그때 훈련하고 돌아오는 듯한 군대가 앞을 지나고 있었다. 불빛이 잘 닿지 않는 한쪽 부근을 꾸역꾸역 걸어가느라 어쩐지 그 어슴푸레한 길에서 보풀이 일어 사람 모습으로 엉겨 붙어 움직이는 것처럼 보였다. 활기찬 발걸음도 들리지 않고 구령을 붙이는 자도 없다. 그렇게 행렬은 내내 끊이지 않았다.

갑자기 나는 뒤로 돌아 고리업자 집을 향하기가 께름칙해졌다. 지금까지 친구로부터 돈을 빌렸던 적도 있고, 전당포 포렴도 들춰보았고, 이자 붙는 돈을 빌렸던 적도 없던 건 아니었지만 고리대라고 이름이 붙은 자 때문에 번거로웠던 경험은 아직 없었다. 무엇보다도 지금 내가 방문하는 상대 또한 고리업자라는 간판을 내건 것도 아니고, 신문 광고에도 물론 고이자로 돈을 빌려드린다며 구태여 밝힌 것도 아니었지만, 그래도 다지마가 고리업자라는 건 의심의 여지가 없다.

　신문 안내란에

　"관공, 군인, 교원 한정 보증인 불필요. 극비 저금리."

　하고 나와 있는 걸 보고서 찾아오게 된 것이지만 달리 그 밖에도 비슷한 것들이 여럿 있었다.

　"관공, 군인, 학사, 의사 한정 증명조사료 불필요. 당일 지급."

　"부녀자, 관공, 군인, 교원, 의사, 행원, 회사원 한정 보증공증 불필요. 극비 조속 저금리 친절."

　등등도 있었다. 부녀자가 어째서 관공이나 군인, 교원 등과 동등한 대우를 고리업자로부터 받는지 나는 수긍이 가지 않았다. 조사료 불필요라는 점도 조사료의 의미를 잘 모르기 때문에 그게 어느 정도의 혜택인지 알 수 없었다. 아무튼 나는 관립학교 교원으로서 관공이므로 제일 첫 직분으로 충분히 자격이 되고, 또 광고가 자격의 범위를 제한하고 있다는 점이 다른 것들보다 확실한 인상을 주었다.

　나는 길 끝에 선 채로 어두운 길을 지나는 그늘 같은 군대 행렬을 바라보며 잠시 생각에 빠져들었다. 외투 호주머니에 쑤셔 넣자 인감도장이 계속 손끝에 닿았다. 이삼일이나 생각하고 생각한 결과라 더는 달리 방법이 없는 것도 알고 있었다. '아무튼, 모처럼 여기까지 왔으니' 하고 고쳐 생각하고서 나는 다시 그 좁은 언덕을 올랐다.

　그리고 이전의 가로등 근처까지 돌아왔다. 그러자 갑자기 어떤 남자의 모습이 가로등 아래 대문 안쪽에서 보이더니 내 쪽으로 다가왔다.

양복을 입고서 외투 깃을 세우고 있었다. 나는 다시 덜컥했다. 만약 아까 언덕을 내려오지 않고서 불쑥 들어갔다면 고리업자의 집에서 이 남자와 마주쳤을지 모른다. 함께 있지 않아도 되어 다행이었다. 그 남자는 내 옆을 스치듯 지나 급한 걸음으로 언덕을 내려갔다.

가로등 아래서 대문 안쪽을 엿보고서 사람 기척이 없음을 확인한 뒤 들어갔다. 대문 안에는 다지마 외에도 집이 두세 채 더 있었다. 그러므로 이전의 남자도 어느 집에서 나온 건지 알 수 없다. 하지만 왠지 나처럼 다지마에게서 돈을 꾸러 온 남자로밖에는 생각되지 않았다.

다지마의 집은 대문 안뜰 막다른 곳에 있었다. 문빗장은 사람이 지나다닐 만큼 열려 있었다. 나는 그 틈새로 미끄러지듯 들어가 곧장 뒤를 꽉 닫았다. 그리고 현관에 서서 "실례합니다." 하고 목소리를 냈다. 몸 아래쪽 절반이 차가워지는 듯한 기분이 들었다.

삼십 정도의 머리를 올려 묶은, 무시무시하게 얼굴이 긴 여자가 안에서 나왔다.

"네, 어서 오십시오." 하고 기분 나쁘게 까랑까랑한 목소리로 말했다. 나는 기가 죽어 곧장 고개를 숙였다. 그리고 알아보고 온 사실을 물어보았다.

"다지마 씨가 이곳에 계십니까?"

"네, 그렇습니다. 어떤 용무로 오셨습니까?"

"저, 잠깐 상담하고자, 부탁드릴 일이 있어서."

"돈에 관련된 용건이십니까?"

"그렇기는 합니다만."

"처음으로 오셨습니까?"

"처음이긴 한데."

"어느 분께 소개받고 오신 겁니까?"

"아뇨, 그런 건 아닌데."

"신문 광고로 오셨습니까?"

"예, 예. 그렇습니다."

"잠시만 기다려 주시겠습니까?"

그렇게 말하더니 여자는 안쪽으로 들어가 버렸다. 나는 폭포수를 맞는 듯 휴우 하고 한숨이 나왔다.

잠시 후 조금 전의 여자가 하얀 덮개가 씌워진 방석을 한 손에 들고 나왔다. 현관 어귀 마루 위에 방석을 올려 두고서

"앉으십시오." 하고 말했다.

나는 그 위에 앉으며 '만나 주지 않는 건가, 아니면 이 여자가 주인인 걸까?' 생각했다.

여자도 문턱 옆에 앉았다.

그러고서 이전의 말투로 다시 시작했다.

"실례지만 지금 근무하시는 곳은 어디십니까?"

"관립 학교입니다."

"어느 쪽 학교에 계십니까?"

나는 잠시 침묵했다.

"가닥이 잡히고서 말씀드려도 괜찮을 것 같은데."

"아, 그러십니까? 괜찮습니다. 가족분은 계십니까?"

"예, 예. 있습니다."

"거주는 도쿄에서 하고 계십니까?"

"우시고메입니다."

"얼마쯤 필요하십니까?"

나는 목구멍이 떨려오는 듯한 기분이 들었다.

"300엔 정도만 빌릴까 하는데."

"잠시만 기다려 주시겠습니까."

그렇게 말했나 싶자 여자는 다시 안쪽으로 들어가 버렸다. 혼자가 되자 여자의 "니까, 니까." 하는 어미만 귓속에 남았다. 그러고서 다시 잠시 후 한 번 더 이전의 여자가 나왔다.

"이쪽으로 따라오시겠습니까?" 하고 말했다.

나는 신발 끈을 풀고 현관에 서서 외투를 벗으면서 인장을 꺼내 윗옷 호주머니에 넣었다. 여자가 나오며 열리자 그 틈으로 다음 문이 보였다. 무시무시하게 커다란 신단에 등명이 밝디밝게 켜져 있고 불상에는 제주가 바쳐져 있었다.

"이층으로 올라가 주십시오."

하고 여자가 말했다.

이층으로 올라가자 여섯 장 한가운데에 사각의 칠기 상이 놓여 있었다. 그 옆엔 화로가 박혀 있고 방석이 놓여 있어 나는 그 위에 앉아 주위를 둘러보았다. 상 위에는 덮개가 없는 벼룻집이 놓여 있고 벽에는 낡은 전국 교통 지도가 칠해 붙어 있고 교창(交窓)에 걸린 유리 액자에는 한 마리 검은 말 사진이 끼워져 있다. 나는 담배에 불을 붙이며 말

뒤 배경이 분명치 않아서 울타리일까 사람이 늘어선 걸까 고민하는데 갑자기 뒤쪽 맹장지가 열리더니 기다란 콧수염을 고풍스럽게 기른 사십 정도의 남자가 들어왔다. 나는 이층엔 아무도 없겠거니 어렴풋하게 짐작하던 터라 화들짝 놀라 버렸다. 그렇게 맹장지가 열린 바람에 뒤를 돌아보자 뒤쪽엔 여덟 장 도코노마(床の間: 방 한쪽에 바닥을 한층 높게 올리고 벽 안쪽으로 움푹 들어가게 만들어둔 공간으로 액자를 걸거나 불단으로 꾸미는 다다미 방 건축양식)에 다시 작은 신단이 꾸며져 있고 등명이 밝디밝게 올려져 있는 게 한층 더 요란스러웠다. 이 남자는 지금껏 신단 앞에 앉아 뭔가 묵도를 하고 있었는지 모른다. 혹은 어쩌면 계단이 두 개 나 있어 안쪽에서부터 올라왔는지도 모른다. 하지만 그렇다 한들 발소리가 전혀 들리지 않았다.

"안녕하십니까, 제가 다지마입니다."

하고 말하며 남자는 칠기상 맞은편에 앉아 짐짓 일부러 수염 끝을 잡아당겼다.

"처음 뵙겠습니다. 저는 아오치라고 합니다."

하고 인사하고서 새삼스럽게 온 이유를 알리고, 일하는 학교도 이야기했다.

"훌륭하신 분이십니다. 그럼 우선 내일 학교 쪽에 전화를 걸어보겠습니다."

나는 놀라서 반문했다.

"학교에 전화를 거는 겁니까?"

"아뇨, 귀하를 신용하고 있습니다. 하지만 이건 형식입니다. 본래라면 제 쪽에서 찾아가 학교에서 우선 귀하를 뵈어야 합니다. 그러고서 직장에서 나와 실행하는 게 단계입니다만 신용하고 있으므로 전화로도 충분합니다. 단지 제 쪽에서 아오치 씨는 오셨는지 묻고서 그 답신을 듣는 것만으로도 괜찮습니다. 귀하에게 수화기를 넘기거나 할 필요는 없습니다. 또 그때 학교에 계시지 않아도 괜찮습니다. 실행하는 쪽은 어느 곳이든 괜찮도록 해두겠습니다. 첫 거래는 귀하 직장에서 실행하는 게 원칙이지만 신용하고 있으므로 저희 집에서도 괜찮습니다."

주인은 단숨에 이 정도로 늘어놓았다. 나는 학교에 전화를 건다는 의미도 알게 되었고, 또 무턱대고 신용 받고 있다는 게 다소간 안심이 놓였다.

"그러면 돈을 빌릴 수 있는 겁니까?"

"내일 밤 실행하죠. 가장 최근 사령장(辭令狀)과 인감증명을 들고 오십시오."

"인감증명은 뭡니까?"

"귀하의 인감을 가지고 오셨습니까?"

"예, 예. 여기 가지고 있습니다."

하고 말하며 나는 윗옷 호주머니에 손을 집어넣었다.

"아뇨 오늘 밤은 불필요합니다. 그 인감은 기류지 구역소에 신고가 되어 있습니까?"

"하지 않은 것 같습니다."

"안 하셨다면 내일 신고하시고서 그 후에 증명을 받아오시면 됩니다. 구역소에 가면 바로 해줄 겁니다. 하지만 처음이라 지금 귀하가 계신 곳의 지주 연대가 필요할지도 모릅니다. 뭐 지주에게 부탁하면 바로 해줄 겁니다."

나는 곤란하게 됐다고 생각이 들어 다시 기분이 우울해지기 시작했다. 어쩌면 오늘 밤 바로 빌려줄지 모른다 싶어 인감을 들고 왔지만 그게 내일이라니 어쩔 수 없으면서도 도대체 지주가 누구인지 그것도 모르겠고, 물어보면 알 수 있다 해도 그런 걸 부탁하러 가면 내가 고리 업자에게 돈을 빌리려 한다는 걸 바로 다른 사람에게 들켜 버리는 게 아닌가.

"좀 더 간단하게는 안 되는 겁니까?"

하고 내가 당혹스러워하며 물었다.

"그 정도 수속은 어쩔 수 없습니다. 그럼 내일 밤 실행하는 걸로 하죠."

하고 말하며 주인은 처리했다는 듯한 표정을 지었다. 그러고서 소매 속에 손을 집어넣어 잎담배를 한 움큼 골라내 불을 붙이며 지금까지와는 다른 말투로,

"어떠십니까? 급하십니까?"

하고 말하며 광대를 올려 울룩불룩했던 얼굴을 누그러뜨리며 웃었다.

"별로 급하지도 않습니다."

그렇게 말하며 내가 얼굴을 마주 보자 담배를 들고 있던 손으로 득의 양양하게 다시 수염 끝을 잡아당겼다.

"어떻습니까, 유흥이 지나쳤나요? 가끔은 좋지요. 아하하."

하고 말했다.

미쓰이에 가 있는 내 친구가 언젠가 이런 말을 했다. 자네의 빈핍은

정말이지 성질이 더러워. 방탕하게 돈을 써버리는 것과는 다르게 성실하게 돈을 빌리고 다니니까 안 되는 거야, 방탕해서 돈을 빌리면 언젠가는 벗어날 수 있겠지만 자네는 생활하고 먹는 것과 관련된 차금을 하니까 도대체 벗어날 기회가 없는 거라고.

나는 나중이 되어서야 그 말이 마음에 걸릴 뿐이었다. 어차피 이렇게 가난하여 차금으로 곤란해하며 생을 보낼 뿐이라면 차라리 여태껏 실컷 놀면서 예기(藝妓)에게 사랑받았으니 다행이다.

하지만 또 그 외의 예수교 신자 친구들이 이런 말을 했다. 실제로 세상살이를 잘 해낸다는 건 하나의 천품이다. 나 따위가 실생활에서 성공하기란 도저히 불가능하다. 노력하면 도리어 반대의 결과가 된다. 실생활뿐만이 아니다. 잘 한다는 건 신앙보다도 상위 영역이다. 우리보다도 늦게 신앙생활에 들어서 제대로 신을 만나 신을 받들고 있는 자도 얼마든지 있다. 나는 신을 믿는 것마저도 얼간이다.

친구들은 그렇게 말하며 한탄했다.

신앙뿐만 아니라 방탕이라 해도 역시 방식이 있어서 요령이 어렵고 제대로 놀 수 있는지 어쩐지 알 수 없다. 방탕하니 좋다고 생각해 봐도 나 따위론 경우에 따라서 그런 자격조차 없을지도 모른다. 우연히 사치스러운 술을 마실 기회가 있어도 예쁜 예기들은 대개 건너편으로 가버리고 여럿이 모여 있을 땐 그녀들이 한 뭉텅이가 되어 내 쪽을 기분 나쁘다는 듯 흘긋흘긋 쳐다보는 게 보통이다. 지금 이곳 주인이 유흥이 지나쳐 돈을 빌리러 왔느냐 묻자 나는 괴롭기도 하고 유감스럽기도 하고 또 부끄럽기까지 했다.

"아뇨 그렇지 않습니다. 그런 게 아닙니다."

내가 말했다.

"이런 다행입니다. 그럼 내일 실행하기로 하죠."

그렇게 나는 일어섰다. 주인도 나와 동시에 일어섰다. 과한 인사도 없이 몹시 후련한 게 마치 기계처럼 산뜻한 기분이 들었다.

계단 아래에 이전의 여자가 있었다. 아내임이 틀림없다.

"아니, 이런. 죄송합니다. 돌아가시는 겁니까? 다과를 올려드리려고 했는데,"

하고 말했다.

현관에서 "안녕히 가십시오." 하고 말하며 주인이 느닷없이 "여어" 하고 큰소리를 질렀다.

나는 밖으로 나오자 한숨이 놓였다. 길을 걷자 무턱대고 큰 하품이 이어져 턱이 빠질 것 같았다.

실행이라는 이상한 용법이 계속 떠올랐다.

그것보다도 나는 지금 300엔이라 하는 돈을 각오 끝에 소유하게 되었다. 외투 물림쇠 지갑 안에는 돌아갈 전차 회수권 외에 1엔도 안 되는 은화와 동화밖엔 없었지만 그것만으로도 어쩐지 넉넉한 기분이 들었다.

2

다음 날 학교에서 돌아오는 길에 구역소에 들러서 알려 받은 대로 수속을 마쳤다. 지주에 대한 건은 집안사람에게 일임하고 그 서류를 학교까지 보내 받았다.

구역소에서 인감증명을 수취할 때

"어떤 용도이십니까?" 하고 관계자가 물어와 철렁했지만 곧바로 다시 뒤이어 "대출이십니까?" 하고 태연하게 물어 그렇다고 대답해 버리자 유난스러울 것도 없었다.

어두워지기를 기다리고 기다리다 다시 요쓰야로 나섰다. 역시나 강풍이 불고 있어 전차 안에서 모래 냄새가 났다.

"어머, 어서 오세요."

부인이 예와 같은 말투로 말했다. 그러고서 곧장 이층으로 보내졌다.

무슨 이유인지 이층 여섯 장엔 마침 주인이 준비하며 태연자약하게 먹을 갈고 있었다. 내일 밤이라고 했을 뿐 정확한 시간 약속을 한 것도 아닌데 마치 내가 오는 걸 알고 기다리고 있었다는 듯한 기분이 들었다.

주인은 다시 수염 끝을 잡아당기며,

"그럼 조속히 실행하죠."

하고 말했다.

내가 사령과 인감증명을 꺼내 건네자 인감증명은 그대로 내 품에 남겨 두고 사령에는 대충 눈길을 주고는 삼가 모시는 듯한 손동작으로 내게 돌려주었다.

그러고서 차용증명과 위임장에 필요한 항목을 조목조목 인쇄해 둔 용지를 꺼내 내 쪽을 향해 책상 위에 펼쳤다.

"기한은 2개월입니다. 괜찮으십니까?"

"좋습니다."

"정확하게 60일입니다. 보통이라면 지금부터 월말까지를 1개월로 세서 1월 말일 기한까지가 2개월이 되지만 저의 경우에는 정확하게 셉니다."

그렇게 말하며 주판을 책상 위에 올려 두고 알을 하나씩 올리기 시작했다. 입속으로 29일, 30일, 31일, 1일, 2일 하고 일수를 외고 있다. 성가신 일을 시작하고 있구나 생각하며 나는 그 얼굴을 바라보았다.

"오늘이 27일이니까 2월 24일이 기한입니다. 더 그 뒤로 연기시키는 방법도 있긴 하지만 첫 거래는 일단 기한을 맞춰 주시길 부탁드립니다. 그 외에 더 필요하실 땐 또 얼마든지 해드리니까."

"알겠습니다."

"이자는 일보(日步 : 하루하루마다 이자를 셈하는 이율방식으로 원금 100원에 대해서 몇 전 등으로 정함) 35전입니다."

하고 말하며 내 얼굴을 바라보았다.

내가 가만히 있자 주판을 바꿔 들고서 다시 이어 말했다.

"40전부터 50전까지 정도가 보통입니다만 제 경우엔 그렇게까지는 받지 않습니다. 또 상대에 따라 다르기도 하지만 귀하는 신용하고 있으므로 35전으로 해두기로 하죠. 그러면 이걸로 300엔에 60일이니까 하루에 1엔하고 5전으로 63엔이겠네요. 그리고 공정증서 비용으로 5엔 정도 맡아 두겠습니다. 이걸 기한에 돌려 드리기로 하면 수속이 끝나지 않으니까 나중에 돌려 드리겠습니다. 전부 68엔, 이 정도만 지금 받도록 하죠."

하고 말하며 주판을 찰칵하고 튕겼다. 내 앞에서 탁탁 계산하는 걸 보여주는 게 어쩐지 반말을 건네는 것처럼 느껴졌다. 내가 오기 전 스스로 확실하게 해뒀음이 틀림없다.

주인은 주판을 내려 두고서 내 얼굴을 바라보고 있다. 나는 당혹스러웠다. 돈을 빌리러 오는데 돈을 준비해 와야 한다는 건 생각지 못했다. "68엔을 받겠습니다" 하고 말하며 나를 주시했지만 내 지갑에는 아직 1엔도 없었다.

나는 얼굴이 달아오름을 느꼈다.

"그건 빌리고 난 뒤에 지불하기로 해주시면 안 되겠습니까?"

"좋습니다. 그것도 괜찮습니다. 그저 실행하기 전에 승낙을 받아 둬야 해서 말씀드린 겁니다. 하지만 모든 말씀 드린 거래는 선불로 정해져 있어서 지금 말씀드린, 그러니까 68엔은 오늘 밤 실행과 동시에 지불해 주셔야 하는데 괜찮으시겠습니까?"

"좋습니다."

하고 말했지만 그렇다면 그 뒤엔 250도 남지 않는다. 300엔으로 생각하고서 여기저기 예산을 세워 뒀건만 갑자기 부족해졌다. 난처하다 싶어 나는 기분이 완전히 우울해졌다.

"300엔이 수중에 남도록 빌릴 수는 없을까요?"

"수중에 300엔 말입니까? 그러면 어디 보자."

하고 말하며 다시 주판을 꺼내 들었다.

"368엔 증서로 하고서 68엔은 지금 바로 지불하니까 뒤에 300엔을 대출하는 거로는 안 되겠습니까?"

주인은 주판에 손을 올린 채 다시 내 얼굴을 힐끔 쳐다보았다.

"그건 안 됩니다. 368엔 액면에 300엔 수취는 어렵겠습니다. 그러니까, 400엔 액면으로 하고서 60일간 선불이 84엔이겠네요. 그리고 공증비용 5엔으로 89엔을 공제하면 수중에 311엔이 되겠습니다."

나는 점점 무서워지기 시작했다. 300엔이 아니면 곤란하지만 400엔 증서를 쓰기는 마음이 내키지 않는다.

"아무튼 오늘은 처음 이야기한 대로 300엔으로 넘어가시죠. 뭐, 적은쪽이 나중이 더 편하니까요."

주인이 말하며 척척 먹을 갈기 시작했다. 그리고 내 쪽을 향해 벼룻집을 돌려 '자 쓰시게나' 하고 말하는 듯한 태도를 보였다.


증서에는 '연대차용증서'라는 표제에서 연대 두 글자가 명확히 사라진 상태였다. "이자는 연 일 할 이 푼으로 상정함"이라 쓰여 있다. 그렇게 해두지 않으면 재판소에 갔을 때 곤란하게 되기 때문이라는 건 나도 알고 있으므로 아무 말 하지 않았다. 그 대신 "기한 전 이자는 전부 상제함"이라 하는 항목도 있었다. 60여 엔 전부 상제해도 괜찮은 건가. 수염 끝을 늘여 잡아당기며 주인은 상 건너편에서 암시를 거는 듯한 태도로 이런저런 것들을 내게 기입해 주고 있었다. 인쇄된 군데군데에는 기한보다 늦어진다면 압류를 한다든가, 독촉하러 가게 되면 하루에 5엔을 받아낸다든가 하는 것들이 갖가지로 빈틈없이 정해져 있었다.

마지막에 내가 서명을 하고서 상대인 다지마 시로 님 하는 곳에 쓰려고 하는데 주인은 수염을 잡고 있던 손을 떼고서 황급히 말했다.

"잠깐, 잠깐. 아 그 이름은."

하고 말하며 벼룻집 속에 있던 두 마디가 안 되는 연필을 꺼내 칠기 상 위에서 공자(空字)를 쓰기 시작했다. 그러고서 다시 연필을 내려 두고 손끝으로 그 뒤를 지우려는 시늉을 했다.

"그곳은 비워 주시기 바랍니다."

주인은 원래대로 진정하고서 말했다.

나는 먹물을 머금은 붓을 든 채로 뭔가 이상하여

"아무것도 쓰지 않고 두는 겁니까?"

하고 되물었다.

"그러니까, 여기, 그곳은 공란으로 남겨 두시죠."

주인이 다시 연필을 쥔 손을 거드름 피우듯 움직이며 말했다. 뭔가 공란이라 하는 글자를 도중에 써두었다는 것도 같았다.

나는 뭐 때문에 그곳을 비워 두는 건지 약간 이상했지만 특별히 추궁할 것도 없어 넘어가 버렸다.

그러고서 위임장에도 서명을 끝마쳤다. 그 외에는 달리 적어 둘 건 없어 백지 위임장이나 다름없었다.

주인은 그 서류들을 손에 쥐고서 풋내기를 교정하는 듯한 눈매로 한 글자씩 읽어 가는 듯했다. 나는 휴우 하고서 담배에 불을 붙였다.

"좋습니다."

주인이 말했다. 그러고서 내가 건넨 실인을 쥐고 한 번씩 "여기에 찍습니다. 봐주십시오." 하고 의미심장하게 말하며 무턱대고 곳곳에 찍었다. 증서 위쪽 칸들이 제등을 늘여 세운 축제 사진만 같았다.

그러고서 서류들을 거드름 피우듯 주머니에 넣어 버렸다. 나는 담배를 피우면서 조금씩 맥이 빠지기 시작해 가만히 손아귀를 바라보았다.

주인은 수염을 잡아당기면서 다시 한 번 내 얼굴을 응시하며 이걸 말하지 않으면 안 된다는 모양으로 입을 열었다.

"자 이걸로 됐습니다. 이 외로는 별도로 수수료라 하는 게 요구됩니다. 보통 일 할로 300엔이면 30엔이네요. 거기에 조사료도 받는 곳이 있습니다. 제 쪽은 신청자의 인격에 따라 거래하기 때문에 그런 건 받지 않습니다. 그뿐만 아니라 이번 첫 거래를 일단 잘 마무리해 주시면 두 번째부터는 이자도 좀 더 싸게 편의를 봐 드립니다. 또 혹시 기한 전이라도 상황이 괜찮다면 갚아 주십시오. 전리(前利) 가운데 상응하는 비율에 따라서 거슬러 드리고 있습니다."

나는 뭔가 말하지 않으면 안 된다는 생각이 들어

"잘 부탁드립니다." 하고 말하며 살짝 인사를 표했다.

주인은 정색한 얼굴로 내 쪽을 돌아보았다.

"그럼 실행하시죠."

하고 말하며 주머니에 손을 넣었다.

실행이라 하는 단어의 의미가 어젯밤 내가 이해한 것보다도 훨씬 좁아지는 듯하다.

주인은 주머니 속에서 10엔 지폐 다발을 꺼냈다. 내가 오기 전부터 주머니에 넣고 앉아서 먹을 갈고 있었던 것이리라.

일단 혼자서 탁탁 세본 후 "그럼 확인해 주십시오." 하고 말했다.

"먼저 그 속에서 아까 이야기한 68엔을 가져가 주십시오."

하고 내가 말했다.

"아뇨, 아뇨, 그렇게는 안 되죠. 우선 받아 주십시오."

그렇게 말하며 칠기 상 위에 뭉치를 올려 둔 채 주인은 손을 집어넣어 버렸다.

나는 하는 수 없이 그 지폐 뭉치를 손에 들고서 세어 보자 300엔이었다.

"맞습니다."

하고 내가 말했다.

주인은 내 얼굴을 뚫어지게 쳐다보고 있었다.

"그럼 여기 68엔입니다. 잔돈을 갖고 있지 않아서."

하고 말하며 나는 칠기상 위에 지폐 일곱 장을 늘어놓았다.

주인은 다시 손을 뻗어 주머니 속에서 이번엔 지갑을 꺼내더니 그 속에서 1엔 지폐를 두 장 꺼냈다.

"그럼 부디."

하고 말하며 나는 그걸 받아 들었다. 그러자 주인은 갑자기 다시 정색하며 칠기 상 위에 있던 70엔을 받아 들었다. 그리고 이전 사령을 돌려줄 때처럼 공손한 손짓을 하며 모셔 들었다.

"정말 감사합니다."

나는 주인의 말투가 지금까지와는 완전히 달라져 어안이 벙벙해진 채 그 얼굴을 거듭 바라보았다. 주인은 완료한 뒤 그 70엔을 다시 주머니 안에 쑤셔 넣었다.

그러고서 돌연 짝짝 손뼉을 쳤다.

그러자 아내가 갑자기 홍차 다기에 커피를 넣어 들고 왔다.

마치 아래에서 커피를 끓이며 기다리고 있었던 것 같아 나는 황급히 놀랐다. 혹은 정말로 그랬을지도 모른다.

"어떻습니까?"

주인이 커피를 홀짝이며 말했다.

"이 돈이란 게 정말이지 빌리면 안 되는 건데 말이죠. 한 번으로 그만두세요."

나는 234엔을 윗옷 안주머니에 넣고 2엔은 조끼 주머니에 쑤셔 넣고서 돈이 생겼는데도 도저히 부족한 듯한 이상한 기분이 들었다.

"아오치 씨 당신은 이런 거래를 하시면서 사전 조건을 묻지 않으시는데 그러면 안 되는 거예요. 아니, 하지만 이쪽은 좋을지도 모르지. 아하하."

하고 말하며 주인은 다시 커피를 마셨다. 나도 마셔 보았지만 차가 미지근하고 너무 달아 속이 매스꺼워지는 듯했다.

"어떻습니까?"

주인이 말했다.

"급하십니까?"

나는 그러고서 곧장 돌아왔다.

현관에는 다시 부인이 잡아끌면서 마찬가지로 인사를 했다. 오늘 밤은 어젯밤 정도로 얼굴이 길진 않은 것 같았다.

"여어."

주인이 어젯밤처럼 굳센 목소리로 나를 배웅했다.

"실례하겠습니다. 조심히 가십시오."

부인의 목소리가 현관 앞을 막아선 언덕, 어두운 돌담에 부닥쳤다.

3

이렇게 빌린 돈은 약속 기한 안에 전부 제대로 갚았다. 하지만 그것이 연이 되어 나는 그 이후로도 몇 번이나 다지마에게서 돈을 빌렸다가 갚는 중에 점점 내 빈핍이 악질이 되어가 결국엔 이자마저도 제대로 낼 수 없게 되었다. 그렇게 그즈음엔 다지마 외에 몇 명 더 고리대금으로 관계를 맺게 되었지만 그중에서도 다지마 씨의 태도가 가장 신사적이고 가장 관료적이고 그렇게 친절했다. 나는 한동안 변제를 연기하기 위해 이자를 들고 가거나, 혹은 이자마저도 들고 갈 수 없어 그저 인사만 하고 오거나 했다.

그 사이에 몇 번을 가도 예의 부인만 나오고 주인은 조금도 얼굴을 보여주지 않았다. 어느 때인가 돌아가려다가 현관에서 "어떻게 계십니까" 하고 물어보자,

"네, 지금은 즈시 쪽에 가 계십니다."

하고 부인이 말했다.

"편찮으신 겁니까?"

"네. 심장 쪽이 조금 안 좋아지셔서. 그럼 실례하겠습니다."

하고 말했다.

그러고서 나는 몇 번이나 더 다지마 댁에 갔다. 현관에서 돌아갈 때도 있고 이층에 올라간 적도 두세 번 있었다. 어느 저녁 흔치 않게 아래 객실로 향하자 열둘 열셋은 된 여자아이가 예의 신단 앞에 양손을 앞으로 뻗고서 그 위에 얼굴을 엎고 조아리고 있었다. 내가 들어오는 바람에 그 소리를 듣자 바로 일어섰다. 그러고서 뒤도 안 돌아보고 툇마루 쪽으로 나가 버렸다.

신단에는 물기 어린 과일이 바쳐져 있었다. 그리고 다지마 씨의 사진이 꾸며져 있었다.

"어떻게 되신 겁니까?"

하고 내가 물었다.

"음, 저, 남편은 돌아가셨습니다."

아내가 굳은 목소리로 말했다.

나는 깜짝 놀라 조금 전 여자아이의 뒷모습이 떠올랐다.

"언제 돌아가신 겁니까?"

"아뇨 한참은 된 일이에요."

하고 부인이 말했다.

그러고서 들어보자 다지마 씨가 죽은 건 삼 개월이나 전의 일이었다. 그사이에 내가 몇 번이나 이 집을 방문했는지 모른다. 하지만 부인은 그런 이야기를 한마디도 하지 않았다. 상을 비밀리에 치르고서 남편이 남긴 채권을 지키려 한 부인의 심사가 나는 대단했다.

"그렇습니까? 전혀 몰랐습니다."

"뭐 팔자인 거죠."

부인은 다른 사람의 일처럼 말했다.

그날 밤 나는 아직 남은 채무 중 일부를 매듭지으려 뭉친 돈을 들고 갔던 터라 부인도 그만 그런 이야기를 털어놓아 버린 것이었다.

그러고서 후에도 나는 또 몇 번인가 다지마 씨 댁을 찾아갔다. 할 수 있는 만큼의 의무는 다하고 싶어서 남은 채무 이자를 조금씩이라도 들고 갔다.

하지만 얼마 안 있어 그 이자를 건네는 것마저 불가능해졌다. 가엾은 유가족을 볼 낯이 없었지만 다른 살아있는 고리대금업자들이 내가 그렇듯 도덕이라며 제멋대로 구는 걸 허락하지 않았기 때문이었다.

다지마 씨 미망인으로부터 몇 번이나 편지로 독촉을 받았다. 나는 미안하면서도 어찌할 방도가 없었다. 그러는 사이 어느새 다지마 씨에게서 이상하도록 아무 소식도 오지 않게 되었다.

그러던 어느 날 이상한 남자가 나를 찾아왔다. 얼굴색이 섬뜩할 정도로 하얗고 옻칠을 한 것처럼 번들번들한 수염을 길러, 키가 작고 커다란 가방을 메고 있었다.

다지마 씨에게서 채권을 양도받았다는, 다소 고액의 대리인인 그는 오는 며칠까지 어떻게 해주지 않으면 바로 소송을 하겠다고 말해 왔다.

나는 화들짝 놀랐지만 그땐 어떻게 더 해볼 여유도 없었기 때문에 걱정이 된 나머지 친구인 변호사에게 상담해 보자, 그럼 상대가 말한 대로 소송하게 내버려 둬. 재판소에서 화해하게 되면 불법 이자를 취하고 있던 것 가운데서 상당한 양보를 요구하는 것도 가능해. "걱정할 것 없어" 하고 그 변호사가 말했다.

그래서 그대로 재판소에서 화해하게 되어 청구액도 상당히 깎게 되었다.

매월 월말까지 100엔씩, 나는 그 하얀 남자의 집으로 들고 가야 했다. 그리고 겨우 마지막 달에 도달했을 때 나는 월부금(月賦金)을 낼 힘조차 완전히 소진해 버렸다. 절반이라도 들고 가 사죄하고 싶어도 그정도 여유도 없었다.

나는 빈손으로, 그저 변명을 위해서 새하얀 얼굴의 남자를 찾아가야만 했다.


## 4


그 집 현관을 들어갈 때도 축문 읽는 소리는 멈추지 않았다.

어슴푸레해져 가는 골목을 빠져나와 안쪽의 드넓은 공지 한 구석에 한 채 한 채 제멋대로 이리저리 세워진 건물 사이를 뭐라 하며 사죄해야 할까 골똘히 생각하며 서성거리고 있을 때부터 수많은 사람이 합창하는, 경사스러운 듯이 음기로 찬 애매한 축문 소리가 들리고 있었다.

내가 현관으로 들어서자 집 안으론 이미 해가 지고 있었다. 축문 소리가 들리는 객실 맹장지는 꽉 닫혀 있었지만 헐거운 여닫이 틈새로 날카로운 빛줄기가 비춰 어두운 현관 건넛방 위로 흐르고 있었다.

나는 몇 번이고 몇 번이고 안내를 청했다. 하지만 얼마를 불러도 나오는 사람이 아무도 없었다. 나는 어렴풋한 바깥 석양을 등지고서 어슴푸레한 현관에 줄곧 서 있었다. 문간에 벗어 던져둔 나막신과 짚신이 격자 사이로 비쳐드는 바깥 볕에 바래 제 모습을 알 수 없이 이상한 모양으로 흐려지고 있었다.

그사이에 합장하는 손뼉 소리가 두세 번 들리는 듯 하자 축문 소리가 갑자기 탁 멈추고 헛기침 한 번 하는 사람도 없어졌다. 그러고서 그 으스스한 침묵 사이 베 같은 걸 맞대 비비는 듯한 이상한 소리가 띄엄띄엄 들렸다.

"실례합니다." 내가 큰 목소리로 말했다.

이에 다시 키가 늘씬한 머리를 땋은 소녀가 나왔다. 곁방 등불 불빛에 호리호리한 옆얼굴이 비쳤다. 그 모습이 어쩐지 지금껏 울고 있었던 것 같다.

내가 이름을 말하자 교대하여 주인이 나왔다. 예복을 입고서 살짝 가슴을 벌리고 있다. 새하얀 얼굴이 돌처럼 보였다.

"참으로 드릴 말씀이 없지만" 하고 내가 말했다. 그리고 이런저런 사정을 말하며 열흘 정도 유예해 주십사 부탁했다.

주인은 묵묵히 앉은 채 대답하지 않았다. 건너편 방에서도 아무 소리도 들리지 않았다.

"부디 아무쪼록 말씀드린 대로 부탁드립니다." 내가 거듭 말했다.

"안 되겠네요."

갑자기 주인이 날카로운 목소리로 말했다.

"당신 쪽에서 그런 식으로 약속을 깬다면 이쪽에서도 양보해 드린

조건을 전부 취소하는 수밖에 없습니다. 증서면의 금액을 고쳐서 청구해도 괜찮겠습니까?"

그때 이전의 여자아이가 나와 뭔가를 주인의 귓가에 속삭였다. 주인은 앉은 채로 무릎을 약간 들어 올리며,

"오늘은 다소 혼잡하던 참이라." 하고 말했다. 목소리 어조가 아까하고는 전혀 달랐다.

"어쩐 일이십니까?"

"아뇨, 어젯밤 집사람이 사망해서 그럽니다."

나는 깜짝 놀라 "전혀 알지 못했는데 실례했습니다. 그럼 나중에 다시 인사드리겠습니다."

하고 말했다.

"예." 주인이 일어서며 말했다. 다시 이전같이 날카로운 말투로 돌아와 있었다.

"그러면 하루만 더 특별히 기다려드리죠. 내일 밤 들고 오십시오. 혹시 당신 쪽에서 이행하지 않으면 이쪽에서도 편의를 봐 드릴 수 없습니다. 그러면 그렇게, 이걸로 실례하겠습니다."

내가 현관을 나오자 바로 뒤 축문 합창 소리가 어두운 지면을 기어가듯 뒤쫓아 왔다.

# 빗귀

## 1

늦은 아침 거리 구석구석 건물 그림자가 아직 완전히 밝아오지 않은 초겨울 정류장, 하리타는 외투 깃을 세운 채 제자리걸음을 하며 서 있었다. 앞을 지나는 전차는 아직 등을 켠 것도 있었고 꺼둔 것도 있었다. 등을 꺼둔 전차는 묘하게 차갑고 으스스한 모습이었고 등을 켠 것은 어쩐지 지난밤 잔영이 거리를 헤매고 있는 것만 같았다.

잠시 끊겼다가 건너편 언덕 위에서부터 등을 켠 전차가 내려왔다. 객실 안 불빛이 거리에 흐르는 창백한 아침 볕 사이로 떠올라 멀리서 바라보면 노란색 연기 덩어리가 날아다니는 것 같았다.

전차가 정류장에 멈춰 서자 인바네스 코트에 해달 모피 깃을 세운 오제키가 내리더니 기다리고 있던 하리타와 가볍게 인사하고선 둘은 거리를 가로질러 저택가 쪽으로 들어갔다.

"우리들 장사도 즐겁지가 않네." 오제키가 말했다. 한쪽 편 기다란 병원 담장을 따라 쭉 뻗은 길 막다른 곳에 젊은 남자 하나가 어슬렁어슬렁하는 것 말곤 근처는 쥐 죽은 듯 조용히 사람 그림자조차 없었다.

"방문 당하는 분이라 한들 즐겁진 않을 거예요." 하고 말하며 하리타가 살짝 미소를 지었다.

"쓸데없이 수고해야 하는 건 질색이야."

"독촉하러 갈 때는 일당을 받는다, 하는 조항을 적용하는 겁니까?"

"하루에 5엔, 이틀에 10엔이긴 한데 정말 그 정도로 받아도 되려나."

"둘이서 가는 건 이쪽 멋대로 하는 거니까 10엔이라 하면 안 되겠지만, 애초에 이 고바야시한테 아직 가망이 있긴 합니까?"

"흠 글쎄, 이제 슬슬 마무리 지어야 할지도 모르지."

길 막다른 곳을 어슬렁거리던 남자가 비틀비틀거리며 다가와 둘이 이야기하며 걷고 있던 사이를 가르며 스치듯 지나갔다. 그 남자는 아마도 눈이 안 보이는 듯했다.

고바야시네 문은 아직 닫혀 있었다. 하리타가 주먹을 단단히 쥐고서 문을 쿵쿵 두들겼다. 그때마다 썩기 시작한 문설주에 흐릿하게 걸려 있던 전등이 꺼졌다가 켜졌다가 했다.

얼마 안 있어 집 안에서 덜컹덜컹하고 소리가 나더니 경황없는 발소리가 문 쪽으로 다가왔다. 허리가 굽은 노파가 문을 열고서 둘의 모습을 보더니 지레 겁먹은 듯 눈을 크게 떴다.

"아니 이런, 초겨울이라 집에서 일어나 있었는데 그만 문을 여는 걸 잊어버려서." 하고 노파가 말했다.

"안녕하십니까, 고바야시 씨 계십니까?" 하고 말하면서 하리타가 쿵쿵 현관 쪽으로 걸어 들어갔다.

"아, 어르신께선 안 계시는데."

"안 계십니까? 그럼 사모님 좀 뵙겠습니다." 하고 말하며 하리타는 드륵드륵 현관 격자문을 열고 들어갔다. 오제키도 이어 들어가 좁은 현관에 둘이 나란히 걸터앉았다.

아직 아침 준비도 못 한 듯한 집 안은 막 들어선 침입자 때문에 복작거리기 시작했다. 종종걸음으로 복도를 지나는 발걸음 소리와 꽉 짓누른 듯한 속삭임 소리가 삼엄하게 들려왔다. 오제키가 소매에서 궐련을 꺼내 성냥을 그어 푹푹 피우기 시작했다.

잠시 후 고바야시의 아내가 현관으로 나왔다. 머리를 묶고서 창백히 질린 얼굴을 하고 있다.

"죄송합니다, 어서 오세요."

"고바야시 씨를 뵙고 싶은데." 하리타가 외투 주머니에 손을 넣은 채로 말했다.

"저기 남편은."

"이미 나가신 겁니까? 엄청 이르네요."

"이봐, 그거야 이쪽은 군인 어른이라 이른 시간은 엄청 이르다고." 오제키가 담배꽁초를 현관 문간에 짓눌러 끄며 옆에서 끼어들었다.

"빠른 건 상관없지만, 그 전에 해놓을 일은 제대로 해주셨으면 하는데."

"아뇨, 저, 남편은 부재중입니다."

"그러니까 일찍이 나가셨다고 들었습니다."

"아뇨, 어제부터 돌아오지 않고 계십니다. 잠시 멀리 볼일이 있으셔서."

"그럼 외박입니까? 그럼 할 수 없네요. 실은 사모님도 이 일을 알고 계시겠지만 오늘이 22일, 어제 중으로 이자하고 개서(改書) 수수료하고 도합 35엔을 들고 오시기로 약속했는데 아무 연락도 없으시고 늦게까지 기다렸는데도 결국 오시지도 않으셔서 오늘 아침 이렇게 뵈러 온 겁니다. 부재중이라 뵐 수 없으면 어쩔 수 없지요."

"일부러 와 주셨는데 드릴 말씀이 없습니다만, 오늘내일 중으로는 돌아올 듯해서 부디 유예해 주시길 부탁드립니다."

"하지만 사모님, 그쪽 봉급일은 어제였어요. 봉급은 벌써 받아 가셨다고요."

"이봐 그럼 아무렴, 고바야시 씨는 빈틈이 없어."

"아무튼 부재중이라 하셔도 사모님께서 처리해 주셔야 하겠습니다."

"그거 좋네, 그러자 그래, 사모님 쪽에서 어떻게 해주시도록."

하리타는 그렇게 말하며 외투 단추를 풀러 윗옷 주머니에서 수첩을 꺼냈다.

"저로선 잘 모르겠지만 그래도 남편도 오늘이나 내일 중으로는 돌아오실 것 같으니 부디 그때까지 유예해 주실 수는 없으신가요?"

"그건 안 됩니다. 원래 어떻게 해서든지 어제 안으로 저희 쪽에 들고 오셨어야 했는데 와 주시지 않았다면 당일 바로 수속을 해버리기도 합니다만, 뭔가 어쩔 수 없는 사정이라도 있으신 것 같아서 오늘 아침 이렇게 애써 와 본 겁니다. 봉급은 받아 놓고, 이자는 내지 않고, 어젯밤은 돌아오지 않고는 올 때까지 기다려달라느니 그렇게는 안 됩니다. 어르신과는 만날 수 없고 사모님도 모른다고 말씀하신다면 하는 수가 없습니다. 곧바로 사무실로 들러 수속을 할 테니 어르신께서 돌아오시면 그렇게 말씀드려 주십시오."

"그래, 그렇게 해, 바보로 알고 있어." 하고 말하며 오제키가 일어섰다.

하리타도 사모님 쪽을 가만히 주시하며 천천히 일어서려 했다.

부인은 퍼렇게 질린 채 굳은 표정으로 가만히 서 있다가 그사이 갑자기 양손을 마룻바닥에 얹더니 "잠시만 기다려 주십시오." 하고 말한 채 안으로 들어갔다.

오제키는 다시 원래 자리에 걸터앉고서 새 궐련을 피우기 시작했다. 둘은 얼굴을 바라보지도 않고 한마디도 없이 벙긋하지도 않았다.

잠시 후 부인이 새 지폐 다발을 겹겹이 들고 나왔다. 하리타 앞에 내밀고서 묵묵히 서 있었다. 하리타도 그걸 보고서 표정을 찌푸렸다.

"그렇습니까?" 갑자기 하리타가 말했다. 그러고서 지폐 다발을 손에 쥐고 수를 세본 뒤 품속에 넣었다.

"남편에게 혼날지도 모르겠습니다만."

"사모님이 어르신께 혼나야 할 이유는 없죠. 만약 이렇게 해두지 않으셨다면 저희들은 바로 수속을 해야 했으니까 그쪽이 분명 어르신께도 더 불이익이었을지 모릅니다."

"이렇게 처치를 확실하게 해주시니 참으로 현명하십니다. 그럼 실례했습니다."

"저기 실수하실 리가 없으시겠지만, 아무튼 부재중이었으니까 작은 수취증서라도 받아 둘 순 없나요?"

"아뇨 이자 수취는 일절 드리지 않게 되어 있습니다. 어르신도 알고 계시고요."

"하지만 제가 처리해 버린 거라서."

"그렇습니까, 사모님 쪽에서 꼭, 이라고 말씀하신다면 이 돈은 돌려 드리기로 하죠. 그리고 역시 저희 쪽에서 수단을 취하는 것 외에는 방법이 없습니다."

"정말 그렇게."

"그럼 이대로 받아도 괜찮겠습니까? 확실히 해둔 걸 나중에 이러쿵저러쿵하시면 안 됩니다."

둘이 돌아가고 난 뒤 고바야시 집에는 잠시 동안 딱 소리조차 나지 않았다. 학교에 가는 아이들도 목소리를 내지 않았다. 물 아래 잠겨 있는 듯한 안쪽 서재에 부인과 남편이 줄곧 침묵한 채 마주 앉아있었다.

## 2

"정말로 드릴 말씀이 없지만 그래도 하루나 이틀은 괜찮은 거 아닙니까?"

"그것도 안 돼요. 하루나 이틀이 며칠이 될지 모르니까. 당신 입은 늘 손이 많이 가는, 꽉 막힌 입이니까요."

"어머나 그런 말을. 너무 툭툭 뱉네요. 그래도 어쩔 수가 없어요. 난 받기로 한 건 어떻게든 받아야만 하니까요."

"하지만 그런 약속을 하신 게 아니지 않습니까? 주인 어르신 쪽 상황이 안 좋기라도 합니까?"

"그런 건 잘 몰라요."

"아무튼 지불해 주십시오. 그렇지 않으면 내일 아침 찾아오겠습니다."

"하지만 오시는 건 곤란한데, 어떻게 해야 할지."

"그럼 이렇게 하죠. 하루나 이틀처럼 애매하게 말고, 그럼 모레, 모레라면 괜찮으십니까?"

"네, 네. 모레는 괜찮아요."

"주인 어르신이 그렇게 말씀하셨나 보네요. 그럼 모레 밤까지 기다리죠. 그 대신, 도무지 당신의 말만으로는 신용할 수 없으니 바로 저기 모퉁이에 공중전화가 있으니까 그 전화로 한 번, 다시 한 번 주인 어르신께 틀림없이 말씀드려 주십시오."

"아니 그걸로 뭘 하려는 거예요."

"제가 따라가서 같이 박스 안에 들어갈 테니 당신께서 주인 어르신을 불러서 모레 저녁까진 꼭 마련할 수 있는지 다시 한 번 재차 확인하는 겁니다. 수화기를 약간 귀에서 떼 주시면 저도 건너편이 하는 말을 들을 수 있고, 그러면 당신 이야기가 성의가 있는지 없는지는 들어보면 알 수 있으니까 그렇죠. 그걸로 제 쪽이 납득 할 수 있으면 기다리겠습니다."

"하지만 아무리 그래도 그런 건 싫은데."

"싫을 건 없지 않습니까? 처음부터 당신은 주인 어르신이 알고 계신 다고 말했잖아요."

"네, 네, 알고 계시죠."

"그렇다면 그 정도 이야기를 하는 거야 문제없지 않습니까? 더이상 은 기다릴 수 없긴 하지만 정말로 모레는 괜찮은 건지 다시 한 번 확인 해 보는 것뿐인 걸요."

"그래도 난 싫은데."

"어이가 없네, 정말. 그러면 제 쪽으로선 더 의심할 수밖에 없어요. 이래서 신용할 수 없는 상대한텐 언제까지 돈을 빌려주면 안 된다니 까. 기한을 엄중히 지켜 받지 않으면 안 돼. 도대체가 정말이지 어이가 없습니다. 주인 어른에게 말하지 않는 게 아닙니까? 그런 일이 가끔씩 있긴 하니까."

"정말 너무해."

"당신같이 예쁘장한 사람은 옆에서 봐주니까 그렇지. 이런저런 억지 가 통하는 거예요. 하지만 불똥이 우리 쪽으로 튀면 안 돼요. 우리가 하 는 건 장사니까요. 자, 공중전화로 가보실까요? 그렇지 않으면 내일 아 침 뵙기로 해도 제 쪽은 전혀 상관없습니다."

"정말 어떻게 해야 하지."

"가장 간단한 건 돈을 가지고 오는 거죠. 아무것도 없이 빈손으로 이 야기를 마무리 지으려고만 하니까 이쪽에서도 그 정도로 절차를 밀어

붙일 수밖에 없는 겁니다. 당신과 함께 공중전화에 들어가서 주인 어르신과 대화를 하는 걸 옆에서 듣는 것 말고는 어쩔 도리가 없어요. 그것보다도 돈을 가지고 오세요. 원금을 전부 돌려달라고 하는 것도 아니고 한 달 치 이자만이라도, 30엔이나 40엔 아무것도 아닙니다. 한 번 더 주인어른께 부탁드려 보세요. 주인어른이 아니더라도 당신을 위해서라면 그 정도 돈을 내줄 사람이야 얼마든지 있잖아요. 그렇게 하세요. 다시 한 번 오늘 밤 아홉 시까지 기다리죠. 어떻습니까? 안 되겠습니까?"

"그럼 그렇게 하죠. 오늘 밤 한 번 더 뵙죠."

### 3

툇마루 미닫이를 활짝 열어 둔 하리타의 객실에 따뜻한 겨울 볕이 잔뜩 들어오고 있다. 좁은 정원에 가늘고 길게 파인 연못 바닥엔 볼품없이 커다란 금붕어가 둥실둥실 수면을 떠다니고 있다.

객실 안에는 오제키와 하리타가 부엌 쪽을 향해 앉아 있다. 오제키는 손에 든 『고단구락부』(講談俱楽部: 출판사 고단샤가 발행했던 통속소설, 역사소설 위주의 대중문학잡지)를 무릎에 얹고 있고, 하리타는 상 너머 정원 쪽 담장을 바라보고 있다. 아까부터 같은 발걸음 소리가 두 번 세 번씩 담장 너머를 왔다 갔다 한다. 그런 일에 민감한 둘은 양쪽 모두 똑같은 생각을 하며 입을 열었다가도 아무 말도 하지 않았다.

담장 너머 발걸음 소리는 그걸로 멈춘 듯했다. 잠시 지나 오제키가 히죽히죽거리며 하리타에게 말을 걸었다.

"이전의 그 미인은 어때?"

"왔어요. 정말이지 그런 상대는 다루기가 까다로워서. 제멋대로에 염치없는 말이나 하면서 우는 척을 하니까."

"다루기 어려운 게 아니라 재주가 많은 거지. 그런 미인을 괴롭히는 것도 이 장사 중 뜻밖의 재미 가운데 하나일지 몰라."

"괴롭히든 어떻든, 어지간히 대단한 사람이에요. 이번 이자도 자칫 하다가 이건 안 되려나 생각하긴 했어도, 뭐 상황이 좋아진 후부터는 들고 오긴 했지만 슬슬 그 입하고도 끝장을 보지 않으면 안 되겠어요."

"어때, 원금을 토해내는 건 분명 어려워하는 게 틀림없으니까, 그때 한번 친절하게 해주면 어떻게든 안 될까."

"뭐 그쪽에 맡겨 두기로 하죠."

"이상하게 시원스럽게 해주는 게 오히려 이상하단 말이지."

이전의 발걸음 소리가 다시 담벼락 너머를 지났다. 둘은 이야기를 멈추고서 동시에 귀를 쫑긋 세웠다.

"아까부터 엄청 왔다 갔다 하네요." 하리타가 작은 목소리로 말했다.

"그런 것 같아. 근데 도대체 뭘 하는 거야? 들어오십시오, 하고 말해 버리면 안 되려나?"

"설마요."

그러고서 얼마 안 있어 과연 현관이 열리더니 안내를 청하는 목소리가 났다.

낡은 모닝코트를 입고 푸르퉁퉁하니 커다란 얼굴에 금테 안경을 쓴 남자가 들어왔다.

오제키가 앉은 자세를 고쳐 인사를 했다.

"소개로 오셨습니까?"

"아뇨."

"신문 광고를 보시고 오시게 된 겁니까?"

"그렇습니다."

그 남자는 목소리가 날카롭게 높고 앉아있는 자세도 왠지 진정하지 못하고 있었다.

"일하시는 곳은 어디십니까?"

"관청입니다."

"관청이라고만 하시면 알 수 없어서, 어디십니까?"

그 남자는 잠시 대답을 하지 않았다.

"아무 말씀도 해주시지 않으면 상담을 할 수 없습니다만." 오제키가 다시 말했다.

"그렇습니까, 물론 말씀드리긴 할 거지만 말씀을 여쭙고서 이야기가 정리되면 말씀드리죠."

"그걸 듣지 못한다면 정리도 아무것도 할 수 없습니다만." 지금껏 침묵하던 하리타가 옆에서 입을 열었다.

"뭐 좋아요." 하고 오제키가 말했다. "그럼 그건 나중에 듣기로 하고 어느 정도로 필요하신 겁니까?"

"300엔 정도 대출받고자 합니다."

"어느 용도로 필요하신 겁니까? 결손 보충이십니까?"

그 남자는 대답하지 않았다. 진정하지 못한 눈은 연못 금붕어를 보고 있는 듯했다. 금붕어는 따뜻한 수면을 아련하게 떠다니며 붉은 수초 혹은 그 무언가처럼 조금도 움직이지 않고 있었다.

"첫 거래라 이런저런 말씀을 해주시지 않으면 상담이 어렵습니다만, 아무튼 봉급 사령을 지참해 주셨습니까?"

"아뇨 오늘은 들고 오지 않았습니다만, 우선 어느 조건으로 대출할 수 있는 겁니까?"

"2개월 기한에 일보 50전 비율을 먼저 받아 두고 있습니다."

그 남자는 다시 입을 다물어 버렸다.

"그걸로 괜찮으시다면 이쪽의 순서대로 일하시는 곳에 방문해서 거기서 한 번 뵙고 가장 마지막에 거래는 댁에서 하게 되시는데 문제없으신지요?"

"집으로 오시는 건 상관없지만, 역소(役所)로 오셔서 무얼 하시는 겁니까?"

"특별히 하는 건 없지만, 뭐 한마디로 말하자면 일하시는 곳을 확인해 보는 겁니다. 상황에 따라서는 전화를 거는 것만으로도 괜찮을지도 모릅니다. 그렇게 하는 게 좋으시다면 다음에 오실 때는 가장 최근 사령하고 인감증명을 지참해 주시면 다시 상담해드리겠습니다."

그 남자는 결국 자신의 이름도 말하지 않은 채 떠나 버렸다. 하리타는 화가 치밀어 오른 듯 오제키에게 성을 냈다.

"저 자식 상대론 결론이 나지를 않아요! 뭣보다 돈을 빌리러 온 주제에 건방지게."

"뭐 그런 게 이쪽은 장사니까."

"장사라면 좋긴 해도요. 저건 분명 경험이 있다고요. 오히려 꽤나 만만치 않은 놈이 아닐까 전 생각합니다."

"왜 그러는데?"

"분명 어디서 빌리는 중일 거라고요. 첫 상담이 아니에요. 저렇게 추근추근하면서 뭔가 속을 알 수 없는 것처럼 보였지만, 아무튼 이놈은 조심하는 게 좋겠다 싶어요. 인감증명을 바로 가져와도 혼자서 하세요."

"기분이 심히 상했나 보구먼. 하지만 그렇다면 그걸로 상관없지 않은가. 이쪽한테 폐만 끼치지 않는다면 오히려 재미있을지도 모르지."

하리타는 분이 풀리지 않는다는 표정으로 책상 서랍을 뺐다가 다시 밀어 넣곤 했다.


4


그러고서 이삼일이 지나도 남자는 하리타 집을 찾아오지 않았다.

이런 곳에서 돈을 마련하고자 하는 자는 대개 당장 닥친 필요에 쫓겨서 온 것이기 때문에 하루를 앞다퉈 서둘러 돈을 받고 싶어 한다. 그런 탓에 증서면 조건 따위가 비정상적으로 불리해도 개의치 않는 게 보통이지만 그 남자는 오지 않았다.

하리타도 오제키도 첫 이삼일은 때때로 그 남자 이야기를 하곤 했지만 어느새 그런 일도 잊어버릴 때쯤 그 남자가 다시 찾아왔다. 변함없이 모닝코트를 입고서 퍼런 얼굴을 하고 있었다.

"오지 않으셔서 필요 없으신가 하고 생각하고 있었습니다."

오제키는 그렇게 말하며 붙임성 좋게 상대의 얼굴을 보았다.

"아뇨, 그런 이유는 아니었지만 그만 이런저런 일로 늦어져 버려서,"

하고 그 남자가 말했다. 그리고 사령을 꺼내 보여주며 인감증명도 준비해 와서는 아무튼 전날 금액으로 처리해달라고 말을 꺼냈다.

일하고 있는 역소도 괜찮고 봉금액도 생각보다 많았을뿐더러 특히 겸임으로 학교에도 나가고 있는 걸 알게 되어 우선 오제키는 하리타와 형식적으로 상의를 나눴지만 그 남자의 제의를 승낙하기로 했다. 그 남자는 시마라고 하는 기사였다.

다음 날 시마의 집에서 현금 거래를 마치고 하리타와 오제키는 교외 주택가에서 정차장까지 나오는 길을 나란히 걷고 있었다.

"저 남자 정말 재미없어. 뭔가 그림자 진 것 같아서 싫어." 하리타가 말했다.

"하지만 사는 거라든지 보통이잖아?" 오제키가 말했다.

"뭐 해보고서 안 되겠으면 수단은 얼마든지 있으니까 괜찮겠죠."

하지만 그 후로 날이 지나 2개월 후 기한이 다가오자 하리타의 불안은 현실이 되어가는 형세를 띠기 시작했다.

기한 당일이 되자 시마는 하리타 앞으로 우편을 보내 며칠 연기를 제의해 왔다. 하리타가 곧바로 역소에 전화를 걸어보자 시마 기사는 벌써 한 달 이상 쉬고 있다고 했다. 깜짝 놀라 다음 날 아침 일찍 둘이서 같이 교외의 시마 집에 가보자 집 안에는 아이들과 노인뿐, 시마는 아내 고향에 돈을 마련하러 떠나서 아내도 후에 그쪽으로 따라갔다고 했다.

"어이가 없네, 여행은 거짓말인 건가."

문을 열고서 바로 하리타가 말했다.

"어이없는 거야 어이가 없지만, 집안 꼴이 어쩐지 살지 않는 건 진짜인 것 같지 않아?" 하고 오제키가 말했다.

"하지만요, 정말로 없다고 한다면 더 이상하죠. 우편은 어디에서 보낸 건지."

"그래! 우편을 보냈던 걸 보면 도쿄에 있는 거야. 부재중인 사람과 얘기가 잘되지 않아서 이런 바보짓을 하고 있던 거였지! 돌아가서 우편 소인을 보면 되겠네."

"분하구먼. 아무쪼록 철저하게 해두어야겠어요."

우편 소인은 혼고(本鄕)였다.

"어째서 혼고에서 보내온 거지? 하지만 가령 여행이 진짜라면 잠시 도쿄로 돌아오기라도 했다는 건가? 그렇다 해도 이상한데."

"아무튼 돈을 마련하려고 시골에 갔다 하는 건 있을 수 없는 일도 아니야. 그 정도 지위에 있으면서 그렇게 손쉽게 도망칠 수도 없을 테니까. 뭐 조금만 더 지켜보면 되지 않을까? 우편은 자기가 도쿄를 떠나 있다는 걸 숨기려고 누군가에게 보내게 시킨 거 아닐까? 필적은 어때? 다르거나 하지는 않아?"

하리타가 금고에서 증서를 꺼내 비교해 보았다.

"똑같아요. 완전히 똑같아. 우선 돈을 마련한다 해도 벌써 한 달이나 결근하고 있다는 게 이상해요. 분명 여기뿐만 아니라 다른 곳에서도 엄청 빌린 게 틀림없어요. 빨리하지 않으면 안 되겠어요. 바로 해버리죠. 전부(轉付)로 전부.”

“갑자기 전부로 하지 않아도, 먼저 집 쪽을 압류하면 되지 않을까?”

“동산으로 그 정도 평가액이 있을까? 그래도 뭐 그걸로도 좋아요. 조속하게 하죠.”

“먼저 예행연습이야. 그 뒤에 봉급차압 전부명령(轉付命令)으로 가도 늦지 않으니까.”

“그런데 말이에요, 혹시 집 쪽 동산차압을 한 후에 이러쿵저러쿵 억지 부리면서 이의제기라도 해서 빼도 박도 못하고 나중에 전부를 못하게 되기라도 하면 큰일이에요.”

“뭐 아무튼 해봐야 하지 않겠어? 보통 상대라면 동산 압류로도 효과가 있으니까.”


그러나 둘이서 집달관과 동행해 시마의 집으로 차압하러 가보자 가전가재 일체는 사전에 이미 공정 매도증서가 붙어 있어 손쓸 방도가 없었다.

하리타는 창백하게 질려 분개했다.

“안 돼! 안 된다고! 사람을 우습게 보고 있어! 정말이지 처음부터 냄새나는 놈이다 싶더라니. 바로 전부명령을 취하죠. 우물쭈물하다가 어떤 꼴을 당할지 몰라.”

그러고서 둘이 역소 쪽으로 시마 기사의 봉급차압을 하려고 가보자

210

이미 그 이전에 그들 채권액의 약 삼십 배가 차압되어 있어, 전부명령이 걸려 있었을 뿐만 아니라 더욱이 뒤이어 새 배당가입을 하려고 하면 지금 시마 기사의 봉급 가운데 차압되어 있는 금액만을 공탁하게되어 이마저도 손을 쓸 방도가 없었다. 가령 그 안에서 조사(照査)에 들어간다 해도 안분비례(按分比例)하여 다달이 수취하게 되는 금액은 한 달에 3엔 정도였다. 증서면의 금액을 수취하려면 백 개월이 걸린다. 이 자에 대해선 별도로 생각해 본다 한들 시마 기사가 이후 백 개월간 월급을 받을 수 있을지 어떨지도 알 수 없다.

"지긋지긋한 놈! 부아가 치미네. 개자식. 파산신청을 해볼까요?"

하리타가 자신의 책상 앞에서 격분했다.

"파산이라 해봐야 이쪽 돈이 들 뿐이야." 오제키가 진정하고서 말했다.

"이건 완전히 우리 실수지만 그렇다고 그렇게 자네처럼 화낼 것도 없어. 우리들 장사라는 게 가끔 이런 일도 있는 거지. 그런 건 처음부터 주판에 들어가 있던 거니까 당황할 건 없어. 다달이 제대로 이자를 내주시는 단골분들로 이번 구멍은 메워 가면 되는걸. 그 사이에 시마 씨가 돈을 마련해서 돌아올 거야. 그렇지 않거나 해도 또 언젠가 어디선가 다시 나타날 게 분명하니까 그때 다시 쥐어짜기로 하면 되지. 아무튼 채권을 이곳저곳 뿌리고 다녀서 빼도 박도 못하게 되지만 않도록 조심스럽게 가만히 놔두는 게 상책이야.

"당신은 그렇게 물러 터져서 안 되는 거예요. 그런 건 제 성격에 안 맞아요. 취미로 대금 장사하는 것도 아니고. 지긋지긋한 놈."

하리타는 열어젖힌 미닫이 안쪽에서 벗겨 둔 귤껍질을 갈기갈기 찢어 격한 기세로 연못 안쪽에 집어 던졌다. 오늘도 맑게 갠 초겨울 따뜻한 양지, 모양이 흉한 금붕어가 아련하게 떠다니고 있는 못에 귤껍질이 휘날려 금붕어는 다시 둥실둥실 차가운 밑바닥으로 가라앉아 떠돈다. 잠시 후 귤껍질 기름기가 희미한 파문을 일으키며 깜빡깜빡 빛났다.

# 단장스물두편

## 七草雜炊

# 프록코드

## 1

다이쇼 5년(1916년) 12월 8일 밤, 소세키 산방(나쓰메 소세키 서재의 별칭으로 이 산방에서 문하의 제자들과 사람들을 불러 한 달에 한 번씩 모임을 가지곤 했음) 숙직 당번이 돌아와 병세가 위독해진 선생 옆방에서 마찬가지로 당번인 의사와 함께 화롯가에 둘러앉아 하룻밤이 밝아 올 때까지 지새웠다.

새벽에 가까워져 선생의 맥박이 140을 넘겼다. 대학병원에서 특파한 나이 오십 정도 되어 보이는 수간호사가 까랑까랑한 목소리로 두 시간 혹은 한 시간 간격으로 용태를 확인해 화롯가에 같이 앉은 의사에게 보고하도록 일렀다. 그리고 밤이 밝았다.

9일 황혼 녘 선생께서 돌아가셨다. 문하의 사람들이 선생을 간호하기 위해 교대로 정했던 당번은 나까지 와서 끝나게 되었다.

그날 아침 즈음 내가 봉직을 맡은 육군사관학교에서 제30기 신입생도 입교식이 예정되어 있었다. 그런 행사가 엄한 학교이기도 했고 또 선생 용태가 잠깐 행사에 다녀오는 사이에 급변하지는 않을 것이라는 의사의 말을 믿고 와세다 미나미초의 선생의 집에서 10분도 안 걸리는 근처의 사관학교로 외출했다. 집에서 프록코트를 챙겨 들고 중산모자를 뒤집어쓴 채 야쿠오지 대로변을 한껏 예민해진 채 흐느적흐느적하고 걸어갔다.

입교식은 호수같이 널따란 안뜰에서 거행되었다. 생도 무리는 누런 연기가 둥실둥실 뭉쳐 있는 듯 이리저리 부동(浮動)하고 있었다. 중대장 대위가 큰 소리로 호령했지만 담장 너머의 고양이 울음소리같이 들렸다. 나는 몇 번씩 앞으로 고꾸라지듯 하며 그때마다 침을 목 뒤로 꿀꺽 삼켰다.

식이 끝나고 앞으로 내가 맡게 될 생도들에게 훈시하기 위해 19번 교실로 향해야 했다. 대지진 이후로 개축한 이래 이제는 없어진 것 같지만 그 교실은 지독하게 음침할뿐더러 출입구가 하나밖에 없었다. 출입구 바로 맞은편에는 칠판과 교단이 있었고 앞뒤가 멀어 세로로 기다란 교실이었다. 시간이 되어 나는 교관실을 나섰다. 군대에서의 복도는 관외로도 보여 알려지는 곳이기 때문에 교실 밖을 한 발짝을 나가더라도 위용을 갖추기 위해서 모자를 눌러쓰고 걸어 다녀야 했다. 중산모자를 눌러쓰고서 그 19번 교실로 향하는데 내 발소리가 들린 건지, 혹은 내다보고 있었는지 알 수 없지만 당번 생도가 힘찬 목소리로 "차렷" 하고 구령을 붙이는 듯했다. 애초에 저들은 아직 내 얼굴을 모르기 때문에 교실에 다다랐다 한들 급하게 굴지 않아도 됐지만 넘겨짚은 어림짐작이 운 좋게 적중해 내가 그 교실로 들어갔다.

입구에서 교단으로 향하는 통로 양측에 차렷 자세를 붙인 생도 일동이 석상같이 경직된 채 몇 년이고 서 있을 기세로 쥐 죽은 듯 적막히 서 있었다. 저벅저벅 교단을 향해 걸어갔다. 그 교실은 처음이라 낯설었기 때문이었을지 몰라도 교단이 터무니없이 높아 좌측에 작은 층계 하나가 붙어 있었다. 생도들이 새하얘진 얼굴을 들어 어디를 바라보고 있는 건지 알 수 없었지만 한 가지 알 수 있던 것은 기절하기 일보 직전으로 응시 중이었단 것이었다. 시치미를 뚝 떼고서 그 앞을 지나 눈에 익지 않은 높다란 교단 옆 작은 층계에 한 발을 내디뎌 몸을 그 위로 올려 세우던 참이었다. 바로 그 순간 무시무시하게 큰 소리가 나더니 나는 프록코트 끝자락을 휘날리며 흙 묻은 신발 바닥을 들어 올린 채 몸이 뒤로 벌렁 젖혀지는 듯한 느낌이 들었다. 젖혀지는 순간 몹시 과장되게 엉덩방아를 찧으며 머리도 아주 조금 찧었을지 모른다. 뭐가 어떻게 된 건지 나는 조금도 알 수 없었다. 그러나 그 순간 어젯밤부터 한숨도 자지 못한 비통한 심정을 어떻게든 사람들 앞에서 숨기고 있던 그 얇은 가면이 갈라 터지면서 이유를 알 수 없이 왁 울음이 터져 나올 것처럼 기분이 엉망진창이 되어 버렸지만 간신히 참고 다시 일어서 보자 앞쪽 열 끝자락 생도 발밑에 이상하게 새카만 물체가 굴러다니고 있어, 그건 내 중산모자였다.

216

죽은 듯이 고요한 생도들 앞에서 엉덩방아를 찧은 나는 엉덩이와 옷자락에 묻은 먼지를 탈탈 털어내고서 가까이 가도 꿈쩍도 안 하는 생도의 발밑에서 가만히 중산모자를 집어 들곤 교단에 오르려고 보니 전의 그 층계가 두세 척 옆쪽에 뒤집힌 채 날아가 있었다. 층계라고 생각했던 것은 그저 그곳에 기대 세워져 있던 더러운 석유 상자 같은 나무 상자였던 것 같다. 내가 그 모퉁이를 밟고 올라 체중이 실리자 상자가 뒤집히면서 뒤이어 올라서려던 나도 뒤집혀 넘어진 듯했다.

나는 층계가 없는 교단 위로 가랑이를 쭉 벌려 한쪽 발을 올리고 몸을 튕겨 간신히 올라섰다. 그러곤 부끄러움을 무릅쓰고 생도 앞에 섰지만 그들은 마치 아무 일도 없었던 것처럼 점잔빼는 낯을 하고 버티며 피식하는 소리조차 내지 않았다. 더욱 거북해진 나는 건너편에 대해선 아무것도 모르는 얼굴을 하곤 나자빠진 원인이야 그쪽 편에 있다든지, 자빠진 소감을 표하든가 자리를 발뺌하지도 않는다니 군인 생도라 한들 인정머리가 없는 것들이라고 절실히 느꼈다.

그 후 얼마 지나지 않아 설날이 되어 그 학급의 생도 하나가 우리 집으로 문안 인사를 하러 왔다. 나는 입교식 당시의 일이 생각나서, 아 대관절 저번에 그때그때 웃어대는 것도 아니고 자기 발밑에 굴러다니는 중산모자를 집어 주지도 않아. 눈앞에서 봐 놓곤 아주 아무것도 모른다는 얼굴을 하고 있어서 이쪽에서는 실수를 어떻게 빼도 박도 못하고. 장교 생도라는 존재들은 무섭도록 매정한 존재들이야. 그렇게 말하자 그 생도는 단팥죽을 입에 부어 넣던 젓가락을 내려놓고서 나를 정면으로 응시하며 말했다.

"저희는 타인의 실수를 보고서 웃으면 안 된다고 배워 왔습니다."


## 2


대지진 다음 해 봄, 육군사관학교에서 에타지마 섬(江田島: 해군병학교
가 있던 곳으로 유명한 히로시마 현의 섬)으로 출장 명령이 떨어져 나는 해군병
학교와 기관학교를 시찰하게 되었다.

해군기관학교는 지진 때 화재로 타버리기 전 요코스카에 있어서 나
는 매주 한 번씩 금요일마다 겸임을 맡은바 도쿄에서 요코스카까지 출
장을 나가곤 했었다. 지진 후 임야가 전부 불타 버린 요코스카를 떠나
해군병학교가 있는 에타지마에서 기식을 하게 되어 이번에는 매주 한
번씩 도쿄에서 출장을 가는 것이 아닌 오직 시찰 업무만으로 겸임을
그만두게 된 것이었다. 기관학교 시찰이란 당연히 표면상 명목이고 실
은 작년 여름까지 함께 일한 동료 선생분들도 만나고 또 그때 가르친
생도들 얼굴도 보고 싶었을 따름이었다.

나는 미야지마 섬(宮島: 현재는 이쓰쿠시마로 불리는 세토내해의 히로시마 만 남
서부의 섬)에서부터 모터보트를 마련해 에타지마 섬으로 향했다. 도대체
무슨 생각으로 그런 바보 같은 짓을 한 건지 알 수 없다. 오싹해질 정도
로 비싼 돈을 써버린 데다가 강풍이 불어 몇 번이나 뒤집힐 뻔했는지
모른다. 몇 시간씩이나 파도에 부대낀 끝에 간신히 에타지마 섬의 후
미로 보이는 낯선 곳에 들어섰다. 후에 배를 대려고 보니 그곳은 해군

병학교 뜰 한쪽인 것 같았다. 당최 군부대 학교란 어디든지 출입이 번거로워서 지나갈 때마다 문지기가 일일이 막아서곤 한다. 처음 방문했을 때는 자신의 신분과 용건을 말하지 않으면 들여보내 주지 않는다. 그런 일들을 익히 알고 있었던 나는 그 때문에 오늘도 여행 중이었음에도 프록코트에 중산모자로 위용을 갖추고서 정문에서부터 이름을 밝히고 들어갈 각오였지만 배가 도착한 곳은 쓰레기 처리장처럼 보이는 측벽 사이 공간이었다. 나는 어쩔 수 없이 배에서 내려 그곳에 올라 어슬렁어슬렁 눈에 익지 않은 뜰을 걸어 다니는데 저편에서 수병 하나가 다가왔다. 내 쪽에서 허둥지둥하면 대뜸 고함을 지를지도 모른다. 나는 오랜 기간 육군과 해군학교에 있었기 때문에 이를 잘 알고 있었다. 이런저런 때는 먼저 위세를 드러내는 방법뿐이란 생각에 다가오고 있는 수병을 향해 나는 대뜸 "어이" 하고 말을 건넸다. 수병은 퍼뜩 멈춰 서더니 허리를 곧추세웠다.

"본부 현관은 어느 쪽인가?" 하고 내가 물었다. 본부라든가 본관이라든가 잘 알지도 못하면서 꽤 그럴듯하게 말을 건넸다.

"현관은 그쪽에서 꺾어서 돌아서면 바로 건너편에 보이는 건물입니다." 하고 수병이 말했다.

내가 고개를 끄덕이고서 걸어가려 하자 수병이 경례를 올렸다. 그러고서 걸음걸이를 위장한 채 알려 준 방향으로 걸어갔더니 넓은 잔디밭 건너로 거대한 백색 석조건물이 보였다. 폐허 같은 도쿄에서 빠져나와 바라보자니 마치 옛날이야기 속 어느 왕국의 궁전처럼 느껴졌다. 건물의 장대한 아름다움이 내게로 옮겨온 듯 비범한 기분이 점점 솟구쳐서 사람 하나 없이 고요한 광장을 활보하여 위풍당당한 현관에 들어서려 발을 한 걸음 내디딘 순간, 나는 우당탕하고 엎드려 절하듯 넘어져 화강암 계단에 턱을 부딪쳤다.

잠시 후 간신히 일어나서 주위를 둘러보았지만 아무도 없었다. 돌 위에 넘어지느라 그렇게 큰 소리가 나진 않았을지 모르지만 그렇다 한들 중산모자는 뒤쪽으로 날아가 버리고 양손 손바닥은 피부가 까졌을 정도라 현관 접수처에 사람이 있었다면 얼굴 정도는 내밀어 봤을지도 모른다. 한쪽 정강이에 묻은 모래를 털어내고서 발밑을 쳐다보자 앞쪽엔 신발에 묻은 진흙을 털기 위해 철사로 엮어 만든 커다란 철망 가장자리가 휘감듯 살짝 감겨 올라가 있었다. 나는 한쪽 발끝을 그 밑으로 집어넣고 또 다른 발로 철망을 밟아 눌러 지나가려 하다가 앞쪽으로 고꾸라졌던 것이었다. 뒤쪽에 굴러다니던 중산모자를 집어 들고 나는 뒤를 돌아보았다. 수병 하나가 광장 한쪽을 걷고 있었다. 수병의 얼굴이 이쪽을 향해 있는 것도 같았다. 하지만 저 멀리 있는 그 수병이 바로 전의 그 수병이었는지 어쩐지 알 수 없었다.

나는 현관에 올라 접수처를 들여다보았다. 그러자 안에는 역시 사람이 있었다. 온 목적을 알리자 송구스러운 표정으로 "오늘은 일요일이라서 아무도 안 계십니다만 숙직 당번께서는 이층에 계십니다." 하고는 나를 안내했다.

이층으로 오르는 계단의 막다른 곳에 등신대 크기의 거울이 있었다. 내 턱에선 피가 배어 나오고 있었다. 동화 동전보다 큰 크기로 새빨개져 그 주위 일대가 불에 덴 것처럼 얼얼했다.

# 소킨素朴 선생

메이지 40여 년(1907년)쯤, 뭔가 다른 사건과 관련지어 헤아려보면 바로 알 법도 하지만 40년대 아주 초반 일임엔 틀림없다. 소킨 선생은 프록코트를 입고서 오카야마 제6고등학교에 부임 오게 되었다.

소킨 선생은 대강당 연단에 서서 머리를 빗자루처럼 흔들어대며 신임 인사를 했다.

"저는 아직 미숙합니다만 전임 오노키 가쓰토 선생의 뒤를 잇게 된, 마치 초롱에 범종(모양은 비슷하나 전혀 쓰임이 달라 양자 사이 비교가 되지 않음을 뜻하는 관용 표현) 같은 사람입니다."

그곳의 저희들 무리 안에는 동급생이었던 조고 데이카 군 역시 줄지어 서 있었다. 선생의 강연을 되뇌면서 "오노키 선생은 초롱불이고 당신께서는 범종이라는 건가" 하고 뒤에서 뇌까렸다.

교실에서의 소킨 선생은 깜짝 놀란 듯한 눈을 하고서 천장을 바라본 채 강의했다. 절대 우리들의 얼굴을 바라보지 않았기 때문에 선생 댁에 방문했을 때 도대체 무슨 이유에서인지 여쭤보자 이쪽으로 오기 전엔 도쿄의 여학교에서 선생을 하느라 학생들의 얼굴을 과하게 쳐다보면 이리저리 시끄러워지므로 가능한 한 보지 않도록 한다는 게 버릇이 되었다고 답해 물어본 나는 크게 당황했다.

소킨 선생은 오카야마 고등학교에서 연식이 쌓일수록 더욱 분위기가 살벌해져 간 듯했다. 우리보다 훨씬 후에 고등학교를 나온 이들의 이야기를 들어보면 모두 입을 모아 소킨 선생이 화났을 때 이야기를 하곤 한다. 교실에서 시끌벅적 떠들다가도 복도에 소킨 선생 그림자가 비치면 물을 뒤집어쓴 듯 일동 오싹해져 한 시간을 조용해졌다는 것이었다.

우리가 가르침을 받던 때는 아직 선생 당신의 신변이 고되던 때로 그렇게 섬뜩하고 신비한 그림자가 드리우기 전이라 마음 놓고 소킨 선생에게 달라붙어 다녔다.

후루교초 도로에서 갈라져 6고등학교 정문으로 난 기다란 둑방 위를 장검을 뒤로 움켜쥔 채 부랴부랴 뛰어오는 소킨 선생을 보고서 그때까지 안에서 기다리고 있던 우리는 서둘러 발소리를 숨긴 채 복도를 기어가 교실을 도망쳐 나왔다. 그렇게 학생들이 땡땡이를 부리러 전부 도망쳐 버린 뒤 홀로 남겨져 교원실로 돌아갔을 선생이 얼마나 따분했을지 등등 헤아리지 못한 채 도망친 주제에 그날 밤엔 가도타야시키(門

田屋敷)의 선생 댁에 찾아갔다.

가도타야시키 일대는 늘 낮에도 달이 떠 있고, 지붕에 풀이 선 채로 말라 죽어 있고, 우동집 재고가 길모퉁이에 버려져 있고, 사방팔방 널브러진 돌 사이에 개똥이 바짝 말라 있었다. 소킨 선생의 첫 거처가 그 어느 부근이었는지 지금은 확실하게 기억나진 않지만 선생이 들기 전 원래 살던 사람이 부엌에서 목을 매달아 죽은 집이란 건 기억이 난다. 선생은 그 집에 입주해 침착하게 램프를 매달고서 밤을 지새우다가 잠이 들어 도대체 무슨 꿈을 꾸는 건지 몰라도 보통 매일 아침 지각을 해댔다.

내가 처음으로 선생 댁에 찾아갔던 밤, 누군가가 목을 매달았다는 이야기를 들은 나는 간담이 서늘해졌다. 그런 주제에 무슨 이야기를 해댄 건지 기억나지 않지만 밤새도록 선생과의 대화에 빠져서 날이 새고서야 집으로 돌아왔다. 그러고서 바로 학교에 가면 곧이어 바로 선생도 출근하던 것이 아직도 선하다. 오카야마의 소킨 선생을 찾아가 청한(清閑)을 어지럽힌 사람은 내가 처음이리라 생각한다. 밤새도록 뭔가를 논하며 돌아가지 않았던 건 어쩌면 이미 저물어 깜깜한 밤중이 된 가도타야시키를 돌아다니기가 무서워서였을지도 모른다.

소킨 선생의 영향을 받아 우리는 무턱대고 하이쿠(일본 전통 시가의 한 종류로 5·7·5자의 상·중·하 구로 이루어진 13자의 단시로 계절어와 여운어를 특징으로 함)를 짓기 시작했다. 지금은 교토에 있는 당시 장학생이었던 나카지마 시게루 군은 고토(胡倒)라는 아호(雅號)로 불렸다. '이즈(胡)'쿤조 '도(倒)'렌야라는 패기 넘치는 아호였다.('이즈쿤조 도렌야'는 '어찌 넘어지랴'라는 문장과 발음이 같음) 고토 군의 구 중에서 '소춘 고양이, 하품 소리 떨려오는, 맹장지로다'라는 구가 있다. '하품 소리'라는 부분을 '하품에'라는 식으로 바꿔 중구를 일곱 자에 맞춘다. 그가 지은 건 단지 이 한 구밖에 없다. 적성에 맞지 않아 보이더니 돌연 넘어져 버렸다. 조고 군은 히즈메하나로 불렸고 나는 햣켄으로 불렸는데 우리 쪽은 적성에 맞았던 듯 하이쿠 짓기를 좀처럼 그만둘 수 없었다. 취향이 맞는 동료들이 각기 이런저런 아호를 짓고서 하이쿠 시인 흉내를 내며 하이카이(俳諧: 하이쿠 짓기 놀이의 한 가지로 5·7·5 자수의 상·중·하 구를 각각 다른 사람이 지어 합쳐서 하나의 하이쿠로 모아 만드는 놀이로 하이쿠 창작의 원형이기도 함) 일야회(一夜會)를 만들어 100회까지 구절을 주고받았다. 그 하이쿠 초고는 모두 6고등학교 잡지에 게재하여 발표했다. 특히 우리 반 안에서만 해도 '고뇌회'라는 조직이 생겼다. 가을이 되었다는 이유로 9명의 회원이 모인 간드러진 모임이었다. 그 모임의 하이쿠 초고도 역시 학교 잡지에 발표했다. 교우회 잡지가 마치 하이쿠 잡지인 듯 되어 버려서 운동회 즈음 슬슬 시구가 나오려 하는데 이에 앞서 소킨 선생이 성난 표정을 짓기 시작했다.

소킨 선생이 성난 표정을 짓기 전, 일야회가 생긴 즈음 산마루 중턱의 찻집에서 시구회를 벌인 적이 있었다. 야미쯔유(闇汁: 야미나베라고도 불림. 아무것도 보이지 않는 상태에서 국물을 끓여서 각자가 가져온 음식을 마구잡이로 집어넣어 나눠 먹는 음식 놀이의 일종)를 벌여 저민 소고기 덩이 한 근, 우동면, 기다란 박고지, 식빵, 만주, 고추, 아직 살아있는 미꾸라지, 땅콩, 곤약 등에 떫은맛을 빼지 않은 우엉을 넣자 전골 안이 새카매져서 뭐가 뭔지 알 수 없었다. 야미쯔유를 끝내고서 운좌(運座: 서로 시구를 대며 좋은 시구를 추려내 하이쿠를 짓는 방식)를 하던 중 바스락바스락하고 가을 밤비가 정원의 마른 잎을 두들기기 시작해 얼마 안 있어 결국 장대비가 본격적으로 내리기 시작했다. 산속의 찻집이라 아무도 돌아갈 수 없어 다 같이 밤새도록 운좌를 이어가며 끝끝내 '은하의 길목, 사도(佐渡: 1876년까지 일본 니가타 현에 존재했던 옛 국가)를 가로지른, 거친 하늘길'과 같은 명구가 나와 하룻밤을 풍류로 지새웠으나 무리 중에 기숙사에서 지내던 학생이 있어서 외박 건이 문제가 되어 그 책임이 사감을 건너 결국 소킨 선생 쪽으로 전가되는 듯싶었다. 소킨 선생의 훈계 대상은 자연스레 내가 되어 소킨 선생의 언짢은 얼굴을 뵈러 가야만 했다.

2학년에서 3학년이 될 당시 나는 학년시험에서 유독 성적이 좋지 않아 적잖이 걱정되었는데 소킨 선생도 이를 신경 쓰고 있었다. 그런데 성적발표 결과는 경사스럽게도 급제(及第)했을 뿐만 아니라 아직 내 뒤로 몇몇 이름들이 줄줄이 남아 있어서 아이고 한숨 돌리나 싶었다. 이에 '간신히 낙제를 면한 두 시구'라는 제목으로 하이쿠를 지었다.

떫디떫은 감, 한가득 베어 물면, 맴도는 가을
토란 잎사귀, 호박 잎새로 이슬, 떨어지거늘

소킨 선생의 첨삭을 받고 나자 돌덩이 같은 구가 되었다. 하지만 소킨 선생은 본인께서 내 시구를 손봐 놓고선 완성된 시구를 앞에 두고 나를 꾸짖기 시작했다.

"농담하는 게 아니에요. 하이쿠에 대한 감회를 구실 삼는 문제가 아니라고요. 성적순으로 뒤에 사람이 얼마나 남아 있다 한들 그건 급제를 위한 평균점 바로 위일 뿐이고 낙제한다면 순서도 아무것도 소용없잖아요? 독문과를 지망한다는 사람의 독일어가 한심하다면 그건 당연히 심각한 거죠. 하이쿠고 뭐고 좋다지만 느긋하게 있으면 곤란해요. 농담하는 게 아니에요."

소킨 선생은 무섭도록 언짢은 얼굴로 한쪽 뺨과 귀 앞부분 언저리를 실룩거리면서 깩깩 소리를 질렀다. 나는 몹시 두려워진 나머지 떫은 감을 삼켜 트림을 목 안으로 욱여넣는 듯한 기분이 들었다. 소킨 선생의 이러한 면모가 점점 드높아져 후세에 무시무시한 풍격으로 발전한 것이리라 생각한다.

# 잠자리 구슬

'나'라고 함은 문장상의 '나'입니다. 저자 자신이 아닙니다.

나는 이런저런 것들에 신경이 쓰여 시달리고 있다. 퍼뜩 귀에서 떠나지 않는 두부집 나팔 소리에 화가 치밀다가, 또 불쑥 건너편 거리 어딘가에서 기르는 닭 울음소리가 거슬렸다가, 야경꾼의 딱따기 소리가 전혀 들려오지 않게 될 때까지 이상하게도 안절부절못하며 진정할 수가 없다.

가장 기분이 나쁜 건 뭔가가 틀어져 놓여 있는 것이다. 무엇이든지 확실히 정방향에 놓여 있지 않으면 안심이 되지 않는다. 웬 사람이 찾아와 담배를 피우려고 성냥을 긋고 나서 상자를 원래 정방향대로 똑바로 놓아두지 않으면 심기가 불편하다. '상대를 잘못 만났구나' 생각하고서 그대로 내버려 두고 싶어도 계속 신경이 쓰여 하는 수 없이 결국 손수 다시 고쳐 놓아둔다. 뒤집혀 있는 등등은 도무지 참을 수가 없다. 성냥을 긋고 난 후의 성냥개비라든가 쿨런 담배꽁초라든가 재떨이 안에 끄트머리가 같은 방향을 향하도록 정렬해 두지 않으면 안 된다. 심히 제멋대로인 손님께서 주인의 기분 따위는 신경 써 주시지 않고 재떨이 안을 무질서하게 어지럽혀 버린다. 남이 버린 꽁초 끄트머리를 고치는 건 대단히 고역인 작업이지만 어떻게 해서든지 상대의 틈을 노려, 혹은 바로 앞쪽에 핑계를 대고서라도 기필코 스스로 고쳐 두지 않으면 기분이 나아지지 않는다.

정방향으로 늘어놓는 것뿐만 아니라 이런저런 물건의 앞뒤 또한 고르지 않으면 안 된다. 지갑 안 은화, 동화는 확실히 뒤쪽이 뒤를 향하도록 넣어 둔다. 월말에 월급을 받으면 나는 서둘러 봉투 안 지폐를 꺼내 앞뒤와 끄트머리를 가지런히 정리한다. 남이 본다면 지폐 계산이라도 하는 줄로 알지 모르겠지만 절대 그런 게 아니다. 하지만 혼자 똑바로 정리해 둔다 해도 다른 사람이 자신의 지폐를 아무렇게나 그대로 품속에 집어넣는다고 생각하면 내 주머니 속까지도 이상하게 간지러워져 참을 수가 없다. 하지만 다른 사람 지갑 속 지폐를 정리하는 건 좀처럼 쉽지 않다. 친밀한 친구에게는 이유를 설명하고서 정리해 줬다기보다는 정리하게 시켰던 적도 한두 번은 있었지만 상대 또한 분명 유쾌하지 않다. 그래서 나는 이렇게 공상하는 것이다. 권총을 한 자루 품속에 숨기고서 은행 앞이나 거래소 거리를 향한다. 돈을 들고 있어 보이는 사람 뒤를 쫓아가 돌연 권총을 들이밀면 화들짝 놀라리라.

228

"꼼짝 마십시오. 돈을 가져가려는 건 아닙니다."

그렇게 말하며 앞뒤와 위아래를 정리해서 돌려준다면 어떨까. 그 사이에 분명 내 취지에 동조하는 무리가 생겨나서는 나는 그 무리를 거느리고 한밤중 다들 깊게 잠들었을 무렵을 틈타 거상의 집에 난입한다. 손마다 권총과 단도를 쥐고서 집안 하인을 협박해 전부 꽁꽁 묶어놓고 늘어 벌려 세운 앞에서 금고 안 지폐를 꺼내 하나하나 앞뒤 위아래를 정리해 다시 원래대로 금고에 넣고 문을 닫은 뒤 얌전히 퇴각한다면 어떨까.

최후에는 일본은행에 침입하는 것이다. 수많은 무리로 바깥에 망을 세워 두고 또 내부 요소요소에 배치해 둔 뒤 커다란 금고를 폭파한다. 그리고 안에 있던 지폐를 모조리 꺼내서 앞은 앞으로 정리하고, 또 위아래 방향까지 정리해 둔다면 얼마나 후련하고 상쾌할까? 하지만 과연 하룻밤 안에 정리할 수 있을지 의문이다. 그것보다도 이런 공상을 제멋대로 펼치다 보면 공상은 공상이라 한들, 현실의 일본은행 대금고 속에 들어있는 지폐가 절대 내 마음에 들도록 정리되지 않을 것이기 때문에 너무 몰두하다 보면 역시나 내 정신 상태에 악영향을 끼친다.

L군은 나의 오랜 친구라 역시 그쪽도 내 심정을 제대로 납득하여 나에게 쓸데없는 혼란을 끼치거나 하지 않는다. 우리 집에 찾아오면 먼저 현관에 나막신을 깔끔하게 정리하여 벗어 두는 건 물론, 객실에 들어와서도 자신이 깔고 앉은 방석 테두리를 바닥과 틀어지게 두는 일은 거의 하지 않는다. 특히 내가 보면서도 흡족하게 느끼는 것은 L군은 노상 코를 푸는 버릇이 있는데 그때 L군은 먼저 휴지를 둘로 찢어 코를

풀고, 다음에 깔끔하게 그 종이의 가를 맞춘 뒤 다시 둘로 찢어, 즉 넷으로 찢어서 풀고, 그걸로도 아직 마무리되지 않았을 땐 이번엔 그걸 깔끔하게 여덟으로 찢어서 푼다. 영 칠칠치 못한 사람이 하는 듯 꾸깃꾸깃 구기거나 킁킁하고 코를 닦아대는 일은 절대로 없다.

어느 날 나는 친구에게서 대만 잠자리 구슬을 작은 거로 한 알 받게 되었다. 크기는 새끼손가락 손끝만 하게 동그라니 담백한 청자 빛깔에 하얀 결이 나 있었다. 뭔가 장신구로 쓰는 건지 구슬 한가운데 가느다란 구멍이 있었다. 나는 그 구멍에 하얀 명주실을 넣어 구슬을 매달아서 도코노마 옆 선반 액자걸이 못에 매달고 바라보았다. 어째서 그 구슬을 그런 곳에 매달아 둔 건지 특별한 이유는 없었다. 그러고서 바로 잊어버리고 말았다.

L군이 찾아와 우연히 그 아래에 앉아 나와 이야기하던 중 어쩌다 우연히 그 작은 구슬을 올려다보더니 L군은 비명에 가까운 고함을 내지르며 그 자리에서 뛰쳐 물러났다.

"안 돼요, 안 돼요." L군이 얼굴색을 바꾸며 말했다. "어째서 이런 장난을 치시는 겁니까."

L군이 작고 둥근 걸 매우 두려워한다는 것을 나는 그때까지 모르고 있었다. 나는 재빨리 잠자리 구슬을 빼내 책상 서랍에 넣고서 L군에게 내 부주의를 사과했다.

"둥근 건 안 되는 겁니까?"

나는 확인차 물어보았다.

"안 돼요, 특히나 작은 놈들이 안 돼요." L군이 기분 나쁘다는 표정으로 말했다. "사과나 공 정도면 그나마 괜찮지만 포도에서부터 레몬 정도 구형, 거기에 네가케(根掛: 여성이 머리를 올릴 때 쓰던 구슬 모양의 장신구) 그런 것들이 제일 거북합니다."

"화장실에 들어있는 나프탈렌은 어때요?"

"안 돼요."

"귤 사탕은 어때요?"

"안 돼요."

"주전자 뚜껑 손잡이는 어때요?"

"그만하세요."

L군이 겁에 질린 눈으로 말했다. 내가 잘못했구나 싶어 이야기는 그만두었다. 하지만 속으로 이런저런 자그마하고 둥근 것들이 계속해서 생각나 그걸 L군에게 하나하나 확인받아 보고 싶어도 방법이 없었다.

이 세상엔 좁게 생각해 우리들의 일상생활만 봐도 작고 둥근 것들이 눈치채지 못한 어느 곳에 굴러다니고 있을지 알 수 없다. 그런 것들에 하나하나 신경이 곤두설 L군은 자신의 신체반경이 얼마나 섬뜩할까 나는 생각했다. 혹은 그렇게 막연하게 경계하고 있는 게 아니라 L군, 대략 생각해 볼 만한 이런저런 자그맣고 둥근 것들을 조목조목 자신의 마음에 기록해 두고서 거기에 해당하지 않도록, 그것들에 쫓기지 않도록 남모를 신경을 쏟고 있을지도 모른다. 그렇게 생각하자 나는 L군의 갑갑한 심정이 걱정되었다.

하지만 도대체 왜 작고 둥근 것이 무서운 건지 나는 좀처럼 이해할 수가 없었다. L군도 절대 그 설명을 하려 하지 않았다. 그리고 잠자리 구슬 사건 이후 한동안 L군과 만날 기회도 없었다.

언젠가 나는 방문객으로부터 묘한 선물을 받았다. 투명한 유리통 안에 작고 동글동글한 구가 다섯이 들어있다. 다섯 알 모두 각기 색깔이 달랐다. 집어 들자마자 바로 촉감으로 먹는 것임을 알 수 있었다.

"이건 어떻게 먹는 겁니까?" 하고 내가 서둘러 먹어 볼 심산에 물어보았다.

"그 구를 통에서 꺼내서 이쑤시개 끝으로 콕콕 찔러서 껍질을 까는 거예요." 하고 알려주었다.

"도대체 뭐라 하는 겁니까?"

"할복양갱(切腹羊羹)입니다."

나는 통구를 열어 안에서 구를 하나 꺼냈다. 차갑고 살짝 부드럽고 묘하게 탄력 있는 듯했다. 손끝으로 축축한 감촉이 전해져 오면서도 그 표면은 조금도 젖어 있지 않았다.

'께름칙하네.' 나는 속으로 생각했다. 겉이 미끄러워 매끈매끈한 것도 어쩐지 기분 나빴다.

"이쑤시개 끝으로 한번 콕콕 찔러 보세요." 하고 방문객이 말해 나는 거기에 놓인 이쑤시개로 그 구 겉을 콕 찔렀는지, 찌르지 않았는지, 아직 확실해지기도 전에 한 손에 쥐고 있던 구의 얇은 표피가 주룩주룩 갈라지는 바람에 동글동글한 구가 바닥 위로 굴러 떨어졌다.

소름이 끼치도록 붉은 살갗이 드러난 구를 나는 만지고 싶지가 않았다. 얇은 표피로 되어 있는 겉면이 축축하게 젖어 있는 것 같았다.

"드셔 보세요." 하고 손님이 재촉했다.

내가 잠시 주저하자 손님이 다시 말했다.

"다시 한 번 다른 거로 해보세요. 꽉 쥐면 구르지 않을 거예요."

손님은 내가 더러워서 바닥에 떨어진 걸 먹지 않는다고 생각하는 듯했다.

하지만 나는 도무지 먹고 싶지가 않았다. 우리는 온갖 것들을 먹긴 하지만 이런 동글동글한 걸 먹는 것만은 즐겁지 않다는 등의 애매한 감정이 어느샌가 내 마음속으로 숨어들어왔다.

나는 L군에 대해 생각하며 이런 의심을 했다. 그가 우리 집에 찾아왔을 때 언제나 방석을 똑바로 펴고서 꽁초 방향을 정리하여 재떨이 안에 늘어놓아 주는 것 또한 실은 나를 위한 배려일 뿐만 아니라 L군 자신도 그렇게 하지 않으면 기분이 풀리지 않는 것이 틀림없다. 그렇게 생각하자 나는 점점 더 저 동글동글한 양갱 구슬 따위를 먹고 싶지가 않아졌다.

# 바보의 실재에 관한 문헌

"아오치 군. 자네 전화는 잘 받았긴 한데, 어젯밤 그쪽에 가긴 했지만 만나보니까 아예 모르는 사람이더라고. 깜짝 놀랐어. 아무튼, 그래서 굉장히 난처했지. 모처럼 떠맡은 거긴 하지만 아무튼 내 쪽은 완전히 당황해 버렸어. 하지만 뭐 괜찮아. 괜찮겠지 아무렴. 그래서 그런 일이 있었으니 하여튼 잘 있게나."

전화가 딸깍 끊겨 버렸다. 뭐라 말하는 건지 전혀 알 수 없다. 하여간 세가와 씨 말이라 믿을 수가 없다 싶긴 했지만 너무 어처구니가 없어 살짝 울화가 치밀어 올랐다. 걱정되어 가만히 있을 수 없어 오늘 아침 도 세가와 씨 관청 앞으로 우편을 보내 둔 것이었다. 그 편지를 읽고서 전화를 잘 받았다던가 허둥대며 말해 댄 것이었지만 나이도 지긋이 먹고는 좀 더 차분해질 필요가 있다. 요전에도 미리 사둔 표를 까먹고서 집에 놔둔 채로 극장으로 외출해 버려서는 연극을 봐야 한다는 사실만은 잊어버리지 않고 확실히 기억하고 있었기 때문에 그 뒤처리가 까다롭다.

대뜸 극장 앞 입구로 들어가려 하자 당연하게도 안내하던 여급으로부터 표를 요청받았다.

"표는 잊어버리고 온 것 같네만, 그래도 오늘 공연 표니까 괜찮아."

"하지만 표가 없으시면 안 되는데요. 번호는 알고 계십니까?"

"번호는 티켓 번호인가? 잊어버릴 줄 알았으면 그런 것쯤 기억해 뒀겠지. 아무튼, 이층 앞에서 세 번째 열이야. 바로 정중앙 근처. 좌석 그림을 보고 직접 정했던 거니까 틀림없어. 괜찮아."

끝끝내 세가와 씨는 표 없이 그날 밤 연극을 보고 왔다고 한다.

"당연한 거 아니야? 나는 분명 돈을 냈다고."

후에 그렇게 말하며 으스댄다. 하지만 전차 차장을 상대론 표가 없으면 넘어가기 힘들다.

"하지만 이봐 내가 아까 이 앞 전차에 타고 있던 때부터 이쪽으로 환승 할 생각이었다고. 환승 승차권을 받았다고 생각했는데 없는 걸 어떡해. 어쩌면 받지 않았을지도 모르기는 해. 어느 쪽이라 해도 상관없지 않은가. 사정을 이해하고서 자네가 승차권을 내주면 되지 않나?"

"그렇게는 안 됩니다. 표가 달라요. 아무튼, 빨리 부탁드립니다."

전차 환승 시 새 표를 사야 하는 건 늘상 있는 일인 듯하다. 그리고 며칠이 지나 소매 주머니에서 느닷없이 나온 그때 그 환승권을 응시하며 세가와 씨는 분해할 뿐이다. 언젠가 긴자 니조 골목에서 잔뜩 마시고 십여 엔인가 하는 거스름돈을 양복 주머니에 넣어둔 채로 오와리초까지 갔지만 찾을 수 없었다. 도중에 떨어뜨린 것 같은 기분도 들지 않는다. 애초에 떨어뜨렸다면 주웠을 테니 행여 알아채지 못한 사이에 떨어뜨렸을지도 모른다. 아니 물론 그런 게 틀림없다지만, 아니면 소매치기를 당한 게 아닐지 하는 생각도 든다. 그렇다고 해도 역시나 알아차렸다면 막았을 것이기 때문에 뭐가 뭔지 잘 알 수 없지만, 아무튼 지갑을 분실한 것이다.

오와리초 경찰서에 신고하자 다음 날 쓰키지 본서로 가보라고 알려주었다.

이에 그다음 날 세가와 씨가 고지대를 내려가 애써 쓰키지 서까지 출두해 담당 순경에게 이런저런 앞뒤 상황을 질문받은 뒤 "아마도 유실된 것 같아요. 아무래도 소매치기 같지는 않은데."라고 말했다고 한다. 그러고서 유실물 신고 장부를 넘겨 세가와 씨에게 보여주며 "보시듯이 아직 신고된 건 없어요. 그 사이에 있다면 알려드리겠습니다."라고 말했다.

그 지갑은 열흘 정도 지나 세가와 씨 조끼 안주머니에서 나와 물어보던 순경만 헛수고한 셈이었다. 평소에는 상의 안주머니에 넣는 걸 그날 밤은 술을 마시면서 조끼 단추를 풀러 둔 탓에 그만 무심코 그쪽 주머니에 넣은 후에 다시 단추를 잠가 버린 것이었다. 세가와 씨는 그 양복을 입고서, 즉 그 돈을 휴대하고서 경찰서에 출두했다. 유실과 시치미가 빙글빙글 꼬여 있다. 하지만 그 후로 열흘이나 더 지날 때까지 그걸 눈치 채지 못한 채 매일 그 양복을 입고 돌아다녔다 하는 건 실패담에도 끼지 못해 듣는 보람도 없다.

"하지만 이봐 그 주머니는 이 양복을 마련한 이후 2년 넘게 한 번도 써본 적이 없었으니까, 애초에 그런 곳에 주머니가 있는지도 몰랐으니 어쩔 수가 없었다고."

하고 세가와 씨는 변명했다.

이런 일이 보통인 사람이라는 걸 나 또한 예전부터 잘 알고 있었지만 그렇다 한들 조금 전 전화에는 깜짝 놀랐다.

"아아, 그거라면 내가 잘 알고 있지. 10년 정도 전에 나도 한번 돈을 빌린 적이 있거든. 그땐 아직 남편이 살아있었는데 이젠 아주 할머니가 되었으려나. 옛날엔 제법 예쁜 사람이었는데 말이지. 이 김에 오랜만에 인사나 하고 오지 뭐. 아무튼, 내가 가서 이야기해 볼 테니 안심해." 하고 말하며 그렇게 멋지게 떠맡더니 갑자기 말을 바꾸며 "난처했다"라는 건 그렇다 치고 "그럼 잘 있게."도 뭐랄 것도 없다.

방에 들어와 앉자 온통 우울해져 버렸다.

이대로 체념해 버리면 상대에게 무슨 꼴을 당할지 모른다. 아니, 5일까지밖에 기다려 주지 않겠다 말해 왔는데 오늘이 벌써 4일이므로 내일, 내일모레 즈음엔 이 하숙집에 그 고리업자 여자가 쳐들어올지도 모른다. 아니면 돌연 집달관(執達官)이라든가 누군가와 우르르 들어와 양복도 책도 축음기도 전부 봉인해 버릴지 모른다. 아무튼, 이렇게 있을 수만은 없다. 하지만 지금의 나에게 상대 쪽이 청구한 330엔이라는 돈이 나올 리도 없고 또 나에겐 그 돈을 마련해야 할 이유도 없었다. 나도 전혀 모르는 일이라 울화통이 치민다. 작년 가을, 마침 요즈음 때 나고야 보험회사로 가기 전 반 개월가량 내 하숙에서 함께 머물던 나카무라가 어느 날 어딘가에서 돌아와 책상 앞에 틀어 앉아선 마조리카 필통 안을 휘젓는 듯하더니,

"잠시 도장이 필요하게 되었는데 자네 걸 빌려주지 않겠나?"

하고 말하며 내 인장을 들고 가버렸다. 딱히 신경 쓰지 않고 있었는데 나카무라 이 자식이 그때 그 인장으로 어떻게 한 건지 돈을 빌려간 듯하다. 그게 지금의 마스다라고 하는 여자와의 대금 사건이지만 나카무라도 분명 나쁜 사람은 아니므로 내 인장으로 고리업자에게 돈을 빌리고서 갚지 않고 튀어 버려 나중에 내가 곤혹스러울 일 따윈 상관하지 않을 생각이었다고는 절대로 생각하지 않는다. 분명 기한 전에 확실히 갚은 후에 나에게 이야기해 둘 생각이었을 것이다. 그 점은 본 피해자인 내가 보증하므로 문제없다.

"이거야 정말 놀랍구먼. 자기 도장을 용도도 확인하지 않고서 남한테 빌려주는 법이 어딨어. 바보라 하는 게 실제 세계에 실재하는 걸 나는 지금 처음으로 알았네. 바보는 단순한 관념도 아니고 공상도 아니야. 현재 눈앞에 실재하고 있어! 정말이지 놀라워."

얼마 전 이번 이야기의 선후책을 상담하러 갔을 때 세가와 씨는 거드름을 피우며 대뜸 이렇게 말했던 것이다. 종래의 결과로 말하자면 물론 나는 바보임이 틀림없다. 하지만 한참이 지나서 다른 실책을 논하는 단계가 된다면 누구라 한들 그럴듯한 말을 지어낼 수 있다. 애초에 세가와 씨에게 거드름을 피우며 입을 놀릴 만한 자격이 있는 건가? 본

인께선 혼고에서 우시고메까지 가는 데 표를 두 장이나 쓸 정도로 빠릿빠릿한 사람이 아니신가? 언젠가 한 번 세가와 씨 단골 요릿집에 대여섯 명이 모였는데 뭔가를 얹어 온 접시가 각별히 마음에 들었다든가 하여 세가와 씨는 그걸 딱 한 장 훔치기로 결심했다. 문득 주위가 시끌벅적해진 틈을 타 요령 좋게 속여 넘겨 잽싸게 자신의 손수건으로 감싸 키 작은 상 아래에 숨겨 두었다. 하지만 그 후에 식모가 책임질 게 불쌍하다는 점까지 신경이 미쳐 까먹기 전에 식모에게 슬며시 팁을 건네주었다거나 하는 점은 세가와 씨답지 않게 다정했다. 그렇게 해두고서 한숨을 돌리고는 집으로 돌아올 때가 되자 접시 따위에 대해선 완전히 잊어버린 채 밖으로 나와 버렸다.

집으로 돌아오고 나서 소매 속 손수건을 꺼내려고 할 때야 세가와 씨는 안색이 돌변했다.

"앗" 하는 일성이 목구멍 안쪽에서 튀어나오는 것도 무리는 아니다. 접시를 감싸 둔 손수건 한쪽 구석엔 '세가와'라는 이름이 자수로 쓰여 있었기 때문이었다. 바로 그 세가와 씨가 인제 와서 바보의 실재를 인식했다느니 하는 건 어림도 없는 이야기다. 나의 실책을 나무라는 거야 괜찮지만 도대체 어느 쪽이 바보라는 건지, 혹은 어느 쪽이 바보의 실재성에 더 가깝다는 건지 분명치 않다. 우선 세가와 씨 식의 해석에 따르면 나카무라의 면목이 서지 않는다. 아무리 들어보아도 나쁜 짓을 꾸몄다는 것처럼 들려서 그럼 나카무라가 너무 불쌍하니까 도리어 세가와 씨 주장에 분개할 정도로 나카무라가 한 짓을 선의로 감싸며 말하던 사이 어느새 갑자기 세가와 씨의 반대 입장에 서버리게 된 것이었지만, 생각해 보니 나카무라 이 자식 실로 괘씸하다. 도대체가 사람을 얕보고 있다. 하지만 그것보다도 당장 어떻게 해야 하는 건가. 내일은 5일이다. 그냥 내버려 둘 순 없다. 세가와 씨를 의지할 수도 없고 달리 방법도 없으므로 여하튼 그 돈을 빌렸다는 여자를 만나 처지를 설명하고 적어도 연기라도 해주십사 이야기해 보고 오자 결심해 그날 저녁 아직 밖이 밝을 때 서둘러 식사를 마치고 하숙을 나왔다.

행선지는 덴겐지(天現寺)이다.

도쿄로 공부하러 상경한 지 열 하고도 두 해, 황송하지만 아직 덴겐지 따위에 가본 적은 한 번도 없었다. 덴겐지는 너구리가 사는 곳이라고만 생각했다. 애초에 고리대금업자 여자에게 가야 하는 게 너구리보다도 훨씬 기분이 나쁘다. 그런 걸 덴겐지에 살게 해두는 게 너구리에게 오히려 망신일지도 모른다.

아카바네바시에서 환승했지만 무슨 이유인지 여기까지 오고 나서야 배가 고파졌다. 저녁 식사를 다소 일찍 마쳐서 그럼이 틀림없겠지만 그렇다 한들 아직 조금도 시간이 지나지 않았다. 그런데도 어쩐지 이상하게 이런저런 음식 냄새가 코를 찌르는 데다가 내내 기다려도 언제까지고 전차는 오지 않아 멍하니 서 있는데 강 건너편 연못 수풀이 구름 아래 탁한 하늘로 파고들어 이리저리 천천히 흔들리고 있다. 배가 고팠을 뿐만 아니라 살짝 오싹한 기분까지 들기 시작했다.

결국 근처 요리점으로 뛰어 들어가 잔뜩 마시는데 무섭도록 회전이 빨라서 잔을 비웠는지, 비우지 않았는지도 모르다가 그만 잔을 따라 주는 식모의 얼굴이 말도 안 되게 커 보이기 시작했다. 덴겐지 너구리에게 일격을 당해 이젠 이 근방 식모까지도 어쩐지 너구리스러운 분위기를 자아내는 건가 생각하며 식당을 나서자 바깥은 해가 완전히 저물어 있었다. 비가 올 것 같은 하늘이 갑갑하게 짓눌렀다. 그 새카만 하늘 아래 공기 속에도 어쩐지 방심할 수 없는 뭔가가 있었다.

그리고 전차가 왔다. 자그마한 전차들은 앞차와 뒤차 사이가 이음매로 일일이 매어 박힌 채 우르르 쾅쾅 허전한 담벼락 길을 흔들며 지나고 있다. 그렇게 생각하는데 갑자기 불 켜진 전구를 흔들어대는 듯 번들번들거리는 거리 모퉁이를 스쳐 달리며 창밖 풍경에서부터 상가가 늘어선 광경까지 어쩐지 너굴너굴하고 있다. 그리고 오고 또 오는 정류장도 전부 어쩐지 '무슨무슨 다리', '무슨무슨 다리'뿐이라 그 와중에 전혀 강을 건너는 것 같지도 않다. 너무나 괴이한 전찻길이라 부득이하지 않은 이상 좀처럼 타지 않는 건데 싶어 이번에는 안에 타고 있는 사람들을 둘러보자 이 역시 여기나 저기나 제각각 각기 다른 모습을 하고 있다. 더러운 줄무늬 셔츠를 입고서, 그 위에 한덴(印半纏: 하오리와 비슷한 겉옷으로 옷고름이 없음)에 하오리를 걸쳐 입고, 중절모 깃 그림자 아래로 뾰족한 코를 씰룩거리는 노동자가 있었다. 그 얼굴을 계속 바라보는데 코 아래로 수염을 기르고 있는 듯했지만 어쩐지 얼굴색과 똑같아 보여 분명치가 않다. 그러고서 신경이 쓰여 바라보자 그 남자 옆에도 마침 똑같은 풍채의 노동자가 한 사람 더 있고, 또 그 옆에도 한 사람이 더 있었다. 대단히 범상치 않았다. 이상하리만치 반짝반짝거리는 우비를 쓴 회사원도 묘한 표정을 하고 있었다. 여사원 같이 머리카락으로 귀를 가리고서 얼굴 가득 무게를 잡는 게 어쩐지 여간 그 꼬리 끝

같아 보이는 게 아니다. 전차 창문 안팎으로 농밀한 너구리 기운이 넘쳐흐르고 있었다.

마침내 덴겐지에 도착했다.

다리를 건너 절 담벼락을 따라서 꺾어 좁은 골목길 안쪽으로 들어가보자 바로 보였다. 그래도 헌등을 켜 두어 그 갓에 히라가나로 '마스다'라고 쓰여 있는 등 돈 빌려주는 할머니가 사는 곳 같지 않았다.

안내를 청해 객실로 가보자 이런 이런. 역시 내가 생각했던 대로의 얼굴이다. 눈이 각각 크고 작아 큰 쪽은 보이지 않는 듯하다. 한쪽 눈만 보이는 맹인인 것이다. 작은 쪽을 눈이 부신 듯 가늘게 뜬 채로 사람 얼굴을 주시하며 이야기를 했다. 이상한 낌새가 어린 목소리로 "처음 뵙겠습니다. 제가 마스다입니다만, 어느 용건으로 오셨습니까?" 하고 말했다. 내가 이름을 전하며 이곳에 들어온 이상 용건은 묻지 않아도 알 수 있을 터였다. 시치미를 뚝 떼는 할머니였다.

"저는 전혀 모르는 일입니다."

하지만 그 다음에 어떻게 말해야 할지 잠시 난처해졌다. 상대가 이렇게 입을 다물어 버린다면 이야기가 이어지지 않아 전부 내 쪽에서 털어놓는 수밖에 없다. 이에 예쁘장하니 젊은 여학생 풍의 딸이 차를 들고 왔다. 홍차인지 커피인지 묘하게 걸쭉하고 탁해 너구리를 녹인 듯한 색깔을 띠고 있다. 노파가 그걸 내 쪽으로 권하면서

"뭔가 착각이라도 하신 겁니까?" 하고 말했다.

"아뇨 착각이라기 보다도 전혀 저는 몰랐던 일입니다. 나카무라에 대해선 뭐라고 말씀드려야 할지 모르겠지만, 저도 요전 엽서를 보고서

야 처음 알게 된 겁니다. 그러니까 갑자기 그쪽에서 날짜를 정하고서 그걸 넘기면……."

"잠시만 기다려 주십시오. 죄송한데."

"오해가 아닙니다. 그럼 나카무라가 뭐라 말한 건진 몰라도 그땐 그 럴듯하게 거짓말이라도 한 것 같습니다. 저에게 상담했던 것도 아니라."

"사람을 착각하거나 하신 건 아니십니까?"

"제가 말입니까? 아뇨 저 본인입니다."

"아뇨 제 쪽을 착각하고 계신 게 아닌지 싶습니다만, 저는 처음 뵙는 거고, 그리고……."

"물론 저도 처음입니다. 하지만 아아 엽서를 받아서 하는 수 없이 오 게 된 겁니다. 요전에는 그 일로 세가와 씨가 찾아오시게 된 거고요."

"아뇨, 아뇨. 아까부터 엽서를 이야기하고 계시는데 제 쪽은 모르는 분께 엽서를 보낼 이유도 없고 또 그 세가와 씨인가 말씀하시는 분도 뵌 적이 없습니다."

"세가와 씨가 이쪽으로 방문하지 않으셨습니까?"

"아뇨, 그런 분은 오지 않으셨습니다."

"마스다 씨가 아니십니까?"

"마스다이긴 합니다만, 혹시 몇 번지를 찾아오셨습니까?"

"36번지입니다."

"호호." 하고 노파가 웃었다. 아니 노파가 아닌 듯하다. 실로 곤란하 게 되어 버렸다. "이쪽은 180번지입니다. 30번대는 아직 훨씬 더 안쪽 입니다."

그렇게 말하며 생긋생긋 웃고 있다. 딱히 화가 난 것 같지도 않다. 나는 꽁치 건어물같이 수척해져 그 집을 나왔다.

나중에 물어보자 '마스다'는 '마스다'지만 내가 찾던 마스다(增田)가 아닌 다른 마스다(益田)였다. 센다이자카 학교의 교감이었던가 하여 상당히 유명한 여류 교육가였다. 더욱이 덧붙여 두지 않으면 안 되는 것은 그 마스다 씨는 짝눈도 맹인도 아니었다는 점이다. 내 기분 탓에 그렇게 보였는지도 모른다.

아무튼 호된 꼴을 당하고서 진짜 돈 빌려주는 노파에게 가는 것도 염증이 나버려서 역시 그만두고 돌아가려다가도, 내일은 5일, 그 5일이 지나면 무슨 꼴을 당할지 모른다 싶어 그만둘 수 없다. 더 안쪽이라 하는 36번지를 찾아 가보자 진짜 마스다가 있었다. 헌등도 없고, 현관에 얇은 격자를 이어 붙인, 집세로 보자면 해봐야 25엔 정도 될 법했다.

스물두셋 정도의 행동거지가 대단히 빠릿빠릿한 아가씨가 나와서 "아, 아오치 씁니까, 네, 네, 잠시만." 하고 말하며 다시 한 번 거듭 내 얼굴을 쳐다본 뒤 안으로 들어갔다. 뒤를 돌아보는 모습이 어쩐지 길을 가로지르는 족제비 모습처럼 기웃기웃거렸다. 아무튼 너구리를 녹인 듯한 홍차의 객실과는 달리 곧바로 자기인지가 가능한 점은 우선 무척이나 감사한 점이었다.

잠시 후 다시 그 갸웃갸웃 아가씨가 안에서 나오는데 한 손에 작고 더러운 방석을 들고 있었다. 그걸 입구 마루에 펼치며,

"자, 앉으세요, 앉으세요." 하고 은혜를 베풀 듯 말했다. 어쩐지 혀가 약간 짧은 것 같다. 어쩔 수 없이 나는 그 방석 위에 앉아 담배를 피웠다.

"정말 큰 일이셨겠어요." 하고 그 아가씨가 달래 주었다.

"매일 외출하고 계신 겁니까? 큰일이시네요. 어느 쪽에서 근무하고 계십니까?"

"타이완(臺湾) 은행입니다."

"아, 따이완 은행에 계십니까? 훌륭하시네요."

"엽서를 받고서 찾아뵙게 되었습니다. 그 일은 저는 모르는 일입니다. 갑자기 재촉을 받아서 난처합니다."

"그렇다 하시더라도 괜찮으세요. 엄마가 계속 성가시게 보채고 있지만 누구하고라도 융통성 있게 하시니까요."

"그럼 5일 안에 운운하고 쓰시긴 했어도 괜찮은 겁니까?"

"괜찮으셔요, 이쪽에서 말씀드린 대로 너무 급하게 해주지 않으셔도 괜찮아요. 근무하시는 쪽도 바쁘시지 않으세요?"

"아뇨, 쉬엄쉬엄하고 있습니다. 하지만 막상 뭔가 당하게 되면 곤란합니다만."

"아 화가 많이 나셨나 보네요. 괜찮아요. 제가 그렇게 하도록 내버려두지 않으니까. 성격이 올곧으신 분은 대개 화가 많으시지요."

"아뇨, 그런 건 아니긴 하지만 그럼 아무튼 제 쪽에서 나카무라와 이야기하고 난 뒤 답장을 드리기 전까지 기다려 주시겠습니까?"

"네, 네. 그거야 어떻게 되든 간에 본인들 문제시니까 괜찮으십니다. 그런데 혹시 지금은 계속 하숙 쪽에서 살고 계신 겁니까?"

"네, 네. 그렇습니다. 아무튼, 이렇게 하고 다시 제 쪽에서 연락드리긴 하겠습니다."

그러자 누군가 안쪽에서 나왔다. 무섭도록 키가 큰 여자다. 그러고서 놀라웠던 점은 이제 막 50에 가까운 듯한 연배라 생각했는데 분으로 새하얗게 마구 칠해 둔 것이었다.

"실례했습니다. 요전에는 한번 세가와 씨가 와 주셨는데 마침 감기로 누워 있느라 면목 없는 꼴로 봬서 세가와 씨도 분명히 의아해하셨을 겁니다."

나는 깜짝 놀랐다. 깜빡깜빡하고 눈동자 부딪치는 소리가 들리는 것 같았다.

"세가와 씨를 알고 계신 겁니까?"

"음, 알고 있는 정도가 아닙니다. 그분도 옛날엔 꽤나 유흥에 빠져 계신 것 같아 부단히 저희 쪽으로 오셔서는 '돈 빌려줘, 돈 빌려줘' 말씀하시곤 했어요. 이쪽은 장사니까 빌려드리고 싶은 마음이야 굴뚝같았지만요. 저런 훌륭하신 분은 장래가 유망하다든가 저희 같은 사람도 충분히 공감하는 바라 요컨대 세 번에 한 번은 거절하고 있어요. 그러면⋯⋯."

"세가와 씨는 그렇게 아는 사이신 겁니까?"

"어머 그렇게 해서 귀하 문제로 와 주신 것이 아닙니까?"

나는 뭐가 뭔지 알 수 없었다. 요컨대 세가와 씨가 뭔가 또 착각하고 있는 건가.

"아무튼 엽서를 받고서 뵈러 온 건데 제가 나카무라와 이야기해서 어찌하기 전까지는 기다려 주십시오."

"기다리지 못할 것도 없지만 저희 쪽은 장사로 빌려드리고 있는 거라 그 정도의 이자만이라도 받으면 어떻게 하든 상관없습니다. 어떠십니까, 오늘 밤은 조금이라도 이자를 들고 오셨습니까?"

"이자라든지 저는 그런 건 모릅니다."

"그러면 빈손으로 이야기를 매듭지으려는 겁니까? 정말이지 제멋대로 말씀하시네요."

"어머 엄마." 하고 갸웃갸웃 아가씨가 입을 열었다. "이쪽은 타이완 은행에서 일하고 계셔서 아무것도 모르셔요. 친구분 때문에 이쪽까지 오시다니 그것만 해도 대단한 호의잖아요"

"하지만 이봐요, 이자도 들고 오지 않고서 이야기하는 거로는 호의가 호의가 될 수 없죠. 그저 그럴 거라면 일부러 와 주지 않으셔도 이쪽에서 받아내는 방법이 있으니까요."

"방법이라면 압류입니까? 그렇게 되면 곤란해서 제가 일부러 여기까지 온 겁니다. 나카무라가 뭐라 하고 제 이야기를 하고서 돈을 빌려간 건지 모르겠지만, 아무튼 나카무라와 저는 친구니까 그런 의미에서 피해자로서 이번 일도 감수할 생각입니다. 하지만……."

"잠시만요, 피해자는 저희 쪽입니다. 당신들이 피해자라니, 훌륭한 우의가 아닙니까? 혹 당신들이 아니라고 말씀하셔도 그건 나카무라 씨와 귀하 사이에서 얘기하고 풀어야 할 문제지 그걸로 끝까지 모르겠다고 저희 쪽에 모른다고 말씀하시면 저희들도 어쩔 수 없어 나카무라 씨를 사기횡령으로 고발할 수밖에 없습니다."

"어머 엄마!" 갸웃갸웃 아가씨가 하얗게 부은 손으로 불쑥 모친 앞을 막아 세우고서는 바로 내 얼굴 앞으로 그대로 들고 와 무릎을 꿇었다.

"괜찮으세요. 아무튼, 조금 전에 말씀드렸듯이 먼저 나카무라 씨와 이야기해 보고서 그 후에 이쪽으로 답장을 주시면 그걸로 괜찮습니다. 정말로 큰일을 당하셨네요. 하지만 남자들의 우정이 아주 부러울 정도예요. 역시나 학생 시절부터 친구 사이셨던 겁니까?"

"네, 네. 그렇습니다." 하지만 나는 인제 그만 돌아가자 생각하고 있었다. 만만치 않은 상대인 노파는 상대하기가 까다롭다. 갸옷갸옷 아가씨의 말을 신뢰해 우선 당분간은 괜찮다고 결정되었다면 이런 곳에 오래 머무르며 혀 마디가 부족한 상대와 이야기를 계속 이어간들 아무 부질없다. 격하게 일어섬과 동시에

"그럼 조만간 다시 아무튼 나카무라와 이야기해 보겠습니다. 그러고서 답장하겠습니다. 안녕히 계시길."

하숙으로 돌아와 서둘러 나카무라에게 편지를 보냈다.

이삼일이 지나 답장이 왔다. 답장과 함께 뭔가 묵직하게 들어있는 작은 소포가 전해져 왔다.

답장에는 "걱정하지 마, 내가 처리할 테니 괜찮아."라고 쓰여 있었다. 나는 그걸 보고 안심이 되었다. 그러니 이걸로 이제 됐다 싶긴 했지만 나카무라 자식 한 마디 사과도 하지 않다니, 화가 나지만 뭐 그런 건 어찌 되든 상관없고 그다음엔 소포다.

기름종이를 뜯자 안에서 나온 건 닭 시체였다. 날개 깃털이 모조리 쥐어 뽑혀 체념한 듯 하얀 눈을 치켜뜬 채 가로로 눕혀져 있었다. 옆구리 근처를 콕콕 찔러 보자 섬뜩하리만치 차가운 느낌이 손끝으로 전해져 아무래도 달갑지가 않았다. 하지만 도무지 살아있는 것 같지도 않

왔다. 도대체 어떻게 해야 하는 건지 알 수 없다. 이런 건 역시 세가와 씨에게 상담하러 가는 것 외엔 달리 방법이 없다.

세가와 씨는 거지 중 같은 꼴로 책상 앞에 앉아있었다.

"먹어 버리자."고 터무니없는 소리를 하며 거지 중이 부르짖었다.

상담 결과 예의 접시 사건 요릿집에 그 닭을 들고 가서 전부 요리로 만들어 받아먹기로 결정했다. 닭을 들고 가는 건 나였지만 뼈를 전혀 제거하지 않고 국물로, 다진 고기도 양념구이로 해 받도록 특별히 부탁하고 왔다.

날이 저물기만을 기다리다가 그 요릿집으로 가보자 세가와 씨는 이미 먼저 와서 식모를 상대로 술을 마시고 있었다. 그리고 오늘 여기 식모들에게 전부 닭을 베풀기로 했다며 으스대고 있었다.

슬슬 요리가 나오자 세가와 씨는 맛있어 보이는 고기에는 눈길도 주지 않고 무턱대고 으드득으드득 뼈를 씹었다.

"닭을 먹을 때는 뼈를 먹어야 하는 거야. 골수를 씹어 댈 때의 풍미를 어디에도 댈 수 없다고. 자네도 뼈를 더 먹게나."

하고 말하며 다시 정강이 같은 걸 까득까득 씹어댔다.

그사이에 예기(藝妓)들이 들어와 술이 돌자 굉장히 어수선해졌다. 세가와 씨는 갑자기 일어서더니 뭔가 이상한 손짓으로 동동 구르는 듯 발길질을 해대며 그 주위를 돌아다녔다.

"뼈다귀 춤이다. 새로운 무용이라 너희들은 모를걸." 하고 말했다.

한 예기가 샤미센(三味線: 현이 세 줄 달린 일본 전통 현악기)을 울리면서 노래를 부르기 시작했다. "몸은 부수고 부숴서, 뼈는 바닷가에 헹궈 주소.

주워 모아 먹어 버리겠소."

따이완 은행도, 덴겐지도, 너구리도, 나카무라도 아무럼 좋다. 얼큰하니 취해 집으로 돌아오자 한 시 전이었다.

다음 날 은행에서 돌아오는 길에 세가와 씨에게 들러 보았다. 변함없이 거지 중 같은 꼴로 책상 앞에 앉아있었지만 뭔가 다소 이상한 얼굴을 하고 있다. 입을 조금 연 채로 아무리 바라보아도 닫지를 않는다. 뭔가를 말해도 묘하게 쌀쌀맞은 목소리다.

"왜 그러십니까?" 하고 물어보았다.

"아니 별로 큰일도 아니지만 오늘 아침인가부터 이쑤시개를 쓸 수가 없어. 지금도 완전히 입안이 부어 버렸거든. 특히 위턱 뒤쪽이라든지, 아무튼 한 스무 군데 정도 다친 것 같아. 아파서 입을 다물 수가 없네."

세가와 씨는 그렇게 말하면서도 웃지 못했다. 아파서 웃지도 못하는 것 같다.

# 햣키엔 선생 언행록

## 제1장

야나기야 여관의 나사가 느슨해진 괘종시계가 정오, 간신히 열두 번을 치기를 마치자 햣키엔 씨는 자신의 방 북향 창 아래에서 언제나처럼 언짢은 얼굴로 열두 번 눈을 끔뻑였다.

골목 구멍가게에 비누를 사러 갔다가 쥐고 있던 50전 은화를 문간에 떨어뜨려 아무리 찾아보아도, 웅크려 앉아 보아도 찾을 수 없던 중에 그만 눈을 떠버려 아깝기도 하고 아무리 꿈이라 해도 계속 신경이 쓰여 불쾌했다.

햣키엔 씨는 그대로 한 시간 가까이나 이불 안에서 꾸물꾸물대던 끝에 겨우 기어 나오는가 싶더니 이번엔 다시 머리맡에 주저앉아 버렸다. 그러고서 대단히 불쾌하다는 얼굴로 연달아 담배를 태울 뿐이었다. 하숙 식모가 미닫이 틈으로 넣어 둔 신문을 가지러 일어서는 것도 귀찮았다.

"선생님, 주무시고 계십니까?"

미닫이 너머 복도에서 식모가 갑자기 목소리를 냈다.

햣키엔 씨는 마침 그쪽을 향해 있었지만 언짢은 표정이 그대로 한층 더 음울해질 뿐 아무런 대답도 하지 않았다.

"주무시고 계십니까? 기쿠야마 씨가 뵈러 오셨습니다만."

식모가 잠시 틈을 두고 밖에서 다시 목소리를 냈다. 그러자 햣키엔 씨는 무섭도록 낮은 목소리로,

"일어나 있다고."

하고 말하고서 느릿느릿 일어나 미닫이를 열고 복도로 나왔다. 그리고 식모의 얼굴을 무서운 눈으로 노려보면서,

"어디 바깥방으로 안내해 두게,"

하고 말한 채 세면장 쪽을 향해 가버렸다.

'그 사이에 이부자리를 정리하고 청소를 좀 해주게' 하고 말하는 걸 일부러 생략해 언짢은 여운을 남겼다.

"오늘은 혼자 오셨어요."

하고 말하며 식모는 현관 쪽으로 되돌아갔다.

기쿠야마 씨는 이쿠타류 고토(生田流琴: 고토의 한 종류로 연주시 손가락에 사각진 손톱을 끼움) 스승이자 맹인학교 선생으로 고토(勾当: 옛날에 맹인이

맡던 관직명)의 지위에 있는 맹인이다. 햣키엔 씨와는 몇 년 전부터 알고 지내던 사이로 서로 늘상 왕래하고 있다. 학문도 깊고 식견도 갖추고 있다. 하지만 무슨 이유에서인지 대단히 감이 나빠서 집에서도 자주 기둥에 부딪히거나 사다리 계단을 헛디디곤 한다. 그래서 안내해 주는 사람을 끌고 다니지 않으면 한 걸음도 밖으로 나올 수 없는데 오늘은 어째선지 혼자 온 듯하다.

햣키엔 씨는 줄곧 세면장 앞을 떠나지 않았다. 딱히 하는 것도 없으면서 만사에 품이 드는 게 햣키엔 씨의 버릇이다.

그리고 겨우 세수를 마치고서 자신의 방으로 돌아와 보니 벌써 깨끗하게 청소도 마쳐져 있고 기쿠야마 씨가 화로 앞에 대기하고 있었다.

"혼자 오셨습니까?"

햣키엔 씨는 대뜸 물었다.

"네 혼자서 왔습니다."

"위험하지 않으셨어요?"

"네, 위험했지요. 하지만 제가 근래 음향에 따라서 모든 사물을 볼 수 있다는 신념을 기르고 있거든요. 뭐든지 신념이 우선이죠. 그래서 오늘은 혼자서 와봤습니다."

"괜찮습니까? 원래 맹인들도 대개는 혼자 다니곤 하지만 당신은 감이 너무 나쁘니까."

"그래요, 그래서 곤란했죠. 하지만 습관도 들여야 합니다. 그런데 우선, 요새 연락이 뜸해 죄송했습니다."

하고 말하며 기쿠야마 씨는 쓱 하고 사과를 했다. 그 정도 인사를 마치지 않고선 넘어갈 수 없다는 것이었다.

핫키엔 씨는 다소 당황한 듯이 그 얼굴을 거듭 바라보며,

"아아, 별다른 일은 없으셨습니까?"

하고 말했다. 그 말투가 너무나 부자연스러워서 이번엔 기쿠야마 씨 쪽에서,

"후후후. 아뇨 그 후로도 뭐."

하고 형식적인 인사말을 했다. 그러고서 둘 다 조용해졌다. 창 아래 공터에 닭이 시끄럽게 요란을 떨고 있었다.

"기쿠야마 씨 실은 제가 아직 아침 식사를 하지 않았습니다만."

하고 핫키엔 씨가 남 탓을 하듯이 말했다.

"그렇습니까? 아니, 쉬고 계셨던 것 같은데. 이런. 이거 터무니없는 실례를 했습니다."

"그래서 점심 어떠십니까?"

"저는 마치고 왔습니다. 그래요 벌써 한 시 반이에요."

하고 말하며 허리띠 사이에서 유리 덮개를 끼지 않은 회중시계를 꺼 내 오른손 집게손가락 마디로 시곗바늘 끝을 눌렀다.

"그래요. 벌써 한 시 사십 분이에요."

그렇게 말하고서 기쿠야마 씨는 코언저리에 옅은 웃음을 띠었다. 어 쩐지 득의양양해 보였다.

"그럼 실례하기로 하죠. 죄송합니다만 뒤쪽 기둥에 있는 벨 좀 한번 눌러 주시겠습니까?"

핫키엔 씨는 예전부터 무턱대고 다른 사람을 부리는 버릇이 있다. 누

구인들 그곳에 있는 사람을 자신의 용무에 부리는 데 거리낌이 없다. 손을 뻗으면 닿을 수 있더라도 다른 사람에게 시키는 쪽이 좋다. 이전에 학교를 갓 나왔던 당시, 어느 출판사에서 교정을 부탁받아 매일 쓰키지의 활판소에 다니던 때 출판사에서 붙여 보낸 사환 아이를 이런저런 일로 너무 부려서 사환 아이가 크게 분개하던 것을 햣키엔 씨는 조금도 알지 못했다. 어느 날 아침 햣키엔 씨가 공장에 가보니 사환은 아직 출근하지 않았었다. 문득 자신의 책상 위에 놓인 종이쪽지를 발견하여 손에 들고 펼쳐보자

"사람을 부려먹고도 모르는 척. 바보 취급도 정도가 있지. 나는 분명 사환이렷다."

하고 쓰여 있었다. 햣키엔 씨는 갑자기 얼굴이 붉어졌다. 그러고서 홀로 근처를 둘러보는 듯한 눈짓을 했다. 그 사환은 그 이후로 오지 않았다. 공장에도 본인이 자청해 떠나 버렸다는 걸 후에 듣고서, 햣키엔 씨는 자신이 미처 알아차리지 못한 버릇이 타인에게 큰 모욕이 되었음을 뒤늦게 깨달았다. 하지만 햣키엔 씨의 그 버릇은 역시나 언제까지고 그대로였다. 현재 맹인을 부려먹으면서까지도 태연하다.

기쿠야마 씨는 한 손으로 기둥을 더듬어 올라가며,

"아아, 이겁니까? 저겁니까?" 하고 말하며 전령 버튼을 눌렀다. 그러고서 계속하여 누른 채 손을 떼지 않는다. 카운터 쪽에서 날카롭고 커다란 소리가 끊임없이 울려댔다. 식모가 황급히 복도를 뛰어온다.

"이제 됐어요."

햣키엔 씨가 거북한 얼굴로 말했다.

"그렇습니까? 벨은 정말 편리해요. 저도 붙이고 싶다고 늘 생각하고 있지만 꼭 착수하지를 못해서. 근데 이 정중앙을 누르다 보면 어쩐지 배꼽 주름을 누르는 것 같은 기분이 들잖아요."

핫키엔 씨는 자신의 배꼽이 별안간 간질간질해져 이상하다는 듯한 표정을 지으려 하는데 그 순간 식모가 "부르셨습니까?" 하고 말하며 미닫이를 열었다.

"아아, 식사를."

"네, 선생님 혼자십니까?"

"응 혼자네, 배꼽이라고 하는 게 평소에는 잘만 잊고 지내다가도 떠오르기만 하면 간지러워지니까 이거 원, 제가 언젠가 고래 배꼽에 대해서 생각해 본 적이 있긴 한데 말이죠."

"고래한테도 배꼽이 있습니까?"

"있는 것 같은데 말입니다. 본 적은 없지만요. 아시는 듯이 고래라는 게 바닷속에 있긴 해도 포유동물이라 새끼 고래한테 젖을 먹이지 않습니까?"

"물속에 있으면서 어떻게 먹이는 거죠? 소금물이랑 같이 먹이게 되지 않을까요?"

식모는 핫키엔 씨와 기쿠야마 씨의 얼굴을 번갈아 바라보다가 가만히 미닫이를 닫고 돌아갔다. 그러고서 부엌 쪽에서 돌연 큰 소리로 웃어댔다.

"소금물을 조금 마실지도 모르지요. 하지만 그것보다도 인간 아기나 고양이 새끼가 부모 젖을 먹을 때 모습을 생각해 보면 고래는 분명

안을 수도 없고 또 아기 쪽에서도 앞 팔이라든지 손이라든지로 어미의 유방을 누를 수도 주무를 수도 없잖아요? 기쿠야마 씨 당신께선 고래에 대해서 잘 알고 계십니까?"

햣키엔 씨는 맹인을 향해 억지스럽게 묻기 시작했다.

"그래요. 물론 본 적은 없습니다만 알고는 있어요. 메기처럼 커다란 물고기 모양을 하고 있다죠?"

"그렇습니다. 메기를 완전히 능가하지만요. 메기는 알고 있습니까?"

"메기 말입니까? 하하하. 물론 사람들 이야기로요. 먹어 본 적은 없어요. 그런데 새끼 고래는 어떻게 젖을 먹는 거죠?"

"그래서 제가 독일 백과사전에서 찾아보았는데요. 보니까 아기 두 마리가 어미 고래 배에 매달린 사진이 실려 있더라고요."

"매달려서 먹는 겁니까? 그런 거예요?"

"그런 것 같아요. 물속에서도 그러면 되는 것 같죠? 하지만 뭔가 겸연쩍은 사진이었어요."

하고 말하며 햣키엔 씨는 다시 배꼽이 떠오른 듯한 표정을 지었다. 그러고서 도둑처럼 덥수룩하게 수염을 기른 턱을 무턱대고 벅벅 긁어댔다.

햣키엔 씨는 학교 선생이다. 어느 사립대학에서 십 년을 하루같이 독일어를 가르치고 있다. 서른이 지나 한번 결혼한 적이 있었지만 얼마 안 있어 아내와 별거하여 그 이후로 마흔을 바라보게 된 현재까지 집도 없이 곳곳의 여관이나 하숙집을 전전하고 있다. 그사이에 해가 지나 점점 머리 꼭대기가 반짝거리기 시작하더니 무섭도록 넓디넓게 벗겨져 올라가기 시작해 이마에 남아 자라는 털 일대가 차차 좁아져 갔지만 햣키엔 씨는 각별히 당황하는 기색도 없다. 그 정도뿐만 아니라 우연히 이발소에 다녀오거나 해도 아기 솜털 같은 머리털을 오른쪽으로 쓰다듬었다가, 왼쪽으로 쓸어 보았다가, 다시 시퍼렇게 바짝 깎은 뺨으로부터 턱을 마구 문지르며 언제까지고 거울 앞을 떠나지 않았다. 하지만 그다음 날이 되면 햣키엔 씨의 뺨은 마치 자석이 쇳가루를 빨아들인 것처럼 벌써 까끌까끌해지기 시작한다. 게으른 햣키엔 씨는 매일 직접 면도하는 등등의 귀찮은 일이 불가능하므로, 결국 그대로 놔두면 수염이 금세 제멋대로 자라고 자라서 어쩐지 석판 인쇄한 서양인 얼굴같이 되어 버린다. 그리고 수염으로 혼잡해진 얼굴 가운데서 눈만이 기분 나쁘도록 무서운 빛을 뿜는다. 얼굴에 그 정도 위엄도 없는 주제에 눈만 무턱대고 빛을 뿜는 건 햣키엔 씨의 오랜 교사생활 결과 교단에서 학생을 노려보던 습관이 남아 머무르고 있는 것임이 틀림없었다. 햣키엔 씨는 집에 있어도 그 무서운 눈으로 식모를 노려보며 매일 아무것도 아닌 일에 화를 내며 살아가고 있다. 이 야나기야에도 벌써 일 년 가까이 머물러 대개의 버릇을 숙소 사람들에게 이해받고 있었지만 햣키엔 씨 쪽은 조금도 너그러워지지 않는다.

식모가 상을 날라 오자 햣키엔 씨는 아까부터 배꼽 이야기 때문에 근질거려서 히죽거리던 자신의 얼굴을 식모에게 보이는 건 위엄과 관계된 일이라 생각해 표정을 서둘러 떨떠름하게 바꿔 가다듬었다.

"오늘 아침, 아직 쉬고 계실 때 시마무라 씨에게서 전화가 있었습니다."

하고 말하며 식모는 상을 내려놓으며 햣키엔 씨의 낯빛을 살폈다.

258

'어째서 깨우지 않은 거야' 하고 핫키엔 씨는 뱃속에서부터 화가 치밀었다.

"오늘 밤 다섯 시까지 기다리시겠다고 말씀하셨습니다. 경사스러운 날인가 봐요. 왠지 들뜬 듯한 목소리였어요."

그걸로 핫키엔 씨는 간신히 오늘 시마무라의 결혼피로연에 초대받은 게 떠올랐다. 동시에 그 초대장에 답장을 쓰려고 하다가 아직 일주일이나 남았다며 잊어버리고서 여태 답장을 보내지 않은 사실이 떠올랐다. 시마무라는 핫키엔 씨가 봉직하고 있는 대학을 작년 봄에 졸업한 법학도이다.

"좋아. 그러면 맥주를 들고 와주게."

핫키엔 씨는 태연자약한 목소리로 명했다. 그 후 기쿠야마 씨에게 "마시죠?" 하고 묻자 기쿠야마 씨는 조금만 마시겠다 대답했다.

식모가 바로 맥주와 완두콩과 바나나를 들고 왔다. 핫키엔 씨는 그 쟁반을 기쿠야마 씨의 손 닿기 편한 곳에 놓아두면서

"바나나를 들고 왔으니 어쩔 수가 없네."

하고 혼잣말처럼 말했다.

"바나나 냄새가 나네요."

하고 기쿠야마 씨는 코로 바로 알아맞혀 버렸다.

"벗기지 않았는데도 냄새가 나는 겁니까?"

"그럼요."

기쿠야마 씨는 그렇게 말하며 잽싼 손동작으로 바나나를 집어 들어 껍질을 까먹었다. 어디에 놓여 있든 코로 맡아 짐작하는 듯하다.

햣키엔 씨는 기쿠야마 씨의 컵에 맥주를 붓고서 자신도 두세 잔 따라 마셨다. 그러고서 식사를 시작하려다가 금세 그만두고서 맥주만 무턱대고 마셨다. 기쿠야마 씨는 익숙해진 손짓으로 맥주를 마시며 완두콩을 씹어 먹었다. 왼손바닥에 적당히 콩을 옮기고서 그 손을 가슴 언저리에 들어 올린 채 오른손 손가락으로 하나씩 집어 먹고 있다. 기쿠야마 씨 컵에 맥주가 떨어지면 햣키엔 씨는 곧바로 채워 부었다.

"그렇죠? 날이 꽤나 풀려서 따뜻해졌습니다."

기쿠야마 씨가 붉어진 얼굴로 말했다.

"아직 추워요. 추위는 이제부터니까요."

"하지만 이제 입춘이잖아요. 슬슬 코가 가려워질 시기예요. 어젯밤에도 처마 뒤쪽에서 고양이가 울어서 잠을 잘 수가 없었습니다."

"입춘 전날 고양이(입춘 전날에 콩을 뿌려 잡귀를 쫓는 풍습이 있어 그 콩을 주워 먹으려고 개나 고양이가 꼬임)인가요? 전 그 소리만 들으면 스스로가 짐승이 되는 것 같아서 정말 싫어요."

"뭐 그렇게 싸잡아 말할 순 없겠죠. 그 중엔 미뇽, 미뇽(괴테의 「빌헬름 마이스터의 수업시대」에 나오는 소녀이자 슈베르트의 가곡 〈미뇽의 노래〉의 주인공)하고서 우는 근사한 구혼자도 있을 테니까."

기쿠야마 씨는 그렇게 말하며 득의양양하게 혼자 웃었다. 서양 음반도 잔뜩 가지고 있고, 또 피아노와 바이올린 음악회 등에도 자주 나가는 기쿠야마 씨는 그런 이름도 보통 사람보다 많이 알고 있었다.

햣키엔 씨는 마지막 한펜(半平: 생선을 으깨서 찹쌀, 마 등과 섞어서 쪄낸 어묵 요리 일종)을 입안 가득 쑤셔 넣고서 갑자기 일어나선 아까 먹은 날달걀 껍데기를 창밖으로 던졌다. 그리고 그 김에 이번엔 자신이 벨을 눌러 상을 치우게 하고 맥주를 대신 명했다.

"뭘 버리셨습니까?"

기쿠야마 씨가 궁금해했다.

"뭐 계란 껍데기를 버렸습니다. 기쿠야마 씨는 가짜 계란에 대해 알고 계십니까?"

"모릅니다만 그게 뭡니까?"

"유리로 만든 위조품 계란입니다."

"요컨대 의치를 틀니라고 하는 것 같은 건가요?"

기쿠야마 씨가 덧붙였다.

"뭐 그런 겁니다. 닭을 속이기 위해서 쓰는 겁니다."

"닭을 왜 속이는 거죠?"

"두 가지 목적이 있습니다. 암탉이 보금자리에 든다는 말이 있죠. 그 때 품어 안는 씨알이 충분하지 않으면 안 되거든요. 그대로 놔두면 둥지 닭이 곧장 품기를 멈춰 버려서. 요컨대 알을 부화시키지 못하게 되어 버리는 겁니다. 그래서 품을 수 있는 만큼 일곱 개 여덟 개라도 동시에 넣어 두지 않으면 부화하는 날이 금세 다가와 둥지 닭이 나중 알은 충분히 품지 않거나, 앞서 부화한 병아리를 밟아 뭉개 버리거나 하면 안 되니까. 그래서 가짜 계란이 필요한 겁니다."

"가짜 달걀을 그렇게 쓰는 거군요. 너무 잘 알고 계시는 것 아닙니까?"

"아, 제 필요로 인해 연구했던 겁니다. 달걀이 부화하는 기간은 21일 간인데 둥지 닭에겐 21일을 셀 정도의 두뇌가 없습니다. 그래서 위조

달걀을 사용해 진짜 씨알이 마련될 때까지 그 모조품을 품고 있도록 놔두는 겁니다."

"하지만 그건 너무 이상한데, 아무리 닭이라 해도 정말 달걀하고 유리 달걀은 구별할 수 있을 것 같은데요."

"그렇지가 않습니다. 닭에겐 유리라고 하는 관념은 없으니까요."

"그런가요. 그렇군요. 닭은 역시 우둔하네요."

기쿠야마 씨는 불평 어린 얼굴로 닭 대신 분해하면서 연신 맥주를 마셨다. 이미 아까부터 새빨개진 얼굴을 하고 있다.

"그게 가짜 달걀을 사용하는 목적 중 하나입니다. 다른 하나는 암탉 중엔 성질이 포악한 녀석이 있어서, 혹은 어쩌다가 자극을 받아 그런 습벽이 깨어나기도 하는 것 같지만 아무튼 자기가 낳은 알을 모조리 꼭꼭 찌르거나 부숴 버려 내용물을 할짝할짝 먹어 버리는 겁니다."

"달걀은 역시 닭이 먹어도 맛있는 걸까요?"

"그러한 닭 둥지에 가짜 달걀을 넣어 두는 겁니다. 그러면 닭은 진짜 달걀이라 생각하고서 그 유리알을 연신 세차게 자주 콕콕 찌르겠죠? 유리라고 해도 안이 꽉 차 있어서 단단하고 무거운 알이라 닭이 아무리 찔러대도 아무렇지 않죠. 반대로 닭 부리로 그 정도로 세게 두들기면 되레 아파서 불쾌해질 게 뻔합니다."

"느끼는 건가요?"

"결과로부터 보면 알 수 있어요. 결국 그렇게 닭은 몇 번이고 그 불쾌함을 경험하는 사이에 달걀을 두들기거나 깨뜨리지도 않는 겁니다. 그뿐만 아니라 부수려고 하면 부리 끝이 충격을 받아 자기 머리가 울리게 된다는 걸 깨달아서 결국엔 달걀을 부수는 걸 단념하게 됩니다. 그렇게 사육주는 그 닭이 생산한 달걀을 그대로 전부 집어들 수 있게 되는 것이 그 결과입니다."

"아, 알겠습니다. 이거 학문을 파셨습니다. 가짜 달걀, 흠, 가짜 달걀."

하고 말하며 기쿠야마 씨는 결론이 난 듯한 얼굴을 했다.

"아뇨, 이야기는 여기서부터입니다."

햣키엔 씨는 기쿠야마 씨의 컵에 맥주를 채워 부으며 다시 말을 이었다.

"가짜 달걀은 그런 목적으로 사용합니다만 혹시, 제2의 경우를 생각하여, 그 가짜 달걀을 사용하는 경우를 거꾸로 뒤집어서, 자신의 달걀을 먹게 되는 악벽(惡癖)이 조금도 없는 닭에게 이번에는 일부러 달걀의 맛을 가르친다면 어떻게 될 거라 생각하십니까?"

"집에서 키우는 호랑이에게 생피를 먹이는 것 같은 겁니까?"

하고 기쿠야마 씨는 애매모호하게 호응했다.

"닭은 원래 석회를 대단히 좋아해서 달걀 껍데기를 주면 좋아라고 먹죠. 달걀 껍데기의 맛을 알게 되면 자신이 만든 달걀을 보아도 우선 그 껍데기가 먹고 싶어지는 게 당연해요. 그렇게 그 껍데기를 콕콕 찔러 부숴 버립니다. 그러면 안에는 더 맛있는 내용물이 있는 겁니다. 사람이 닭을 키우는 건 우선 달걀을 모으려는 게 그 목적이잖아요. 자신이 키우고 있는 닭이 자신이 낳은 달걀을 전부 먹어 버린다면 그런 닭을 키우는 바보가 어디 있겠습니까? 당연히 서둘러 죽여서 먹어 버리거나 혹은 팔아 버리겠죠."

햣키엔 씨는 어째서인지 점점 열을 올렸다. 기쿠야마 씨는 이야기를
이해할 수 없어서 말없이 듣고만 있다.

그때 창 아래에서 다시 이웃집 닭이 한 차례 시끄럽게 요란을 피웠
다. 햣키엔 씨는 예의 무서운 눈으로 유리창 너머 밖을 노려보며 이야
기를 이었다.

"옆집 주인아저씨는, 아저씨일지 아줌마일지 모르지만, 무슨 생각으
로, 무슨 목적으로 닭을 키우는 건지 알 수 없죠. 이 창문 아래 공터에
숙소에서 야채를 심어도, 화초를 심어도, 전부 옆집 닭이 와서 먹어 버
리는 거예요. 작년 여름에도 제가 먹으려고 새잎 나물을 잔뜩 심어 놓
고서 자라기만을 즐겁게 기다렸는데 한 입도 남겨 두지 않고 전부 옆
집 닭이 와서 먹어 버린 겁니다. 제가 어찌나 화가 치밀던지 근처 과자
가게에 가서 아이들 용 장난감 딱총을 사 왔어요. 그리고 도로에 깔려
있던 작은 돌을 양손 가득 주워 와서 세면장에서 잘 헹군 뒤 진흙을 전
부 닦아내 창틀에 쌓아 뒀습니다. 그러고서 딱총에 그 돌을 끼워서 닭
을 겨눠 맞춰 버리려고 했는데 어린 시절 이후 몇십 년이나 딱총을 쏴
본 적이 없어서 그만 멍청하게 나뭇가지 사이로 보이던 제 왼손 엄지
손가락을 맞춰 버려 뭐가 어떻게 된 건지 하나도 알 수 없는 겁니다. 뛰
어오를 듯이 아파 정신을 차리고 보니 엄지손가락 손톱은 색깔이 완전
히 변해 버리고 머리 언저리에서는 피가 스며 나오는 거예요. 그 윗부
분이 일주일이나 낫지를 않았어요."

"위험하네요, 딱총이란 게 그렇게 위험한 겁니까?"

기쿠야마 씨는 딱총을 잘 몰라 적당히 대꾸하는 듯하다.

"그때 이후로 딱총은 그만두고 저는 가짜 계란을 생각해냈습니다."

"과연, 이해했습니다."

"그 이후로 매일 식사로 나온 달걀을 먹고서 반드시 그 껍데기를 창 아래로 버리는 겁니다. 제가 버린 껍데기는 금세 닭이 다가와서 먹어 버리죠. 그러면 아까 이야기했던 대로 그 닭은 달걀 맛을 알게 되어서 바로 자신이 낳은 달걀을 먹어 버리는 거죠. 그렇게 되면 이웃집 주인이 무슨 이유로 닭을 키우겠습니까? 자기 달걀을 먹어 버리는 닭을 키워 두는 바보가 어디 있습니까? 죽이든지 팔든지 하는 수밖엔 없죠. 결국 사육주 자신의 손으로 괘씸한 닭에게 제재를 가하게 하려는 겁니다."

"이해했습니다. 달걀 껍데기를 도대체 왜 굳이 창밖으로 버리는 건가 궁금했는데, 아 이제 이해했습니다. 그런데 그게 언제부터 일이죠?"

"벌써 작년 여름부터입니다. 거르지 않고 매일매일 창밖으로 달걀 껍데기를 버리고 있어요."

"그런데 아직도 이웃집에선 닭을 처분하고 있지 않은 겁니까?"

"그래서 화가 치미는 겁니다. 무슨 이유로 닭을 기르는 건지 알 수가 없어요."

기쿠야마 씨는 '음' 하고 말없이 생각에 잠겼다. 닭이 달걀을 먹지 않는 건 아닌지 하는 의문은 이야기의 진행상 햣키엔 씨가 안쓰러워 입 밖으로 꺼내지 못한 듯하다.

햣키엔 씨는 자신의 컵에 맥주를 따라 부어 마시고, 또 따라 부어 마셨다. 시마무라의 결혼식에 대해서는 벌써 잊어버린 듯하다. 기쿠야마 씨는 번번이 바나나를 먹을 뿐이었다.

"맥주 부었습니다. 좀 더 드시죠." 햣키엔 씨가 재촉했다.

"마시고 있어요. 근데 이제 슬슬 많이 마신 것 같습니다."

"바나나하고 맥주를 같이 먹으면 맛없을 것 같은데."

"그렇지 않습니다. 애초에 제가 바나나를 정말 좋아해서."

"저도 싫어하는 건 아니지만, 사실 배가 썩은 게 사과고, 사과가 썩은 게 바나나인 것만 같아서."

"샤미센이 썩으면 고큐(해금과 비슷한 일본 전통 악기)고, 고큐가 썩으면 바이올린이라는 거네요."

기쿠야마 씨는 득의양양하게 다시 코언저리에 엷은 웃음을 띠었다.

잠시 후 기쿠야마 씨가 갑자기 큰 하품을 했다. 그리고 이어서 두세 번이나 연달아서 해서 그때마다 목구멍 안쪽이 쿠와아- 하고 울렸다.

"하품은 정말 이상하다고 저는 생각합니다."

햣키엔 씨가 기쿠야마 씨의 크게 벌린 입을 바라보며 말을 꺼냈다.

기쿠야마 씨는 당황한 채 완전히 꽉 감긴 눈가 위를 계속해 문질러 댔다.

"정말 이상한 게 평소에는 어떻게 하든지 생각한 대로 움직이는 자신의 입이 하품할 때만은 자유롭지 못하지 않습니까. 결국 자기 자신이 아닌 다른 어떤 것에게 자신의 입을 지배당하고 말죠."

"과연" 기쿠야마 씨는 그럴싸하다는 표정으로 생각에 빠져들었다. 그때 다시 커다란 하품이 나와 목구멍이 쿠와아아- 하고 크게 울려,

"과연 이상하네요. 자기 생각대로 온전히 움직일 수 없어."

하고 자신의 하품을 음미했다.

얼마 안 있어 기쿠야마 씨는 갑자기 자신의 무릎을 손바닥으로 탁 두 들기며,

"그러면."

하고 말했다. 그러고서 그뿐으로, 다른 어떤 말도 하지 않고 조용해 져 버린다.

햣키엔 씨는 가만히 기쿠야마 씨의 얼굴을 바라보고 있다. 그 사이에 몇 번이나 햣키엔 씨 쪽에서 큰 하품을 했다.

그리고 꽤나 지난 뒤 기쿠야마 씨는 슬슬 무릎을 고치면서 이런 인사 를 꺼냈다.

"실은 새로운 음반이 있다면 들어보고 싶었습니다만 아 시간이 너무 많이 지나서 맥주에 취해 버렸습니다. 오늘은 이만 실례하고 그사이 한 번 우리끼리 음악 구락부를 조직하고 싶으니 그 일에 관해 상담해 보고 싶네요. 아니 바쁘시겠지만. 정말이지 대단히 폐를 끼쳤습니다."

뭔가 졸린 듯 희미한 목소리였다.

"뭐, 저는 딱히 할 일도 없는걸요."

하고 말하며 햣키엔 씨는 갑자기 시마무라의 결혼식이 떠올랐다.

그때 기쿠야마 씨가 다시 허리띠 틈에서 예의 시계를 꺼내 눌러보고 있기에

"몇 십니까?"

하고 햣키엔 씨 쪽에서 맹인에게 시간을 물었다.

"세 시가 약간 지났네요. 죄송합니다만 차 한 대만 불러 주시겠습니 까? 혼자서 돌아가는 건 귀찮아서."

"그쪽이 위험하지도 않고 좋겠네요. 근데 이제 세 시라면 아직 괜찮으니까 제가 슬렁슬렁 모셔다드려도 될까요?"

햣키엔 씨는 갑자기 바깥으로 나가보고 싶어져 그렇게 말을 꺼냈다. 특히 이후에 어딘가로 나가야 할 약속이 있다면 오히려 그전에 잠시 밖으로 더욱 나가보고 싶어지는 게 햣키엔 씨의 나쁜 버릇이었다.

"그렇습니까? 그럼 제일 좋긴 하지만 이다음에 볼일이 있으신 거 아니십니까?"

"뭐 아직 괜찮습니다."

하고 말하며 햣키엔 씨도 일어나서 망토를 두르고 모자를 눌러썼다.

그러고서 햣키엔 씨는 기쿠야마 씨의 손을 끌고서 오후의 거리로 나갔다. 둘 다 여태 얼굴이 새빨갰다. 기쿠야마 씨는 여유가 있는 다른 손에 쥐고 있던 지팡이가 다루기 힘들어 귀찮다는 듯, 햣키엔 씨와 어깨를 나란히 대고서 비틀비틀 구름을 걷는 듯한 발걸음으로 걸어갔다.


## 제2장


햣키엔 씨는 기쿠야마 고토의 손을 끌고서 비틀비틀 거리를 걷고 있다. 온통 수염투성이 얼굴의 다 큰 남자가 맹인과 손잡고 걷는 모습을 이상하다는 듯 쳐다보며 지나가는 사람도 있었지만 햣키엔 씨는 대단히 평온하다. 심심한 듯한 들개 한 마리가 잠시 뒤를 쫓아오다가 이내 시시해진 듯 하품을 하면서 골목으로 빠져나갔다.

"그래서 남편과는 끝장나고 상대 남자한테 가보니 전혀 수입이 없던 거예요, 점점 밥줄이 끊기다가 결국에는 세 번 식사하던 것도 한 번밖에 하지 못하게 되었다죠. 그러던 끝에 마침내 그 남자와 헤어지고 나서 지금은 오쓰카에서 다시 예기를 하고 있다고 하더군요."

기쿠야마 씨는 잠시 말을 멈추고서 감개에 잠겨 덧붙였다.

"약한 자여, 그대의 이름은 여자니라."

"바람둥이여, 그대의 이름은 여자니라. 그런 무리들은 늘상 그런 일뿐이라서, 남자한테 빌붙었다가, 헤어져도 의외로 아무렇지 않을지도 몰라. 근데 당신이 어떻게 그 여자를 아는 거죠?"

"이전에 제 쪽으로 지방 속요(俗謠)를 배우러 왔었어요. 대단한 미인이죠."

"그렇습니까? 하지만 당신은 알 수 없었을 텐데."

"뭐, 보이지 않아도 미인인지 어떤지 알 수 있죠."

"말도 안 돼. 더듬거려 본 겁니까?"

"무슨 멍청한 말을! 이 맹인의 세계라는 게 아주 특별합니다. 어떻게 설명해야 하려나, 당신 쪽에선 알 수 없을지 몰라도 눈이 없으니까 보이지 않지만, 뭐 그건 분명하지만, 그래도 당신 쪽이 보이는 눈을 막아버리는 것과는 달라요. 우리에게 시야가 없다면, 그래, 우리에게 시야가 결여되어있긴 하지만 거기엔 또 뭐랄까 요컨대 설명할 수 없는 어떤 감각이 미인을 인식하는 겁니다."

"무슨 감각인지 모르겠지만 방심할 수 없네요."

"진짜예요. 우리라도 추녀는 싫으니까."

키가 엄청 크고, 수다스럽고, 언제나 아름답게 멋을 부리는 기쿠야마 씨의 아내를 햣키엔 씨는 떠올렸다.

길 끝에 고무풍선을 팔고 있는 할머니가 있었다. 둘이 마침 그 앞을 지나가는데 늘여 놓은 풍선 중 어느 하나가 빵 터져 소리가 나는 바람에 기쿠야마 씨가 깜짝 놀랐다.

"뭐죠? 저 소리는?"

"고무풍선이 터진 겁니다."

"그렇습니까? 그런데 고무풍선이 도대체 어떤 거죠? 저는 아직 몰라서."

"고무 자루 안에 수소 가스인지 뭔지를 넣어서 부풀린 겁니다. 아이들 장난감이에요."

"그렇습니까? 그런데 그게 어디가 재미있다는 거죠?"

"어디가 재미있냐니, 어렵네요. 사람은 둥근 걸 좋아하니까요. 게다가 공기보다 가벼워서 둥실둥실 떠올라 어쩐지 놓쳐 버릴 것 같은 부분이 재미있을지도 모르죠."

"공기보다 가볍다니 이상한 물건이네요. 날아가 버리지는 않습니까?"

"그래서 놓치지 않으려고 줄로 묶어 둡니다."

"줄로 묶어 둔다라, 그런 겁니까? 재미있네요. 하나 사주시면 안 되겠습니까?"

"풍선을 사자고요? 뭘 하려고요?"

"들어보고 싶어서요."

그렇게 말하고서 기쿠야마 씨가 멈춰섰다. 햣키엔 씨는 기쿠야마 씨를 끌고서 대여섯 발자국 뒤로 돌아가 커다란 풍선 하나를 샀다. 할머니는 깜짝 놀란 듯한 얼굴로 둘을 번갈아 바라보았다.

기쿠야마 씨는 풍선을 들고서 빙글빙글 돌려보며 지팡이를 내려놓은 쪽 손가락으로 실을 움켜쥔 채 싱글벙글대며 다시 핫키엔 씨와 나란히 걷기 시작했다.

"꽉 붙잡으세요. 놓치려고 하는 것 같은데. 놓치면 큰일이에요."

"야 저거, 저거. 봐바, 봐바! 장님 아저씨가 풍선 들고 걷는다! 저기, 저기."

길가에 있던 어린아이가 갑자기 소란을 피웠다.

"장님이 계란 귀신 괴물이랑 걷는다!"

"엄청 시끄럽네요. 꼴사나운 걸까요? 버려 버릴까요?"

"버리려고 하면 하늘로 버려야 하는 거니까 왠지 이상하네요."

"과연, 뭐 상관없어요. 들고 걷죠. 이걸 잡아당기는 것처럼 어린아이에게 풍선을 들게 하고서 업으면 등 뒤 아이가 얼만큼은 가벼워져 편하겠네요."

"너무 많이 들게 하면 아이가 하늘로 떠올라 버릴지도 몰라요."

해는 벌써 거의 기울었다. 거리도 떠들썩해지기 시작했다. 하지만 핫키엔 씨는 다섯 시부터 초대받았다는 사실은 잊어버린 듯 느긋한 표정으로 맹인과 풍선과 동행하여 흔들흔들 걷고 있다.

"꽃이 예쁘네. 정말 활짝 피었어. 이봐 자네. 그건 무슨 꽃인가?"

수레에 화분을 싣고서 둘의 곁을 앞서 지나가던 남자에게 핫키엔 씨가 말을 걸었다. 모르는 사람에게 말을 거는 건 핫키엔 씨에겐 좀처럼 없는 행동이었지만 지금 자신의 곁을 지나고 있는 꽃에는 대단한 관심이 동한 듯하다. 아까부터 핫키엔 씨는 열렬히 그 꽃을 바라보며 걷던 중이었다.

수레를 끌고 가던 남자는 뒤를 돌아보며 멈춰섰다. 그리고 가볍게 인사를 하며 말했다.

"어르신 앞이라 솔직히 말씀드리자면 이건, 정말 솔직하게 말씀드리자면, 이건 조화이지만 말입니다. 하지만 이 나무는 진짜입니다. 보십시오, 잎사귀는 이렇게 살아 있어요. 두견화죠, 지금은 아직 계절이 맞지 않아서 피어나려면 시간이 꽤 남았어요. 그래서 결국에 이렇게 조화를 보고 계신 겁니다. 그 사이에 마침 계절이 되면 다시 같은 이유로 마침내 똑같은 꽃을 이중으로 볼 수 있다는 게 자랑거립니다. 화분 하나에 20전 받고 있습니다만 처음이니까 15전으로 깎아드리죠. 막 야시장에 가는 참입니다. 장담하는데 전부 팔립니다. 네, 그럼 이걸로 가져가시겠습니까? 가지 모양새도 이게 제일 좋습니다."

핫키엔 씨는 분하다는 듯한 얼굴로 꽃장수의 이야기를 들으면서도 거절할 수도 없어 화분을 하나 샀다. 꽃장수는 수레를 끌고서 쑥쑥 앞으로 나아가 버렸다.

핫키엔 씨는 한 손엔 기쿠야마 씨의 손을 끌고, 다른 한 손에는 조화 화분을 들고서 걸어가기 시작했다.

"조화를 좋아하십니까?"

하고 기쿠야마 씨가 물었다.

"진짜 싫어합니다."

272

햣키엔 씨는 성을 냈다.

"조화하고 생화하고 그렇게 구별이 어렵습니까?"

"뭐 한눈에 알 수 있죠."

햣키엔 씨는 그렇게 말하고서 다시 침착해졌다. 그리고 얼마 안 있어 내뱉듯이 이렇게 말했다.

"가증스러운 꽃장수 같으니. 잡상인은 도무지 어떻게 할 수가 없어요."

"바보 같은 놈과 만나 버렸네요. 처음으로 꽃을 쥐어 보고 싶었는데 말이죠."

기쿠야마 씨는 코언저리를 살짝 움직였다.


## 제3장


햣키엔 씨는 프록코트 위에 검은 외투를 입고, 중산모자를 쓰고서, 색 바랜 장갑을 끼고 아까부터 이다바시(飯田橋) 정차장에 서 있다.

중산모자는 십 년도 전에 가구라자카 양산 수선 가게에서 2엔 50전을 내고 사온 걸 아직까지 쓰고 있다. 술에 취해 그 산을 몇 번이나 뭉개 버려서 검은 지면은 거북이 등껍질같이 금이 가고 울퉁불퉁해졌지만 근처가 어두워서 그런 흠은 보이지 않는다. 무시무시한 위엄을 갖추고서 몇 대씩 연이어 오는 전차를 바라보며 햣키엔 씨는 기어코 올라타지는 않았다.

정류장 전자시계는 벌써 다섯 시 반에 가까워지고 있었다. 다섯 시부터라고 하던 시마무라의 결혼식 피로연에 초대받아 외출한 것이었지만 이미 잊어버린 듯 전차를 기다리는 인파와 약간 떨어진 곳에 태연자약하게 우두커니 서서 연달아 담배를 피우고 있다. 그리고 이렇게 생각하고 있다.

'이건 애초에 무리야. 이 정도뿐인 넓이의 전차에 이 정도의 수의 사람이 올라탄다면 인간의 부피가 너무 크잖아. 학교나 사회는 도대체 무슨 속셈으로 체육을 장려해서 인간 덩치를 크게 만들고 싶어 하는 건지. 몸을 아무리 크게 만들어 봐야 사람 수명하고 관계가 있는 것도 아니잖아. 체격이 큰 사람이 죽으면 커다란 시체가 남는 것밖에 더 있나. 또 커다랗다고 강한 것도 아니야. 설령 그러하다고 해도 전부 커져 버리면 결과는 똑같은걸. 인간이 소름 끼치도록 커지고 싶어 하는 탓에 우리들 일상이 얼마나 부자유스러운지. 만약 인간의 크기를 지금의 절반으로 줄인다면 전차 혼잡도 반으로 줄어들겠지. 인구문제나 식량문제도 훨씬 간단하게 해결할 수 있어. 몸이 작아지면 지금 인간만큼은 먹지 못할 게 분명하니 작아지면 커다란 몸의 인간이 배를 곯주렸던 것보다 절약되니 좋고. 그러고 보니 여기 전차를 기다리는 사람들도 전부 저녁 식사 전이라 배가 고파서 저렇게 안달복달하는 걸지도 몰라. 하지만 그렇다면 저 무리가 전부 들어가도 전차는 생각보다 가벼울지도 모르겠는걸. 준비를 마치고서 나오는 아침 전차하고 저녁 전차하고는 똑같이 만원이라도 무게가 다를 거야. 무게뿐만 아니지. 사람 수도 어느 정도 더욱 줄어들 거야. 아, 또 만원 전차인가. 저 소리도 공허하구먼.'

"메에-"

불결한 조선 소 한 마리가 갑자기 햣키엔 씨 코앞에서 울었다. 깜짝 놀란 햣키엔 씨는 아까부터의 명상이 끊겨 버렸다. 소는 부스스하니 정체 모를 거적때기가 쌓아 올려진 수레를 끌며 어마어마하게 권태로운 듯 느릿느릿 지나가고 있었다. 그리고 건너편 석양 사이로 등줄기 털에만 빛을 받으며 걸어가는 소의 모습을 햣키엔 씨는 언제까지고 아련하게 배웅했다.

점점 빈 전차가 이어지기 시작하고서야 햣키엔 씨는 그중에서도 가장 빈 듯한 전차를 골라서 올라탔다.

전차가 움직이기 시작하고 정신을 차려보자 햣키엔 씨가 앉은 앞쪽에 누비포대기에 아기를 업은 아주머니가 건너편을 바라보며 손잡이에 매달려 있었다. 전차가 흔들릴 때마다 비틀거리는 듯해 햣키엔 씨는 아까부터 오랫동안 정류장에 서 있느라 발이 몹시 피곤했지만 그 아주머니에게 자리를 양보하기 위해 자리에서 일어섰다.

햣키엔 씨는 묵묵히 아주머니의 등을 연신 두들기고 있다. 하지만 그곳은 사실 아주머니의 등이 아닌 아주머니에게 업힌 아기의 등이었다. 햣키엔 씨는 이를 알아차리지 못한 채 무턱대고 누비포대기 위로 아기를 쿡쿡 찔렀다. 아주머니는 아무것도 모르는 표정으로 건너편을 바라보고 있다. 그 사이 결국 아기가 눈을 뜨고서 울기 시작했다.

아주머니가 이상한 표정을 지으며 뒤를 돌아보자 햣키엔 씨가 "뒷좌석에 앉으십시오" 하고 말하려 하는데 그때까지 입구 근처에 서 있던 오십대 정도의 노부인이 마침 그쪽으로 다가와 자리에 앉아 버렸다.

햣키엔 씨는 그대로 묵묵히 건너편으로 넘어가 손잡이를 붙잡았다. 그리고 몸을 구부려 창밖을 보는 시늉을 했다.

아주머니의 등 뒤에서 아기가 큰 소리로 울어댔다.


# 제4장

사오십 명의 손님이 상을 마주해 말굽 모양으로 둘러앉아 있다.

검은 예복을 입고서 머리가 벗겨지기 시작한 조그만 남자가 입구에서 가까운 말석에 앉아 꾸벅하고 일동에게 공손히 인사를 했다. 이번 결혼 전 어느 상견례 중에 햣키엔 씨도 두세 번 만난 적이 있었던 신부 이쿠코의 숙부였다.

"네, 네. 지금부터 내빈 분들을 소개해드리겠습니다."

숙부는 도코노마 앞 신랑 신부에서부터 시작해 어디의 아무개, 한 명 한 명 이름을 불러 세웠다. 그러고서 그때마다 자신 앞에 펼쳐져 있는 명부에 정중히 인사를 했다.

"그다음으로 계신 분은 후지타 햣키엔 님."

햣키엔 씨는 커다란 눈동자를 이리저리 굴리며 건너편 쪽에 있는 손님의 얼굴을 되받아 노려본다. 뭔가를 생각하는 중인가 싶다.

숙부가 다음 이름을 부르려 하는데 햣키엔 씨가 돌연 얼빠진 목소리를 냈다.

"아아, 제가 후지타입니다."

그리고 홧키엔 씨는 정중히 인사를 했다.

숙부는 당황하여 다음 이름을 다시 한 번 고쳐 불렀다.

그리고 순서대로 진행되어 가서 한쪽 편 소개가 끝날 즈음이 되자,

"다음으로 오신 분은."

하고 말하곤 숙부는 침묵해 버렸다. 그대로 고개를 숙이고서 벗겨진 머리를 계속 쓰다듬어 댄다.

조용해져 버린 좌중 가운데 킬킬대며 웃는 자가 있었다.

그러자 숙부는 결심한 듯이 다시 고개를 들어 단호한 어조로 말했다.

"제 아내이십니다."

분위기가 일시에 떠들썩해졌다. 박수치는 사람도 있다. 홧키엔 씨는 아직 뭔가를 생각하던 중이라 무슨 일이 벌어진 거냐 하고 멍청한 표정을 짓고 있다.

소개가 끝나자 중매인의 인사가 있고서 내빈 총대표의 축사가 있었다. 퇴역 육군 소장인가로 눈이나 입보다 깊은 주름이 얼굴 곳곳에 파인 노인이었다.

"오늘은 우우, 양가의 이이, 혼례에 에에, 초대받아 아아, 참으로 감사히 이이, 이곳에 에에 ―"

소장은 또렷하게 아, 이, 우, 에, 오, 하고 어미를 끌었다. 홧키엔 씨는 중도에서부터 정신을 차리고 이런 희귀한 축사를 재미있다는 표정으로 경청하고 있었다.

소장의 인사가 끝나자 바로 고대했다는 듯 이전의 숙부가 성큼성큼 홧키엔 씨 앞으로 다가와 인사를 했다.

"신랑 신부의 생각도 그러해서 선생님께도 하나 부탁드리고 싶습니다만, 실은 미리 승낙을 받아 두어야 했는데,"

하고 숙부가 공연히 고개를 숙였다.

햣키엔 씨는 벌떡 일어서서 좌중을 바라보았다.

"시마무라 데쓰지 군 및 신부 이쿠코 씨의 행복한 전도를 기원합니다. 또 양가 양친 및 친척 일가 여러분께 진심으로 축하드리고자 합니다. 남자와 여자가 서로 만나 부부가 되어 정답게 가정을 꾸린다. 실로 경사스러운 일입니다. 저희의 선조, 태고 선인의 시대에는 좀처럼 있을 수 없는 일이었죠. 옛날에는 인간을 잡아먹었기 때문입니다. 인간은 정말로 맛난 진수성찬이라 죄다 추장이 먹었던 겁니다. 그리고 그 나머지를 다른 사람들이 먹었죠. 당시에는 부인들의 위치는 말할 것도 없이 낮아서, 오히려 위치라고 할 것도 없이 하나의 물품에 지나지 않았죠. 그래서 고급 음식이라 하는 인간 따윈 좀처럼 맛볼 수가 없었습니다. 그래서 여자는 인간의 맛을 점점 잊어 가기 시작합니다. 그런데 남자도, 여자도, 여자를 통하지 않으면 태어날 수 없습니다. 이건 우리 인류에 있어서 정말로 답답한 일인 한편 대단히 행복한 일이기도 합니다. 만약 살벌한 남자가 여자에게 의지하지 않고 태어날 수 있었다면 남자의 살벌함이 여러 세대를 거쳐 그 정도가 점점 심해지다가 결국에는 그 탓에 서로 죽이고 죽어 버려 인류는 멸종했을 겁니다. 다행히도 저희는 남녀를 불문하고 여자에게서 태어납니다. 그 여자는 앞서 말씀드렸던 것처럼 점점 인간의 맛을 잊어 갑니다. 이에 그 여자에게서 태어난 남자도 다시 한 세대 한 세대 인간 맛에 대한 기억에서 멀어져 그 결과가 이렇게 오늘처럼 여러분을 마주해도 딱히 잡아먹고 싶다는 생각은 들지 않는 것입니다. 그리고 오늘 밤 이 자리에 그 여자를 대표하여 더욱이 장래의 평화와 새로운 가정의 행복을 약속받게 되는 것이 이쿠코 신부입니다.

데쓰지 군은 이번의 경사스러운 결혼으로 새로운 행복과 함께 새로운 책임을 지게 되었습니다. 그 책임을 남자답게 멋지게 수행해야 함이야 말씀드릴 것도 없겠지만 그 책임의 대상이 되는 부인, 즉 여자는 인간입니다. 이건 모멸의 의미가 절대로 아닙니다. 남자도 똑같이 인간입니다. 하지만 완전히 다른 종류의 인간입니다. 즉 남자와 여자는 다르다는 겁니다. 그곳에 인간이라 하는 단어의 복잡성이 존재함과 동시에 수수께끼가 존재합니다. 인간이라 하는 단어에 얽매이지 않는다면 남자는 여자의 상대이기보다도 수원숭이, 수소 쪽에 가까울 것으로 생각할 수도 있겠습니다. 동물 예시는 차치한다고 해도 그 무엇보다 소중한 아내 또는 연인인 여자보다도, 소원한 남자친구 혹은 전혀 알지 못하는 남자 쪽이 더 가깝겠다는 생각이 들 수도 있습니다. 이런 가깝다, 멀다 함은 하나는 거리, 다른 하나는 간격을 말합니다. 남자는 멀리 이쪽 강가에 서 있습니다. 여자는 가까이 건너편 강가에 서 있다는 것입니다. 이 강가와 강가 사이의 한 줄기 강, 그건 연애 또는 결혼을 통해서 극도로 좁아질 수 있습니다. 하지만 결국 소멸할 수는 없습니다. 남자가 남편으로서 행복하게 될 수 있을지 없을지는 이 한 줄기 강을 어떻게 지배하는가에 따라 결정되는 것입니다. 이 한 줄기, 그 도랑에 빠지면 안 됩니다. 타고 넘는 건 불가능합니다. 메우는 것도 불가능합니다. 신랑 데쓰지 군이 이 문제를 잘 고민하여 두 사람의 장래에 진정으로 행복을 가져올 수 있게 되기를 희망하는 바입니다. 사족이라면 어린 두 사람에게 있어서 행복만이 흘러넘치리라 하는 건 아닙니다. 고난을 물리치리라 하는 것도 아닙니다. 인생으로 씩씩하게 출발하게 되기를 희망합니다."

다들 결론이 나지 않았다는 표정으로 짝짝 박수를 쳤다. 신랑 신부는 공손히 햣키엔 씨 쪽으로 인사를 했다. 햣키엔 씨는 손수건으로 연신 얼굴을 닦았다.

그리고 열 명이 안 되는 식모가 기다리고 있었다는 듯이 술을 들여왔다.

어느새 좌중이 금세 시끌벅적해져서 저쪽이나 이쪽이나 이야기 소리가 활기차게 들려왔다.

햣키엔 씨 앞에는 연상인 듯한 식모가 앉아 연달아 잔을 따라 준다. 햣키엔 씨는 술을 마시며 상에 있는 음식을 우적우적 먹을 뿐, 양옆 누구와도 이야기를 나누지 않는다. 술이 없어지면 앞에 앉은 식모가 쑥하고 잔을 채운다.

잠시 후 건너편 열에서 기분이 나쁠 만큼 얼굴이 커다란, 모닝코트를 입은 남자가 자리에서 일어나 사람들로부터 차례차례 잔을 받으며 돌아다니기 시작했다. 그리고 곧장 상석에 앉은 햣키엔 씨 앞으로 걸터 앉았다. 그러자 이쪽 열에선 예의 숙부가 다시 모두에게 잔을 받으며 점점 햣키엔 씨 쪽으로 다가오고 있다.

모닝코트가 거드름을 피우듯 명함을 꺼냈다. 직함에 '동양인견(人絹)

주식회사'라고 써 있었다.

"처음 뵙겠습니다. 저는 이런 일을 하고 있습니다. 잘 부탁드립니다만. 선생님 꽤 흥이 오르셨습니다?"

그렇게 말하며 앞에 있던 술병을 들어 올렸다.

건너편에선 다카사고(高砂: 부부애와 장수 등을 노래하는 전통 연극이자 노래로 전통혼례나 피로연에서 자주 불렸음)가 시작되고 있다.

그러자 숙부가 옆에서 튀어나왔다. 얼굴부터 털이 몇 없는 정수리까지 일면이 새빨개져 있다.

"아니 선생님, 이번엔 진심으로 정말이지, 저희도 별반 다를 것 없이 이렇게, 아니 정말로 안심했습니다. 어떠십니까? 한잔 받으시죠."

그러고서 숙부는 인견회사 쪽을 향해 다시 대작을 시작했다.

"이봐 어떤가?"

"이미 꽤나 흥이 올랐군, 숙부 씨."

"뭐가 흥이 올랐다는 거야. 아, 오늘은 양장이네. 과연 장사 습성이라면 기모노를 입어도 전부 비단으로 만들 건가?"

"정말이지 말이 심하군. 뭐 한잔하게. 숙부 씨는 꽤나 옅어졌네."

"아니, 무례하기 짝이 없어." 숙부는 머리를 문질렀다. "사람 면전에서 얼굴을 가지고 이러니저러니 하다니. 인견(人絹) 유린도 심각해. 어떻습니까, 선생님."

"정말이라고 숙부 씨. 세월은 못 속여."

"자네도 벌 수 있을 때 잔뜩 벌어 두라고. 인견 불과 오십 년."

숙부가 공중으로 잔을 들어 올렸지만 식모는 이쿠코 쪽을 쳐다보느라 알아차리지 못했다. 숙부는 식모의 뺨을 콕콕 찌르며 노래를 불렀다.

"모른다는 얼굴, 시치미를 뚝 떼고, 실실거리며 헤벌쭉, 헤벌렐레, 뭘 그렇게 넋 놓고 보는 거야. 신랑님이 미남이라서 이상한 생각이라도 하는 거냐. 앉은뱅이가 용을 쓰느라, 아이쿠, 기다리고만 있으면 옆 사람이 곤란해. 그렇죠, 선생님?"

"앗 미안합니다. 죄송해요." 하고 말하며 잔을 따르며 "정말로 두 분 모두 아름다워요. 잘 어울리는 부부예요."

"무슨, 무슨, 괴물 같은 부부인 것 같습니다만."

"정말 말도 안 되는 소리 좀."

"무슨, 머저리들이라고."

"몰라요, 정말 얄미운 분이야."

"까불까불 참새가 몸을 떨어 딴따라란, 뜬뜨르른 뜬뜨르른-이라고."

숙부는 신난 듯이 두세 잔을 잇달아 들이켰다. 햣키엔 씨도 히죽히죽 하며 연달아 잔을 들었다.

"선생님, 선생님, 정말 이상한 말씀을 하시고 말이야. 우리가 어째서 여자를 먹지 않는다는 거야. 먹는다고요. 먹어요. 먹어 버리지 않습니까? 학자라든가 정말이지 점잔이나 빼고 있곤. 정말이지 항복입니다, 선생님 한잔 어떠십니까?"

그때 건너편 좌석에서 한 남자가 잔뜩 취해서 일어섰다.

"여러분! 오늘은 양가 모두 경사스럽기 그지없습니다. 저희로선 이렇게 말씀드리자니 뭐랄까, 여러분 양가 친척 친구 여러분께 체면을 불고하고서 한번 장기자랑! 장기자랑이나 하시죠!"

"찬성!"

숙부가 햣키엔 씨 앞에서 깜짝 놀랄 정도로 큰소리를 질렀다. 인견회사는 어느새 두세 명 앞쪽으로 넘어가 다시 명함을 꺼내고 있다.

"그렇다면 우선 먼저 말 꺼낸 사람부터 시작! 경사스러운 자리에서 한 번, 준치도 여러 가지가 있지! 만나고 싶어, 보고 싶어, 함께하고픈 나, 도대체가 당신은 너무나 과분해-"

그러자 숙부가

"테렛떼떼, 치이찌리딴따라라라따딴딴, 토롯토롯토롯토로롯. 짜라 짠짠."

하고 난리법석을 떨었다.

그러고서 여기저기서 나가우타(長歌: 에도 시대부터 유행간 긴 속요), 시음 (詩吟: 시에 가락을 붙인 노래), 유행가 등등 제각각 난리를 치기 시작했다. 그때마다 숙부가 멀리서부터 열렬히 응원했다.

"그런데 여러분!"

하고 숙부가 갑자기 일어섰다. 발아래가 비틀비틀거린다.

"오늘은 정말 유쾌하구먼. 경사 났네! 그러니까 말이지, 뭐 좋지 않나. 인간은 두 종류가 있다고. 남자하고, 여자하고, 이봐 여러분, 그거다! 한 번 선생님께 부탁드려 보세. 어떠신가! 햣키엔 선생님의 장기자랑. 좋아! 좋아! 선생님, 이렇게 되어 버렸습니다-"

숙부는 그러곤 털썩 주저앉아 버리더니 햣키엔 씨 앞에 양손을 바짝 붙여 납작 엎드렸다.

모두가 한꺼번에 박수를 쳤다.

그러자 햣키엔 씨가 갑자기 벌떡 일어섰다.

노래 한 곡 못 부르는 선생의 일상을 아는 시마무라는 깜짝 놀라서 햣키엔 씨의 얼굴을 뚫어지게 쳐다본다. 뭘 할 생각인가.

햣키엔 씨는 '크흠' 하고 한 번 울적한 기침을 털어냈다. 그러고서 갑자기 큰 목소리로 시작했다.

"루손, 세레베스, 파파야 섬 – 서쪽으로 가면 보루네오, 수마트라, 자바 섬에 무슨 섬 – 별처럼 길쭉길쭉 늘어섰다 – 온통 야자나무 설탕 담배 커피를 만들지."

그렇게 단숨에 낭독조로 외워 버리고서 햣키엔 씨는 불쑥 인사를 하고 자리에 앉아 버렸다.

"도대체 그게 뭡니까, 선생님." 숙부는 어안이 벙벙해져 있었다. 시마무라는 배꼽을 부여잡고서 얼굴이 새빨개지도록 웃고 있다. 하지만 누구도 박수를 치지 않는다.

"아니 여러분 도대체, 이거 정말이지 난처하구먼, 선생님 뭡니까? 그 이상한 설탕 범벅은?"

"제가 소학교 때 했던 지리 암송입니다."

"선생님 소학교라니, 어마어마한 옛날이야기를 꺼내 드신 거네요. 아, 누님 잠시 눈앞이 아찔해서."

그러고서 숙부는 또다시 두세 잔을 연달아 단숨에 들이켰다.

"안 된다고! 안 돼! 안 돼! 하나만 해주세요. 선생님, 자, 자, 부탁드립니다."

햣키엔 씨도 꽤나 취해 있다. 약간 혀가 꼬인다.

"정위상간(鄭衛桑間: 춘추시대 정나라와 위나라의 노래를 뜻하는 성어로 망국의 음란하고 상스러운 음악을 뜻함)은 이것 말고는 모르네."

"아니, 또 알 수 없는 말만 하시고! 모르는 척을 하다니! 능글맞아, 정말 여러분! 시치미 떼지 마세요, 새싹처럼 대충대충, 짠 버들이 바람에 흩날리네 흩날려-라든가, 하리마나, 흰 만두나!"(하리마播磨라는 옛 국가의 다른 이름 播州[반쥬]와 만두饅頭[만쥬]의 발음이 비슷함을 일컬음)

건너편에선 술에 취해서 요곡(謠: 가면음악극 가사에 가락을 붙여 노래함)이 시작되었다. "둥둥, 따라따라." 하고 계속해서 똑같은 부분만 불러대고 있다.

신랑 신부가 노부인의 안내를 따라 자리에서 일어났다. 슬금슬금 앞을 지나서 나가려고 하는 뒷모습을 햣키엔 씨가 몽롱한 눈으로 배웅하다가 무슨 생각이 들었는지 갑자기 격렬하게 박수쳤다. 하지만 이에 호응해 주는 사람은 아무도 없어 전부 이상하다는 듯이 햣키엔 씨의 얼굴을 바라본다. 햣키엔 씨는 고개를 숙인 채 잔 속의 술을 털어 마셨다.


# 제5장


이치가야 히토구치자카에 4월의 따뜻한 볕이 구석구석 비치고 있다. 햣키엔 씨는 잠이 부족하다는 얼굴로 중산모자를 쓰고, 양복 위에 인바네스를 걸쳐 입고, 으리으리하게 멋들어진 상아 지팡이를 옆구리에 낀 채 아까부터 길모퉁이 나무 그루에 붙어 있는 원숭이를 뚫어지게 바라보고 있다.

원숭이는 음울한 눈꺼풀을 열고서 수시로 햣키엔 씨의 얼굴을 바라 봤다. 그러고서 결정했다는 듯이 왼손을 들어 엉덩이 부근을 두세 번 긁는다. 그러고서 뒷발을 한 발씩 번갈아들면서 춤추듯이 세 다리로 몸을 흔들며 햣키엔 씨에게 인사를 올리는 듯이 군다. 햣키엔 씨는 점 점 원숭이의 기분을 이해할 수 있을 것만 같아 그 앞을 떠날 수가 없다. 원숭이의 졸린 듯한 눈을 보는 동안 햣키엔 씨도 절로 눈꺼풀이 무거 워져 어쩐지 꾸벅꾸벅해댈 것 같다. 조용한 거리에는 먼지조차 날리지 않았다.

"그 부인은 말버릇이 정말로 더러워."

'무슨 이야기를 하는 거야.' 햣키엔 씨가 생각했다.

"완전 남자 같은 말투야. 예쁘장하긴 하지만 그래서는 흥이 식지."

'누구 이야기야?'

"분명히 남편한테 영향을 받은 거야. 남편한테 푹 빠져 있으니까 말 투까지 그 흉내를 내는 거지."

'그런 말도 안 되는 얘기가 어딨어?' 햣키엔 씨는 지겹다는 듯이 생각 했다.

원숭이는 뒷다리로 귀 뒤쪽을 긁으며 햣키엔 씨 얼굴을 바라본다.

"요번에 만났는데 꽤나 오랫동안 만나지 못했었거든요. 근데, 발을 어떻게 하신 겁니까, 그러는 거예요. 아무것도 안 했다고 말하니까 하 나 부족하지 않습니까? 라느니."

"잠깐 기다려봐. 이건 아까 그 부인 이야기하고 다른 건가?"

"무슨 말도 안 되는 이야기를 하는 거예요. 오랫동안이라니까, 보니까 발을 다쳤던 거예요."

"하나, 하나, 전부 다른 이야기인 것 같은데."

"그거하고 관련해서 또 생각났던 거긴 하지만, 여자가 나 같은 사람도 다치는가 보다고 하니까."

"어쩌다가 그런 거야?"

"근데 아무것도 하지 않았으니까 이상하다고 말하려 하는데, 정조를 더럽혔구나 하고 짐작하는 것 같아서."

"무슨 실없는 소리를."

"아뇨 진짜예요. 그러고서, 앗 잠깐만, 바레이쇼(馬鈴薯: 감자)를 뭐라 하더라."

"자가이모(馬鈴薯: 감자의 또 다른 발음) 아니야?"

"그래, 그러니까. 저도 자가이모인가 하고 알려줬는데. 그러니까, 거봐 역시나 그러네, 하면서 좋아하고 있는 거예요. 그러고서 이러는 거예요, 사실 예전부터 그게 아닌가 생각하고는 있긴 했지만."

"알고 있었던 것 같네. 인삼에 대해선 안 물어봤어?"(당근과 인삼이 人參으로 표기와 발음이 같음)

"속으로 너무 분해서. 아니 그런데 자가이모를 어째서 바레이쇼라고 하는 거냐고 물어보더라고요."

"그건 뭐 됐고. 그래서 아까 이야기는 뭔데."

"뭐 들어보면 알아요. 어머, 발을 어쩌다가 그러셨어요, 하고 말하니까 뒷발을 개한테 물려서."

"누구한테 그렇게 이야기했다는 거야?"

"식모한테요. 잠자코 듣지 않으면 이어지지를 않는다고요. 그래서 제가 다리를 다친 거예요. 실은 얼마 전에 자동차에 치였어요. 잠깐 방심해서."

"위험하게."

"그렇게 말하니깐, 어머 전혀 몰랐었어요. 그래도 이제 괜찮으세요?"

"식모가 걱정했나 보네."

"경과가 나빠서 결국 절단해 버렸어요."

"아팠겠구면."

"그런데, 직접 뵈러 가보았는데. 그러고선 그렇게 식모가 말을 꺼내서 제가 당황했다는 거예요. 무슨 원래는 세 개가 있었다 하고 말해 버리는 거 있죠."

햣키엔 씨는 주머니에서 담배를 꺼내 느긋하게 담배를 피우면서 원숭이를 빤히 바라보고 있다.

원숭이는 세 다리로 꾸벅꾸벅 햣키엔 씨에게 인사를 했다.

'이상한 일도 다 있네.' 잠시 후 햣키엔 씨가 담배연기를 공중으로 뿜으며 생각했다. 원숭이는 인사를 멈추고서 햣키엔 씨의 얼굴을 바라보고 있다.

"오늘 내가 집을 나온 게 오전 여덟 시고 양복으로 갈아입은 게 그것보다도 삼십 분 전이었지. 그러고서 전차로 구단시타까지 가서, 거기서 엔타로에서 갈아타고서, 도쿄 역에서 오후네로 오기까지 아무 일도 없긴 했는데."

"이상하죠?"

"오후 네에서 기차가 멈춘 사이에 왼발을 벼룩한테 물렸어."

"그렇게 생각하다 보면 끝이 없는걸요."

"거기서 돌아오는 내내 계속해서 여기저기 물어댔으면 안 되는데."

"저따위는 벼룩도 심심풀이 취급이라니. 완전히 우울해져 버렸어요."

"야생 벼룩은 가려울까?"

"이상한 걸 궁금해하고 있어. 볕이 드는 산속에는 야생 돼지가 있어요. 인바누마에는 야생 집오리가 날아다니고요. 하지만 금붕어도 벼룩한테 물리는걸요. 주인아줌마가 투덜대면서 얼마 전에 금붕어 벼룩을 잡고 있었어요."

"금붕어도 가려울까?"

"족제비 이야기이긴 한데, 그 녀석이 금붕어를 노리고 있었는데 물이 깊어서 안 되겠는 거예요. 게다가 멍청하게 이빨 소리를 냈다간 금방 개가 눈치채버릴 거고요."

"금붕어는 맛없을걸."

"그래도 저희랑은 다르다고요. 그 이야기를 했더니 족제비는 밤눈이 보인다는 거예요. 당연히 그러겠죠. 그랬더니, 그럼 족제비 눈을 본 적이 있냐고 물어보는 거예요."

"과연 일리 있네."

"그래서 전 본 적은 없다. 그래도 눈이 없는 족제비도 본 적 없다고도. 그런 곳에서 불붙이고 담배 피우면 안 돼요."

"아까 이야기 말이야, 금붕어는 가려우면 어떻게 하려나. 긁을 수도 없을 텐데. 뭔가 등에 이상한 기분이 들 거 아니야."

"뭐 그런 것보다도, 담배랑 술은 독이에요. 저번에 만났더니 진지하게 그렇게 생각한다고 말해 놓고선. 아이들은 담배도 피우지 않고 술도 안 마시니까 그래서 장성하는 거 아닐까요? 어른은 아무리 해도 아이들만큼은 크지 못하잖아요."

"아기들은 밥도 못 먹잖아."

"갓난아기요? 걔들도 잘 보고 있으면 이렇게 질겅질겅 씹어서 먹고 싶어 하는걸. 아이 돌보기 그 짓은 더더욱 못해. 어제도 찾아왔다고. 다음에 또 오면 기를 팍 꺾어 줘야겠어."

"이상한 표정 짓지 마."

"이러고 있으니까 화나는 일만 가득해요. 먹고 싶은 것도 당장 먹을 수도 없고. 참깨 냄새를 맡고 싶은데 말이야."

"집에는 없나?"

"있어도 알아차리지를 못하겠으니. 할아버지한테 가끔 그런 냄새가 나긴 하지만, 부자잖아요, 본인 한 세대에 그렇게 벌어들이고는, 주위 곤란한 사람들한테도 베풀고 말이야. 설, 추석이나 명절 등등에는 아이들을 모아서 밥상도 차려 주고. 선물까지 챙겨서 돌려보내니까요. 그런 할아버지가 미인을 첩으로 두고 있긴 하지만."

"그런 이야기하지 마."

"그래도 말이에요. 그 첩이 귀여운 건지, 남아돌아 주체하지를 못하는지, 도저히 알 수가 없어요. 할아버지가 참깨를 좋아한다는 거예요. 밥에도 뿌리고, 야채 절임에도 묻히고, 차에도 넣어 마신다고 하는데 문제는 그 첩이 참깨를 진짜 싫어한다 해서."

"여자는 대개 좋아하지 않나?"

"저라고 하면 전부 주워 먹어 버릴 텐데. 그래서 그 첩네 서랍에는 항상 참깨 자루가 들어있대요. 할아버지가 직접 사 온다는데. 할아버지는 첩 집에 오면 마치 사람이 달라지는 것처럼 구두쇠가 되어 버린다는데 그게 할아버지 본성일지도 모르죠."

'그럼 이만 슬슬 가볼까?' 하고 햣키엔 씨가 생각했다.

원숭이는 가랑이 사이로 꼬리를 빼내 당겨서 양손으로 쥐었다가, 당겼다가, 여기저기를 꼬집어보았다가, 때때로 할퀴거나 하고 있다. 꼬리를 벼룩에게 물린 듯하다. 곧 어쩌다가 꼬리 한쪽을 한 손으로 단단하게 붙잡은 채 다른 쪽 손가락을 세심하게 움직여 도저히 참을 수 없다는 듯이 박박 긁는다. 그러고서 우울한 얼굴을 들어 눈을 치켜뜨고 햣키엔 씨의 얼굴을 바라본다. 햣키엔 씨는 근질근질하여 이상해진 표정으로 원숭이의 행동을 열심히 바라보는데 그 기분을 알 수 있었던 것처럼, 지금도 알 수 있을 것 같은, 또는 조금도 알 수 없을 것 같은, 아주 조금 닿지 못한 듯한 이상한 기분이 들었다.

'꼬리가 가려우면— 가려운 곳을 마음껏 긁어 본다면 아무래도 이상하겠지. 하지만 무슨 기분이 들려나.'

그렇게 생각함과 동시에 햣키엔 씨는 무심코 한 손을 뒤로 돌려 인바네스 위, 양복 뒷부분을 거칠게 잡아당겼다.

원숭이는 점점 꼬리 끝쪽으로 긁어 올라가고 있었다. 결국 털이 성긴 가장 끝부분을 씰룩씰룩 움직이며 새카만 주름투성이 다섯 손가락

을 단정하게 정리해 엄지를 벌리지 않고 꼬리 끝을 쥔 채로 잠시 눈을
치켜뜨더니 햣키엔 씨의 얼굴을 보는 듯하다가 돌연 그렇게 움직이던
꼬리 끝을 자신의 입으로 들고 갔다. 그리고 입에 넣고 빨다가, 핥다가,
아득아득 씹어대기 시작했다.

    햣키엔 씨는 손에 들고 있던 지팡이를 가로로 들었다가, 세로로 들었
다가, 쥐고 있는 상아로 자신의 턱뼈를 두들겨 보았다가, 지팡이 끝으
로 휘적휘적 길가 모래를 뒤적여 보다가, 멈췄다가 할 뿐이다. 그리고
계속해서 발을 동동 굴렀다. 뭔가 잠시도 꼼짝 않고 서 있을 수 없어 보
였다.


## 제6장


    시작종이 울리고 오 분 만에 대부분의 선생들이 교실로 떠나 버리느
라 교원실이 들락날락 갑자기 왁자지껄해졌다. 채비가 느린 선생 한둘
이 황급히 떠나 버린 후 괘종시계 진자 소리만 교원실 안에 둥둥 울려
퍼졌다. 하지만 햣키엔 씨는 삼한(森閑)한 교원실에 혼자 남아 언제까
지고 푹푹 담배를 피우고 있을 뿐 좀처럼 일어나려 하지 않았다.

    십 분이 지나고 십오 분이 지나도 햣키엔 씨는 계속해서 움직이지 않
았다. 뭔가를 골똘히 생각하고 있는 것 같으면서도, 다시 멍하니 하릴
없이 빈둥빈둥 시간만 죽이고 있는 것도 같았다.

    얼마 안 있어 입구 문이 꽝 하고 열리며,

"후지다 선생님 주무시고 계십니까?"

하는 목소리가 들려왔다.

그러자 미동도 없이 고요하던 햣키엔 씨의 얼굴이 움찔하고 움직였다. '뭐야 이런 시건방진'이라는 표정이었다.

칸막이 뒤에 있던 급사가 어벙한 얼굴로,

"계십니다."

하고 말했다. 그러고서 물으러 온 학생과 뭔가 소곤소곤 이야기하는 듯했다. 그러고서 학생은 그대로 돌아가 버렸다.

그 후 햣키엔 씨는 다시 새 담배에 불을 붙여 피우기 시작했다. 그러자 급사가 칸막이 뒤에서 차를 따라 가져왔다. 늘 있는 일이라 급사도 익숙하다.

햣키엔 씨는 새로이 붙인 담배를 반까지만 피우고 나서 갑자기 의자에서 일어나 차를 한입 마시고, 담배를 재떨이에 대충 눌러 끄고, 서둘러 교원실을 나왔다.

조용한 복도 막다른 곳에는 햣키엔 씨가 가야 할 교실만이 와자지껄 소란스러웠다. 복도에 나와 있는 학생도 대여섯 명 있었다. 그 무리가 "왔다, 왔다." 하며 교실 안으로 뛰쳐 들어가는 소리가 들렸다.

"왔다, 왔다가 뭐야! 버릇없게."

하고 햣키엔 씨는 새삼스럽게 성을 내며 교실로 들어가려고 뒷문을 있는 힘껏 젖혀 좁은 교실에 대포 쏘는 소리가 울렸다.

햣키엔 씨는 교단으로 올라가 상 앞의 의자를 발로 걷어차면서 학생 쪽을 바라보았다. 뒤쪽에 창문 하나가 열려 있다.

"저것 좀 닫아 주게."

하고 말하고서 근처 학생이 자리에서 일어나 문을 닫고 오는 걸 기다리면서 모두의 얼굴을 흘끗 내려 보았다. 학생은 오륙십 명이다. 예과 일학년생 첫 학기라 이름도 얼굴도 아직 잘 알지 못한다. 하지만 그것보다도 교실 정중앙, 마침 햣키엔 씨가 교단에 서 있는 눈높이 정도 근처로 연기 뭉텅이 하나가 푸르스름하고 길게 뻗어서 피어나고 있었다.

교실 안에서 담배를 피우면 안 된다는 건 규칙이었다. 그리고 의외로 관료적인 부분이 있는 햣키엔 씨는 그러한 규칙에 무척이나 구애되곤 했다. 학교 규칙을 엄수한다기보다는 자신이 나가는 교실에서 학생이 담배를 피우는 걸 보면 자신을 향한 개인적 멸시같이 느껴져서 화가 치민다.

"무례하지 않은가!"

하는 것이 햣키엔 씨의 꾸중이었다.

그래서 지금 교실 한 가운데 푸른 연기가 길게 뻗어 한 줄기로 어슴푸레 흘러 스러져가는 걸 보자 언제나 같이 불끈불끈 화가 치밀어 올랐다. 하지만 누가 피웠는지 알 수 없으므로 갑자기 호통을 칠 순 없다.

햣키엔 씨는 책을 책상 위에 던져둔 채 돌아보지도 않는다. 무섭도록 위협적인 표정으로 입을 다물어 버린다. 학생은 순순히 조용해진 채 형세를 살피고 있다.

"육군 유년학교 이야기지만 그 학교는 규칙이 까다로워서 교실에서 앉은잠을 잔다거나 해도 호되게 혼이 난다. 하지만 졸리면 자지 않을 수가 없어서 그쪽 생도는 눈을 뜬 채로 잠을 자기도 했다."

햣키엔 씨는 그런 이야기를 꺼냈다. 학생들은 재미있다는 표정으로 듣고 있었다.

"담배를 피우면 엄벌에 처해진다. 영창에 들어갈 수도 있지. 지금은 영창이 없어졌지만 이전에는 그랬어. 하지만 그렇다 해도 피우고 싶어서 참을 수가 없는 놈들은 조심스럽게 몰래 흡연을 하지. 어느 땐가 한 생도가 조심스럽게 한 대를 피우고 나서 꽁초를 안에다가 버리고 문 바깥으로 나오자 마침 그곳을 주번사관이 지나고 있었다. 담배를 들고 있지는 않았지만 입에서는 아직 연기가 나오고 있어서 금세 붙잡혀선 '이봣! 거기서 뭘 하는 건갓!' 하고 추궁당했다. 그러자 생도는 '예! 아무것도 하지 않았습니다!' 하고 대답했다. 그땐 그렇게 넘어갔지만 나중에 불려가서 이런 선고를 받았다. 흡연하려 함보다 연기를 뿜은 혐의로 인해 중 영창 3일에 처함."

학생은 재미있다는 듯 웃기 시작했다. 햣키엔 씨도 약간 빠져들어가 버렸다. 하지만 애써 얼굴을 찡그리며 엄연한 태도를 무너뜨리지 않는다. 실은 교실 한 중앙에 피어오르는 연기 때문에 화가 나 유년학교 이야기에서 관계를 끌어내 대사를 풀어낼 생각이었는데 이야기가 이상하게 재미나서는 그사이에 연기는 사라져 없어지고 이야기는 흐름이 끊겨져 버려 햣키엔 씨는 분함을 참을 수가 없었다.

그러고는 햣키엔 씨는 침묵한 채로 학생 쪽을 계속 째려보며 우뚝 서 있을 뿐이다. 그러고서 온 교실은 다시 원래 대로처럼 맥이 빠져 버린다.

얼마 안 있어 뒤쪽에서 한 학생이 일어나 말했다.

"선생님, 독일어가 어려워서 잘 모르겠습니다."

"대개의 사람 중엔 그런 사람들도 있겠지."

햣키엔 씨는 그렇게 말하고서 다시 표정을 찌푸렸다.

"하지만 공부해도 어렵습니다."

"어려우니까 공부해야만 하는 거야."

"독일어는 모르겠습니다."

그러자 햣키엔 씨의 수염 가득한 얼굴이 당장 물어뜯을 듯한 기세다. 머리가 벗겨진 이마 위가 허예지고 있다.

"이제와서 그렇게 말해 대면 안 돼. 스스로 아무리 해도 독일어를 할 수 없겠다고 깨달았다면 독일어를 필수과목으로 정해 둔 이 학교를 관둬. 빨리 그 수속을 해 두게. 이렇게 교단에 서서 가르치는 이상 개인 수업을 하는 것도 안 되니까 이쯤이 적당하다 정해 둔 표준까진 여러분 쪽에서 다가오지 않으면 안 돼. 수재는 굼뜨거나 해도 참아 줄 수 있어. 지나치게 저능한 학생을 위해서 전 학생 진도를 멈춰 둘 수도 없어. 체념하도록 해."

그 학생은 어느새 자리에 앉아있었다. 햣키엔 씨는 그 방향을 무서운 눈으로 노려보면서 말했다.

"나는 아직 여러분 이름을 외우지 못했어. 자네 이름도 모르니까 들어 두도록 하지. 뭐라 하는가. 말해 보게."

그 학생은 아래를 향한 채 아무런 말이 없었다. 햣키엔 씨도 아무 말 하지 않았다. 교실은 물을 뒤집어쓴 듯 조용해졌다.

잠시 후 햣키엔 씨가 다시 말하기 시작했다.

"애초에 독일어에 한정된 게 아니야. 외국어를 익히는 게 어렵다 정도는 말도 안 되는 불평이 아니긴 하지. 인간은 하나의 말만 알고 있어도 할 수 있는 게 아주 많아. 그 정도라도 과분하게 생각해야 해. 하느님의 특별한 선물에 감사해야 한다고. 그 위에 욕심을 부려서 따로 더 언어를 배워 보자고 하는 건 신의 섭리를 무시하고서 자연의 법칙에 반하는, 일종의 반역이야. 외국어 학습이라는 건 인간이 할 수 없는 걸 하는 거다. 힘듦은 그 벌 같은 거야. 그걸 각오하지 않으면 안 돼."

햣키엔 씨는 화가 섞여서 입에서 튀어나오는 대로 퍼붓고 나자 이상한 곳으로 빠져 버려 처치하기가 곤란하다.

얼마 안 있어 다시 뒤쪽에서 다른 학생이 일어섰다.

"하지만 선생님 독일어는 그중에서도 유독 어렵지 않습니까? 뭔가 불공평한 기분이 드는데." 하고 말했다.

"공평이고 불공평이고 그런 게 어디 있나. 그냥 자기가 해보자 해서 열심히 해본다면 그걸로 족한 거지. 우리가 인간으로 태어난 게 다행인지 불행인지 알 수 없지만, 자네가 개가 아니라 인간으로 태어났고, 자네가 이렇게 나에게서 독일어를 배우게 되었다는 것도 전부 다 어이가 없는 일이야. 그냥 그때그때 팔자나 다름없어. 누구라 한들 인간으로 태어날 자격을 주장해서 태어난 것도 아니고, 인간을 지원했던 기억도 없어. 정신 차리고 보니까 인간이었을 뿐이지. 개나 소한테 말해보라고 한다면 대단히 불공평한 이야기라고. 잠자코 인간인 척하고 있는 주제에 독일어가 어려우니까 불공평하다거나 하면 누가 상대해 주겠나."

이번엔 학생들이 여기저기에서 킬킬 웃기 시작했다. 햣키엔 씨 자신도 자신의 이야기가 터무니없는 방향으로 빠져들어 다소 어처구니가 없다. 하지만 자못 심각한 척을 하며 이렇게 덧붙였다.

"그러니까 말도 안 되는 데 전념하지 말고 내가 시키는 대로 공부하면 되는 거야. 어학은 처음이 정말 중요해, 지금 게으름을 피우면 독일어는 분명 결국에 그저 여러분의 피해망상으로 남을 뿐이라고."

햣키엔 씨는 처음과 비교해 보면 역시 심기가 풀려 있었고 표정도 부드럽고 목소리 말투도 역시 온화해져 있다.

그러자 다시 다른 학생이 일어섰다.

"선생님 저는 열심히 공부하고 있다고 생각하는데도 문법 규칙이나 단어나 앞서 공부한 것들을 계속 전부 잊어버립니다."

"저희도 그렇습니다."

하고 찬성하는 자가 있었다.

"외워 둔 걸 잊지 않겠다고 결심하는 하급 근성이라서 안 되는 거야. 그저 외우는 것만으로도 족해. 잊어버리는 건 노력하지 않아도 자연스럽게 잊어버려. 잊어버리는 걸 무서워하면 아무것도 외울 수가 없다. 만약 혹시 잊어버리기가 불가능하게 되어서 태어나서부터 일을 전부 기억하게 된다면 이미 진즉에 미쳐 버렸을 거야."

"선생님"

다시 다른 학생이 일어섰다.

햣키엔 씨는 그다지 시끄럽다는 얼굴도 하지 않고 상대해 준다.

"선생님, 참고서로는 어떤 것이 좋을까요?"

"참고서에도 이런저런 게 있지. 지금으로서는, 이미 몇 번이고 이야기하긴 했지만, 요컨대 참고서 따위에 의지할 필요는 없다. 읽어도 도움 안 돼. 어학의 첫걸음은 강박뿐이야. 강박하는 임무는 내가 떠맡는다. 상대는 자네들이야. 참고서는 으르렁거리지 않으니까 안 돼."

"선생님."

하고 또 말하는 자가 있다. 하지만 햣키엔 씨는 이에 답하지 않고서 시계를 꺼내 보았다. 이제 적당히 끝맺고서 수업을 시작할 생각이었다. 그런데 어느새 시간이 훌쩍 지나버려 앞으로 십 분 남짓밖에 남지 않았다. 헛기침 한 번 하는 학생 하나 없이 쥐 죽은 듯 조용하다. 이럴 때 섣불리 빠져들어 햣키엔 씨 수업을 시작하게 되면 단연 다음 방과 시간까지 까딱없이 먹혀들어 가버린다. 쥐고 있는 다른 쪽 키(舵)는 혹 그저 가만히 놓아둔다면 그대로 시간을 마치고 돌아가 버릴 수 있다. 학생들도 그 정도는 잘 납득하고 있을 뿐만 아니라 오늘 특별히 키를 잡은 쪽에 세심한 주의를 기울이는 이유가 있었다.

"오늘은 이제 여기까지 하지."

그렇게 말하자마자 햣키엔 씨는 이미 교단 위에 없었다. 학생들은 햣키엔 씨가 교실을 나가 복도에서 조금씩 멀어져 갈 때까지 꼼짝 않고 조용히 있었다. 그러고서 갑자기 환호성을 질렀다. 그중에는 방방 뛰어 대며 좋아하는 자도 있다.

"됐다! 됐어!"

"제대로 해냈다!"

"아아, 잘 됐다. 살았어."

"아직 못 알아차린 건가."

햣키엔 씨는 교원실로 돌아와 태연히 담배를 피우고 있다. 얼마 안 있어 급사가 차를 가져왔다. 그리고 말했다.

"선생님 오늘 시험용지가 필요하진 않으셨던 겁니까?"

햣키엔 씨는 그걸 듣자 바로 '아차'하고 떠올랐다. 하지만 이미 늦었다. 학생에게 보기 좋게 당해 버린 것이었다. 오늘 이 시간, 독일어 평상 시험을 치기로 한 건 이주보다 전부터 정해 둔 것으로 그사이 내내 오늘 시험을 핑계 삼아 학생을 호되게 강박했다. 그걸 어쩌다 그만 완전히 까먹어 버리고서 교실에선 학생들 손바닥 위에서 놀아나다 온 것이다.

"그런데 자네가 그런 걸 어떻게 알고 있는 건가?"

하고 햣키엔 씨가 급사에게 물었다.

"아까 학생분이 선생님 계시느냐고 물어보러 왔을 때 선생님께서 저에게 시험용지를 꺼내라고 말했는지 물어보는 겁니다. 제가 모른다고 말씀드렸더니 그럼 조용히 해달라고 말하길래 그런 괜한 말은 하지 않는다고 했습니다."

"음 그런가."

하고 말할 뿐 햣키엔 씨는 아무 말도 하지 않았다. 그러고서 얼굴을 무섭게 찌푸리고서 공연히 담배 연기를 뿜어댔다.

# 햣키엔 선생 언행 여록

## 제1장

"그게 아닙니다, 선생님." 하고 가야오 군이 말했다. "문어는 낚아 올리는 게 아닙니다."

"아아 그래, 그래."

햣키엔 선생이 생각났다는 듯한 표정을 지었다. "창 같은 봉으로 푹 찌르는 거야."

"그게 아니에요." 하고 가야오 군이 약간 기침을 하며 말했다.

"선생님은 문어단지를 알고 계십니까?"

"문어단지라면 알고말고." 하고 햣키엔 선생은 애매하게 말했다.

"문어는 그걸로 잡는 겁니다. 그걸 바다 아래에 깊게 던져두는 거예요, 기다랗게 밧줄로 묶어 두고서 내립니다. 문어가 그 안으로 들어가는 거예요."

"어째서 일부러 그렇게 수상한 곳으로 들어가는 거지?"

"그건 말이죠."

가야오 군이 의논이라도 하려는 듯 과장된 말투로 떠들어대기 시작했다.

"그건 말입니다. 문어는 그런 곳 안쪽으로 들어가는 걸 좋아해서 그러는 겁니다. 그렇지 않았다면 어부가 문어단지 같은 걸 만들거나 하지 않았겠죠. 문어가 들어갈 즈음을 가늠해서 슬슬 밧줄을 잡아당기는 거예요. 그렇게 문어단지를 들어 올립니다."

"그렇게 하면 문어가 도망쳐 버리겠지."

"그런데 말입니다." 가야오 군이 득의양양해졌다. "그게 문어의 본성을 이용하는 건데요. 문어는 뭔가 자극을 받으면 자기가 숨어들어 간 구멍에서 절대로 떨어지려고 하지 않아요. 바위 틈새 따위에 있는 문어를 잡아당겨도, 머리가 갈가리 찢겨질 때까지 절대로 떨어지지 않습니다. 그래서 가능한 겁니다."

"그런 건가." 햣키엔 선생은 조용히 두세 대 담배를 피운 후 이상하다는 듯이 물었다.

"하지만 보게, 그러면 뭍으로 들어 올린 문어단지 안에서 문어를 꺼낼 수가 없지 않은가."

"그건 아무것도 아니에요. 일일이 끌어 잡아당기면 바구니에 넣을

302

수 있어요."

"그러니까 그렇게 하면 문어는 더더욱 단지 바닥에 달라붙어서 떨어지지 않으려 할 게 아니야."

"가능합니다."

"머리가 갈가리 찢겨도 떨어지지 않으려 한다니까 하나하나 문어단지를 부수지 않으면 나오지 않는 거 아닌가."

"별거 아닙니다. 문어단지 바깥을 드르륵드르륵 긁어 주면 떨어져 나오거든요."

"어째서?"

"문어가 간지러워서죠."

"정말인가?"

햣키엔 선생은 자신도 어딘가 가려워진 듯한 불쾌하다는 얼굴로 이야기를 멈춰 세웠다.

햣키엔 선생이 정오가 지나고 서재에 틀어박혀 있었지만 그렇다고 책을 읽는 것도 아니었고 글을 쓰는 것도 아니고 그저 혼자서 공연히 부루퉁해져 있는 차에 휴가에서 돌아온 가야오 군이 찾아와 갑자기 문어 이야기를 했다.

그때 가야오 군은 신문지로 포장한 작은 꾸러미를 들고 왔다. 그걸 자신의 무릎 앞에 두고서 수시로 깜빡깜빡 조심스럽게 그쪽을 바라보고 있다.

얼마 안 있어 햣키엔 선생은 무섭게 부릅뜬 눈으로 그 꾸러미를 노려보면서,

"뭔가 그건." 하고 물었다.

"미역 뿌리입니다." 하고 가야오 군이 공축하다는 듯 말했다. "제가 어젯밤에 시골에서 돌아와서."

"어젯밤 돌아왔다는 건 아까 들었네."

"어쨌든 오랜만에 고향으로 돌아갔던 터라 할머니가 엄청 좋아하면서 온 동네를 돌아다녀서 가장 맛있는 단무지를 받아와 밥을 지어 주셨습니다."

"단무지뿐이라면 너무 시시한 거 아닌가."

"아뇨 그렇지 않습니다. 제 고향에서는 평소에 밥 같은 걸 먹지 않습니다. 그래서 밥을 지어주는 게 극진한 환영입니다."

"밥을 먹지 않으면 뭘 먹는 건가."

"조를 먹습니다."

"그런 이야기를 들은 적이 있긴 하지만, 자네 정말인가?"

"정말이고말고요. 저만 봐도 조만 먹고서도 이렇게 크지 않았습니까."

그 때문에 이 남자가 문어를 간지럽힌다든가 하는 이상한 말을 하는 걸지 모른다고 생각했지만, 햣키엔 선생은 뱃속으로만 의심을 품고 아무 말 하지 않았다.

"그래서 미역 뿌리를 어떻게 하는 건가." 햣키엔 선생이 신문지 꾸러미를 궁금해하며 물었다.

가야오 군은 손바닥으로 자신의 목덜미를 쓰다듬으며 잠시 침묵했다.

"실은 이건 아무 데도 쓸 수 없는 찌꺼기입니다. 저희 고향이라고 해도 이런 건 전부 버리긴 하지만 가끔씩 거름에 넣어 보아도 크게 효과도 없는 것 같고요."

"그런 걸 들고 와서 어떻게 하려는 건가."

"제가 생각했던 건 선생님이라면 분명히 이런 걸 좋아하실 것 같아서."

"그걸 먹는 건가?"

"분명 선생님은 좋아하실 거라 생각해 선물로 들고 왔습니다."

햣키엔 선생이 그 꾸러미를 끌어당기자 안에서 엽차 찌꺼기 같은 것이 푸석푸석 넘쳐 쏟아졌다.

"정말로 고맙구먼." 햣키엔 선생이 갑자기 숙연한 말투로 말했다. 그러고서 그 근처로 쏟아진 차 찌꺼기 같은 것을 주워 모아 신문지 안으로 넣었다.


## 제2장

다이쇼 9년(1920년) 호세이대학이 신 대학령에 따라 승격했을 당시 예과에는 제2외국어로 프랑스어와 독일어 양쪽을 모아 40명뿐 한 조밖에 되지 않았다.

유취관(遊就館) 뒤편 옛 교사 2층 교실 학생 가운데 절반이 교단 책상 위에 올려진 화로 근처에 모여서 자욱하게 담배 연기를 휘몰아 뿜으며 햣키엔 선생을 기다렸다.

햣키엔 선생은 운명과도 같이 지각을 했다. 강의가 몇 시에 시작하든지 아침에도, 오후에도, 소정의 시간만큼 어느 정도씩 늦지 않으면 학교에 도착하지를 않았다.

그런 버릇이 점점 드높아져서 결국에는 한 시간 중 반 이상이나 늦어버려 어슬렁어슬렁, 혹 거품을 물고서 학교로 들어가는 건 보기에 좋지 않은 것이었다. 그러고서 햣키엔 선생은 구단시타에 잠시 멈춰 서서 언제나 똑같은 순서로 똑같은 생각을 하며 후회하던 끝에 구단 우체국에 들어가 학교에 전화를 걸어 쉬겠다고 말한다. 그러고서 한숨을 돌리는가 싶다가도 누군가에게 들키기라도 하면 난처하므로 황급히 집으로 돌아가 자신의 방에 들어가 가슴 벅차한다. 늦는다 해도 아직 그 정도는 아닌 시각이라면 언제나처럼 우울한 얼굴로 느릿느릿 학교로 들어간다. 더는 기다릴 수 없어서 계단 아래까지 보러 나와 있던 학생이 그 모습을 보더니 이층으로 달려 올라가며, "왔다, 왔다." 하고 말해도 교단 화로 근처에 진을 치고 있는 무리는 그 정도론 움직이지도 않는다.

햣키엔 선생은 지각했다는 사실 등등은 잊어버린 듯이 교수실로 들어가 담배를 피우고 보리차를 마시며 진정하고 있다.

그리고 어린 교무직원이 찾아와서 '정말 애써 수고하셨습니다' 하고 말하는 듯 인사를 한다. 혹은 교무가 아니라 서무였을지도 모른다. 당시에는 그런 구별도 하지 않았던 것 같다. 그러고서 오전 시간이라면 "선생님 오늘 점심은 어떻게 하시겠습니까" 물어본다. 선생들의 도시락은 학교가 제공하기로 되어 있었다. "그러면 장어로 부탁합니다" 등등 말하고서 그다음엔 느릿느릿 이층 교실로 들어가면 전원 스무 명 중 대부분이 교단 위에 올라서서 입구 쪽을 바라보고 있다.

"봐라, 왔다!"

"어서 오세요."

왁자지껄하게 떠들면서 피우고 있던 담배를 아깝다는 듯 화로 잿더미 속에 쑤셔 던지고 제각각 자리로 돌아가 걸터앉는다. 자리 순서 등등 하는 관념은 학생에게도 교사에게도 있을 턱이 없었다.

눈앞 책상 위 화로에서 무럭무럭 솟아오르는 연기 안쪽으로 어렴풋하게 숨은 햣키엔 선생이 재미도 없는 독일어 강의를 시작한다. 상대가 알아듣고 있는지 없는지 짐작도 가지 않는다. 학생 쪽은 그럴싸한 표정으로 듣고 있긴 하지만 뱃속으로 무슨 생각을 하는지 알 수 없었다. 그러자 창 아래 보도에서 팍, 팍, 하고 이상한 소리가 두세 번 들렸다. 햣키엔 선생이 뭔가를 주절거리면서 그쪽에 신경이 쓰여 '공기총인가' 하고 생각한 순간 열려 있던 창에서 탄알이 날아와 옆 교실과의 경계를 막아 둔 판막이에 부닥쳐 꽂혔다.

"이런 뭐야!" 햣키엔 선생이 깜짝 놀라 말했다.

"선생님 위험해요!"

판막이 벽 근처에 있던 학생이 과장된 목소리로 말했다. 그러고서 자기 자리에서 뛰쳐나가 판막이 벽에 박힌 탄알 흔적을 박박 긁고 있다. 창문 옆에 있던 학생이 몸 반쪽을 쓱 내밀어 아래를 내려 보면서,

"이봐 누구야!"

하고 호통을 친다. 하지만 그 근처에는 아무도 있어 보이지 않았다. 그러고서 다시 독일어 강의를 이어간다. 판막이 벽이 가르고 있던 옆 교실은 쉬고 있는 듯 아까부터 네다섯 명의 목소리가 유행가를 부르고

있다. 그러다가 하모니카를 불기 시작했다. 시끄럽고 요란스러워서 도저히 어찌할 수가 없다. 그래서 햣키엔 선생은 책을 덮고,

"뒤는 다음에 하기로 하지." 하고 말하고서 돌아와 버린다.

그러던 중에 제1학기가 끝났다. 초보 독본을 20페이지도 읽지 못했다. 그러고서 여름방학이 끝나고 2학기가 되자 갑자기 두세 명의 학생이 햣키엔 선생을 향해서,

"선생님, 저희들끼리 독일어로 연극을 하려고 합니다." 하고 말을 꺼냈다.

햣키엔 선생이 깜짝 놀라 도대체 뭘 하려고 하는지 물어보자,

"괴테의 〈파우스트〉를 하고 싶습니다." 하고 그중 한 명이 말했다.

당신은 어디에 사십니까? 우리들은 이곳에 살지 않습니다, 정도의 독일어를 가까스로 읽을 수 있는지 읽을 수 없는지 정도의 무리가 〈파우스트〉 연극을 하겠다고 말해 깜짝 놀라지 않을 수가 없다. 하지만 모처럼 하겠다고 말하는 걸 그만두라고 말하는 것도 옳지 않고, 또 무엇보다도 "더 쉬운 거로 해보게"라고 말하고 싶어도 그들에게 있어서 더 쉬운 게 존재하지 않기 때문에 무엇을 한다 해도 마찬가지라고 햣키엔 선생은 생각했다.

〈아우엘바흐 지하 술집〉에는 학생이 많이 등장하니까 그게 괜찮겠다 싶어졌다. 하지만 그들은 열심이었다. 이해했던, 이해하지 못했건, 그저 무턱대고 암기해 버렸다. 때때로 햣키엔 선생이 강의 후에 남아서 풀이를 알려주거나, 읽는 법을 고쳐 주거나 하는 사이 2학기가 마칠 무렵이 되어 대략 역할도 정해지고 역할들에 따라 대사도 한 사람 한 사

람 암송할 수 있게 되었다.

그러고서 제3학기가 되었다. 지금 하리바코의 새 교사가 거의 다 올라가고 있었다.

새 교사 강당의 개관 기념으로 독일어 〈파우스트〉를 상연하게 이야기가 되어서 3학기 중에도 연습을 그만둘 수 없었다. 그리고 4월이 되어 아직 벽이 마르지도 않은 새 교사에서 다이쇼 15년도(1920년) 새 학년이 시작되었다.


## 제3장


햣키엔 선생은 자기가 피우고 버린 궐련 꽁초를 열심히 태우고 있다. 좁은 방 안에 매캐한 연기가 휘몰아쳐 그 근처 한 면이 종이가 탄 재로 새하얘져 있다.

어떻게 된 건지, 마음에 들지 않는 건 뭐든지 태워서 버려 버리지 않으면 참을 수가 없는 듯하다.

예전 중학생 시절 사람들에게서 받은 편지를 정리하다가 마음에 들지 않는 건 한쪽 끝부터 갈기갈기 찢어서 휴지통 안에 쑤셔 넣어 버렸다. 한 척 정도 깊이의 휴지통이 완전히 꽉 차버렸을 때, 중학생인 햣키엔 선생은 찢어 버리는 것만으로는 마음에 들지 않는 편지를 완전히 처리할 수 없다는 생각이 들었다. 이층 방에서 애써 아래로 내려와 성냥을 들고 가서 휴지통 안 종잇조각들에 불을 붙였다. 조각을 위아래로 두세 번 흔들자 통 안에서 불꽃이 그다지 높이 오르지 않는 듯하던 차에 갑자기 불길이 강해져 화염이 세 척 정도 높이로 솟아올랐다. 그와 동시에 그릇인 휴지통도 탁탁 소리를 내면서 타기 시작했다. 놀라서 창문을 열어 저 멀리 밖으로 던져 버리자 커다란 화염덩어리가 차양 위를 대굴대굴 굴러서 기다란 꼬리를 끌고 안뜰로 떨어져 갔다. 아래 다실에서 꾸벅꾸벅 졸고 있던 할머니께서 깜짝 놀라 고양이 소리를 냈던 걸 핫키엔 선생은 아직까지 기억하고 있다.

역시 그 당시 여름, 저녁이 되어 목욕물을 데우기 위해서 뒤뜰에 설치해 둔 토방 부뚜막에서 마른 나뭇가지를 태웠다. 어느 날 장작이 습한지 잘 타지 않아 핫키엔 선생은 할머니가 세탁물을 다림질할 때 쓰는 양철 분무기를 가지고 나와 거기에 석유를 잔뜩 넣고 부뚜막 앞에서 뿌욱 뿌리자 그 순간 뭔지도 알 수 없는 커다란 소리가 나더니 갑자기 화염이 자신 얼굴로 날아들었다. 핫키엔 선생은 분무기를 던져 버린 채 새파랗게 질려 집 안으로 도망쳐 버렸다.


학교를 나와 집을 얻게 되어 두세 번 이사하던 사이 욕실이 딸린 셋집에 머무르게 되었다. 하지만 게으른 핫키엔 선생 아무리 집안사람 손이 부족하다 한들 스스로 목욕물을 데우거나 하는 일은 하지 않았다. 그러고서 물이 차오른 탕이 뜨겁다든가 미지근하다든가 불평만 잔뜩 늘어놓았다. 그런 주제에 제멋대로 툭하면 갑자기 목욕장으로 가서 석탄을 무턱대고 처넣는다. 그러고서 바로 뒤뜰 쪽을 돌아다니며 욕실 굴뚝에서 무럭무럭 뿜어져 나오는 검은 연기를 바라본다. 기차 같다고 속으로 생각하며 다시 목욕장에 웅크리고 앉아 부뚜막 안으로 석탄을 까뜩까뜩 욱여넣고서 쌓아 올린 석탄이 목욕장 아궁이 바닥을 매울 정도가 되어도 여전히 멈추지 않는다. 그러고서 다시 뒤뜰을 돌며 굴뚝을 바라본다. 새카만 연기가 어쩐지 손에 닿는 듯이 확실한 윤곽을 갖춰가며 뭉게뭉게 나오는 모습을 넋 놓고 바라본다. 굴뚝 입구가 금방 터질 것 같다고 생각한다. 그 사이 어느샌가 연기는 색깔이 변해 검은 가운데 어렴풋하게 빨간 기미가 더해지고 그 안에서 희끄무레한 연기 줄기가 달려 나오더니 욕실 쪽에서 쿠쿵 하는 진동소리가 들리기 시작한다. 핫키엔 선생은 서둘러 부뚜막 앞으로 가서 다시 새 석탄을 집어 넣고 그래서 결국에는 부뚜막뿐만 아니라 굴뚝에서도 무시무시한 으르렁거리는 소리가 뿜어져 나와 곧 발차하려 하는 기관차같이 쿠쿵쿠쿵 울기 시작한다.

그날 밤 목욕탕에는 펄펄 끓어오르는 목욕물이 한가득 차올라 넘쳐 흘러서 아무도 들어갈 수 없다. 부인이 부아가 치밀고 식모는 난처하긴 하지만 버리기도 아까워 "청소라도 할까요?" 라든지, "뜨거운 탕에서 설거지하는 쪽이 좋겠네" 라든지 때아닌 소동을 일으켰다.

육군사관학교에서 교관이 되고서는 핫키엔 선생, 교관실 난로를 자기 손으로 직접 떠맡아 땠다. 너무 무턱대고 석탄을 집어넣는 바람에 뒤에 청소가 힘들어져 사환이 불만 어린 표정을 지었다. 하지만 핫키엔 선생은 변함없이 난로가 기관차처럼 울어 굴뚝이 연기 때문에 터질 정도가 될 때까지 석탄을 태웠다. 방 안 자전이나 참고서 표지는 열기 때문에 바래 버렸다. 동료가 돌아가고 나서도 남은 할 일이 있다든가 하여 특별히 과감하게 석탄을 밀어 넣고, 난로를 켜서 상의를 벗고, 그래도 더워서 조끼를 벗고, 결국에는 북측 창을 열어 차가운 바람이 불어와야 서늘해진다.

사관학교에서 다른 곳으로 전임하게 됐을 때 송별회 자리에서 햣키엔 선생은 "여러분 부디 감기에 걸리지 않도록 하십시오." 하고 작별 인사를 했다.

호세이대학 구교사에서 오후 수업을 마치고 교수실로 돌아와 보니 아무도 없는 방에 난로가 따뜻하게 켜져 있었다. 다시 예의 버릇이 발동해서 햣키엔 선생은 그 커다란 난로에 있는 대로 석탄을 집어넣었다. 얼마 안 있어 무시무시한 진동이 일었다. 어쩐지 온 방이 죄다 울려대는 소리였다. 약간 걱정이 되긴 하지만, 또 위세 좋은 연기가 나오는 모습도 보고 싶어져 교사 바깥을 둘러보는데 이층 지붕 위까지 뻗어 있는 굴뚝의 딱 절반 정도 되는 부분에 가느다란 금이 가 있고 그 틈새로 새빨간 화염이 깜빡깜빡하는 게 보였다. '큰일이다' 싶어진 햣키엔 선생은 안색이 돌변했다. 난로 속 불꽃이 굴뚝 안으로 들어가 이층 갈라진 곳 근처까지 뻗어간 듯하다. 어떡해야 할까, 소방서에 알리지 않으면 큰일이 날지도 몰라. 누군가를 불러야 할까. 큰일이라 생각하며 혼자서 난로 앞과 굴뚝이 보이는 보도 사이를 몇 번이고 몇 번이고 왔다 갔다 했다.

자신의 방에서 궐련 담배꽁초를 태우고 있는 중에도 연기에 숨이 막힐 각오를 하고서 달리 폐를 끼칠 사람도 없으니 우선 문제없지 싶다.

햣키엔 선생은 불을 붙인 지독한 꽁초를 이리저리 세워 보았다가, 엎어치기를 하는 듯 쥐어 들어보았다가 하며 열심히 태우고 있다.

# 고린기 槁林記

작년 가을, 9월 12일의 일로 기억하고 있다. 요기쿠지마가 찾아와 이층에서 잠시 이야기를 나눴다. 돌아가려 하자 나도 같이 밖으로 나와 적막해진 좁은 골목을 어슬렁어슬렁 걸어 다녔다. 병원 앞 넓은 길로 나서자 바람이 불어왔다. 어슴푸레한 길 끝에 커다란 나무가 가지를 펼치고 있어 앞으로 난 비탈길이 유독 어두워 보였다. 비탈길 위에는 이십일 정도 지난 듯, 모습이 뚜렷하게 보이지 않는 달이 떠 있었다.

나는 집으로 돌아와 다시 이층으로 올라갔다. 방으로 들어가려다 난간 가에 기대 하늘을 올려다보았다. 이웃집 지붕 위로 가늘고 기다란 회색 구름이 낮게 흘러, 북쪽에서 남쪽으로 용마루를 지나고 있었다. 바로 전 비탈길 위에서 본 달이 그사이에 숨어 있었다. 구름 폭이 좁은

314

데도 달은 얼마가 지나도록 구름 뒤에서 나오지를 않았다. 구름이 뱀 모양을 하고 있었다.

11월 10일 저녁, 아내가 이층으로 올라왔다.

"큰일 났어요, 지금, 옆집에서 살인이 났어요!"라고 말했다.

"아 무서워라, 바깥주인분하고 사모님하고 학생도 살해당해서 부엌으로 오르는 입구에 쓰러져 있었대요."

나는 그 말이 곧장 와 닿지 않았다.

"밖에서 보이는 것 같다던데."

언제나 이 주변은 밤이 지나면 깊이 고요해졌다. 밤바람을 막으려 일찍 닫아 둔 덧문 안쪽에서 환히 밝힌 전기 불빛이 아름답게 흘러나오고 있었다.

나는 어째서인지 모르지만 아내의 무서운 이야기를 듣자 9월 12일 밤의 가늘고 기다란 구름이 떠올랐다.

이웃집은 우리가 세 든 집 주인이었다.

나는 집주인과는 면식이 없었지만 집안사람들은 전부 알고 지냈다. 온화하고 경건해 보이는 사람이었다. 얼굴이 불그스름한 노인으로 우리 집 아이들은 '빨간 아저씨' 하고 부르며 따랐던 것 같지만 그마저도 나는 알지 못했다.

사모님과 나는 한두 번 마주쳤던 적이 있었다. 옆집에서 한번 놀러 오라며 부르러 온 적이 있었다. 나는 가보진 않았지만 그때 집 뒤쪽으로 난 문을 통해서 두세 마디 나눴던 인사가 11월 10일 밤 옆집의 무시무시한 변고를 듣고서 내 기억 속에 바로 되살아났다.

양부모가 될 예정이었던 평온한 노부부를 살해하고서 그 자리에서 자살한 대학생에 관해선 나는 아는 바가 하나도 없었다. 작년 봄 우리 집 아이가 집에 놀러 온 학생들에게 〈파우스트〉에 나오는 생쥐의 노래를 배워 줄곧 따라 부르던 즈음 옆집 이층 가에서 노래 멜로디를 하모니카로 부는 사람이 있었다. 대학생은 그 사람이 아니었을까 생각해 봤지만 또 그렇지 않을 것도 같았다. 이튿날 신문에 나온 사진을 봐도 나는 그 얼굴이 기억나지 않았다.

11월 10일은 금요일로 내가 매주 요코스카에 있는 학교에 나가는 날이었다. 오후에 돌아와 저녁 식사를 마치고서 나는 이층 방에 들어가 멍하니 앉아있었다. 그날은 오전 세 시간 중 한 시간 휴식시간이 있어서 혼자서 해안가를 따라 이어진 널따란 교정으로 나가 보았다. 하늘이 엷게 흐려져 찬바람이 불고 있었다. 때때로 가는 비가 내리기도 했지만 이내 다시 그쳤다.

마른 풀이 누워 있는 한쪽 벌판엔 나 이외 다른 그림자가 없었다. 그때 느닷없이 바다로부터 끌어 올려져 있던 보트 뱃머리에 소름이 끼치도록 커다란 새가 서 있는 걸 보고 나는 화들짝 놀랐다. 솔개같이 보이기도 했지만 크기가 솔개의 몇 배는 되어 보였다. 그 새에게 신경이 쏠리려 하자 새는 기다란 날개를 펼쳐서 고요한 하늘로 날아올랐다. 그 모습을 지켜보던 나는 소름이 끼쳤다. 날개가 하나 더 달린 것만 같았다. 내 머리 위를 느릿느릿 두세 번 돌더니 갑자기 속도를 내서 바다를 가로질러 미우라 섬 방면으로 날아갔다.

책상 앞에 멍하니 앉자 내 머릿속에 그 커다란 새의 모습이 떠올랐다. '그건 독수리였으려나' 뒤늦게 나는 생각했다.

그러고서 나는 다시 물가 쪽으로 걸어갔다. 그때 걷고 있던 마른 수풀 사이로 뭔가 움직이는 게 느껴진 바로 그 순간 내 앞에서 몇 백 마리일지 모를 참새와 방울새 무리가 날아올라 후미에서 멀리 떨어진 해병대 언덕으로 도망쳐 갔다.

나는 그 독수리에게 쫓기던, 지면에 숨어 있던 작은 새무리를 다시 계속해서 멍하니 생각했다.

해안가에는 네다섯 척 정도 높이의, 사방이 한 칸살 정도 크기로 뻗어 있는 마루가 놓여 있었다. 나는 마루에 올라 몸을 뒤로 젖히고 누워 하늘을 올려다보았다. 비를 머금은 구름이 천천히 흐르고 있었다. 멀리서 어뢰정이 우는 듯 경적이 들렸다. 그 후 산 쪽에서 시시때때로 돌을 부수는 폭발음이 들려왔다. 거기에 해병대 쪽에서 군악대 주악 소리가 섞여 들려왔다. 잠시간 나는 그 마루 위에 가만히 누워 있었다.

'그때 내가 울고 있었던가.' 나는 내 방 밝은 전등 아래 앉아 생각해 보았다. 그래서 무슨 이유로 울었던 건지는 확실히 알 수 없었다. 그저 어쩐지 9월 12일 밤 옆집 용마루를 지나던 가늘고 긴 구름 뒤에 숨어 언제까지고 나오지 않던 달을 봤을 때 같은 기분이 들었을 따름이었다.

그 후 나는 졸음이 오기 시작했다. 책상 앞에 앉은 채로 잠시 앉은잠을 자야지 싶었다. 팔짱을 끼고 눈을 감자 폐함정이 된 하시다테 함이 눈앞에 떠올랐다. 하시다테 함은 몇 개월 전부터 학교 뜰을 따라 이어진 해안가에 그저 멍하니 떠 있었다. 굴뚝이 있었지만 연기가 나오지 않았다. 갑판 위에 사람 그림자가 드리워진 적도 없었다. 나가서 볼 때마다 언제나 같은 장소 같은 방향을 향한 채로 떠 있었다.

반쯤 잠이 든 나는 하시다테를 어렴풋이 떠올렸다. 대포를 끌어 내린 뒤 묘하게 밋밋해진 그 모습이 점점 흐려져 가는 듯했다. 그러고서 조금씩 앞뒤로 꾸벅거리는 듯싶다가 나는 금방 잠이 들어 버렸다.


눈을 뜨고서 나는 담배를 피웠다. 잠들었던 앉은 자세에서 무릎을 펴 책상다리를 했다. 어느새 잠이 든 건지 알 수 없었다. 그래도 아직 그렇게 밤이 깊은 것 같지는 않았다. 다시 멍하니 아무 생각도 없이 있자니 아래에서 아내가 올라왔다. 그러고서 이웃집의 무서운 변고를 알려주었다.

아래로 내려가면서 나는 사지에 옅은 전율을 느꼈다. 시간은 9시 전이었다. 바로 전 집안사람이 바깥에 볼일이 있어 나갔다가 옆집의 소동을 처음으로 알게 된 것이었다. 사건 시간을 거슬러 짐작해 보면 내가 요코스카에서 돌아와 저녁 식사를 마치기 전후인 듯싶었다. 내가 이층 방으로 들어갔을 무렵 이미 노부부는 살해당해 객실이나 부엌에 쓰러져 있고 가해자 청년은 이층에서 목을 매달은 듯싶다. 나도 그리고 우리 집안사람 누구 하나도 그 일에 대해선 아무것도 알지 못한 채로 저녁 식사를 했고, 나는 내 방에서 헛된 공상에 잠겨 있었고, 아이들과 노인은 이미 진즉 잠들어 있었다.

나는 우치야마와 함께 밖으로 나가보았다. 어두워진 바깥은 서늘했다. 옆집은 고요히 쪽문이 반쯤 정도 열려 있었다. 나는 그 앞에 멈춰서 있었다.

그러자 갑자기 반대편 문 그늘에서 순경이 나타나서는

"서 있으면 안 돼, 저리 가게나, 저리가." 하고 말했다.

나는 깜짝 놀랐으면서도

"저는 옆집 사는 사람입니다. 뭔가 이 집에서 사람이 죽었다는 이야기를 들어서 지금 나와 본 건데요. 일이 이래서 알아보지 않을 수가 없는데 도대체 무슨 일이 일어난 겁니까?" 하고 물어보았다.

"뭐 그건 조금만 있으면 알 수 있을 거고, 아무튼 여기에 서 있으면 안 돼. 돌아가, 돌아가." 하고 순경이 말했다.

그때 반 정도 열려 있던 쪽문이 억지로 열리는 듯하더니 안쪽에서 다른 순경이 나왔다. 그리곤 나를 향해 말을 걸어왔다.

"당신이 옆집 사시는 분입니까? 이 집은 전부 몇 명 정도 살고 있었습니까?" 하고 나에게 물었다. 하지만 나는 전혀 알지 못했다.

"실은 지금 이 집 사람들이 전부 도망쳐 버려서 아무도 없습니다. 그래서 정황을 조금도 알 수가 없습니다만."

그 순경이 이어 말했다. 순경은 목소리가 귀에서 울려 퍼질 정도로 몸을 떨었다. '누가 죽은 걸 본 거구나' 나는 생각했다. 나는 그 순경의 목소리를 듣는 동안 점점 공포가 실감 나기 시작했다.

나와 우치야마는 둘이서 구석의 인력거꾼에게 다가갔다. 인력거꾼이 있던 뜰에는 대여섯 명의 남자가 선 채로 이야기를 나누고 있었다.
아주머니는 나를 보더니 갑자기,

"어르신 큰일입니다." 하고 말했다.

뜰에 서 있던 남자는 신문기자인 듯했다.

사모님은 부엌에 쓰러져 한쪽 주변에 피를 흘리고 있다. 바깥주인은
온몸에 상처를 입은 채 객실에 죽어 있다. 그리고 청년은 이층 대들보
에 목을 매달았다는 것이었다.

"범인은 밖에서 들어와서 저지른 거야. 객실 한쪽에 진흙 발자국이
남아 있지 않았나? 그 학생도 같은 범인에게 살해당한 거지. 살해해 놓
고서 일부러 목매단 것처럼 해놓은 거야."

기자인 듯한 한 남자가 말했다.

"그런 일이 어딨어? 이층에 목매단 그 학생이 범인인 거지. 뻔한 거
아니야?"

다른 남자가 말했다.

나는 돌아가려다 아주머니에게 그 누구도 알지 못했던 건지 물어보
았다.

"어르신 흠, 바로 직전에 누군가 이 앞을 탁탁탁 하고 뛰어가긴 했어
요. 그러고서 이미 저렇게 되어 버렸죠."

하고 아주머니가 말했다.


나는 집으로 돌아와 목도리를 두르고서 혼자서 뒷길을 통해 우유배
달 함으로 갔다. 도중 술집 앞에 두세 명이 서 있었다. 그러고서 목소리

를 숨기며 무시무시한 이야기를 하고 있었다.

그들이 하는 이야기를 듣자 대학생이 노부부를 죽이고서 자살했다는 걸 알 수 있었다. 사랑으로 꾹 참아 버티던 게 결국 터져 버려 무시무시한 선택을 했다는 것도 대강 알 수 있었다.

나는 멍하니 우유를 마시고 돌아왔다. 우유를 갖다 주는 여자는 번번이 옷깃을 여미며 "무서워, 무서워." 하고 주절거렸다.

내가 집으로 돌아오자 신문기자 두세 명이 이런저런 이야기를 들으러 왔다. 하지만 그들을 대략 만족하게 할 이야기를 나는 물론 집안의 누구도 알지 못했다.

아이들에겐 학교에서 친구들에게 듣고 온 것 이상 소상한 일은 아무것도 말하면 안 된다고 일러둔 후 나는 자리에 누웠다. 이부자리가 따뜻해지자 마음속 무서움도 옅어져 갔다. 느닷없이 이웃집에 떨어진 무시무시한 운명의 그림자가 그저 한 장의 판자에 가로막혀 나는 점점 저녁의 사건을 잊기 시작했다. 그러고서 잠이 들었다. 꿈자리도 다른 밤처럼 평온했다.


그다음 날은 화창하게 개어 소춘 날씨가 완연했다. 아이들은 아무것도 모른 채 늘상 지나던 길로 학교에 달려갔다.

"오늘 아침 일찍 장의차가 와서 학생 시체만 실어간 것 같더라고요." 아내가 조그만 목소리로 말했다.

낮에 나는 이층으로 올랐다. 아름다운 햇살이 정원 한쪽에 비쳐 반짝이고 있었다. 옆집 이층 덧문과 덧문 사이가 살짝 열려 있었다. 그 틈새

사이 안쪽이 어두워 보였다.

　정오가 지나 햇볕이 내리쬐는 거실 툇마루에 초등학교에서 돌아온 계집아이가 커다란 가위를 들곤 털실 끄트머리 같은 걸 몇 번이고 쥐어 당겨 자르고 있었다. 그리고는 둥실둥실하니 털이 수북한 구 모양의 무언가를 몇 개씩 만들고 있었다.

　"그게 뭐니?" 하고 내가 물어보았다.

　"이건 죽은 사람의 영혼." 하고 그녀는 말했다. 그러곤 그중 하나를 손에 쥐고서 살포시 던져 보였다.